거미입니다만, 문제라도?

저자 바바 오키나
일러스트 키류 츠카사

contents

용사와 마왕이 끊임없이 맞서 싸우는 세계가 있었다.

그때 사용된 시공 마법이 어느 고등학교 교실에 작렬했다.

교실 안의 모든 존재는 마법에 직격당해서 속절없이 목숨을 빼앗겼다.

그들의 혼은 다른 세계로 날아가 흩어지고 저마다 새로운 생명으로 다시 태어나게 된다.

1. 맨 처음부터 클라이맥스

꾸웨엑!

분명히 비명을 질렀을 텐데도 끙 소리조차 나오질 않았다.

그만큼 내 몸이 위태로운 상태라는 건가?

오케이, 일단은 진정하자고.

몸에 통증은 없어.

고전 문학 수업 중에 느닷없이 무시무시한 격통이 덮쳤다는 데까진 기억난다.

아마도 그때 정신을 잃어버린 것 같은데 지금은 아무 데도 아프지 않았다.

하지만 눈을 크게 떠봐도 새까맣기만 해서 이곳이 어디인지조차 알 수가 없다.

아니, 그보단 마치 무언가가 몸을 뒤덮고 있는 느낌이라 꿈쩍도 할 수가 없었다.

단순한 느낌 같지는 않다. 실제로 미묘하게 탄력이 있으면서도 은근히 딱딱한 수수께끼의 물질에 둘러싸인 것 같았다.

바깥쪽에서는 희미하게 바스락거리는 소리가 들렸다.

어, 이거 무슨 상황이야? 납치?

아니, 아니지.

나처럼 흔해빠진 여자애를 누가 뭐하러 납치하겠어?

이것저것 의문은 들지만 어쨌든 탈출부터 해야지.
피직 소리가 울려 퍼졌다.
와, 몸에 힘을 주고 꾹 밀어내니까 나를 둘러싼 뭔가가 살짝 부서졌다.
좋아, 이대로 마저 부수고 힘차게 탈출!
더 세게 힘을 주자 쩍 벌어졌다. 머리부터 내밀고 기어 나왔다. 이제 나는 자유다~!

눈앞에 거미 떼가 득실거리고 있었다.

흐악?! 우에에에엣?! 징그러!!
뭐냐고, 이 거대 거미 군단은?! 한 마리 한 마리가 나랑 비슷한 정도로 커다란데요?! 어, 뭔가 달걀 비슷한 물체에서 자꾸자꾸 튀어나오잖아! 아까 들렸던 바스락거리는 소리가 이거였어?!
나도 모르게 뒷걸음쳤다. 다리에 뭔가가 닿아서 뒤돌아봤다.
응?
이건 혹시 그건가? 방금 내가 기어 나왔던 그건가? 뭐랄까, 거미 군단의 알하고 닮은 것처럼 보이는데 착각이겠지? 닮은 정도가 아니라 똑같지 않아?
새삼스럽게 자신의 모습을 다시 둘러본다. 목이 움직여지지 않았다. 하지만 시야의 끝 쪽에 나의 다리로 짐작되는 뭔가가 비쳤다.
……거미의 다리가.
저, 저저저저, 저저, 저엉시이인 차려어엇!!

이, 이건, 설마 그건가?! 바로 그건가?! 지금 인터넷에서 유행하는 정말 그건가?!

아니, 아니야. 그렇지 않아!

아닐 거야. 아니라고 말해줘!

다시 한번 옆을 힐끗 쳐다봤다. 주변에서 덤벙덤벙하는 거미와 마찬가지로 가느다란 철사 같은 다리가 보였다.

의식적으로 다리를 움직여봤다. 내 의도대로 움직인다.

으음, 이래서는 인정할 수밖에 없겠네.

아무래도 나는 거미로 전생해버린 모양이다.

맙소사.

하지만 한숨을 쏟아낼 틈도 없었다. 와작와작하는 소리가 들리는데 왠지 불길한 기분이 들었다.

응.

현실을 외면하면 안 되지. 지금 눈앞에는 아마도 나의 형제로 짐작되는 거미 군단이 있다. 소리를 낸다면 그 녀석들밖에 없었다.

가만가만히 시선을 앞으로 돌렸다. 그러자 와작와작 친구들을 먹어치우는 거미가 보였다.

흐갸~?! 얘네들 대체 뭔 짓을 하는 거야?! 앗, 먹었다? 동족 포식이구나?!

내 눈앞에서 형제들이 생존을 걸고 골육상잔을 벌이는 중이었다.

아니, 잠깐만, 이건 좀! 위험해, 위험하다고!

어째서 피를 나눈 형제끼리 싸워야 하는 건가요?! 앗, 먹이군요.

배가 고픈가 봐요. 사실은 나도 조금 배고픈데요.

헉?! 이러면 안 되지.

현실 도피는 그만. 이런 전쟁터에서 꾸물거리다간 가녀린 여고생으로 살아온 나는, 눈도 깜빡 못하고 남자들의 독니에 깨물려버릴 거야! 비유도 뭣도 아니고 문자 그대로의 의미로!

이런 때는 삼십육계 줄행랑이 상책이로다.

싸운다고? 무리야, 무리.

나는 집하고 학교밖에 모르는 순진한 학생인걸. 저런 난폭하고 징그러운 애들하고 싸운다는 건 말도 안 되지. 아, 지금은 나도 쟤들이랑 같은 모습이었네.

으응.

쓸데없는 생각 할 틈이 있으면 도망치자. 다만 아무래도 조금 늦었나 보다. 쿵, 땅울림이 일어났다. 이번에는 또 뭐야?! 소리와 진동은 뒤쪽에서 느껴졌다. 뒤쪽을 돌아봤더니 고개를 들고 올려다봐야 할 정도로 거대한 왕거미가 보였다.

오오, 마더인가요? 아니면 파더인가요?

앗, 이러면 안 된다니까.

또 혼란에 빠져 있었다. 그건 그렇고. 으아, 저렇게 커도 돼?! 내 몸집보다 수십 배는 더 되겠는데?

내 기억이 올바르다면 지구에 저토록 거대한 거미는 없을 텐데 말이죠?

앗.

휙, 냠냠 같은 느낌으로 왕거미는 발톱을 사용해 새끼 거미를 꿰찔러 집어삼켰다.

마치 땅콩이라도 집어 먹는 움직임이었다.

마더, 네놈마저……!

생각은 나중에 하자. 지금은 이곳을 무사히 빠져나가서 살아남는 것이 목표다!

전속력으로 도망쳤다. 지쳐서 아예 못 움직일 지경이 되고 나서야 겨우 정신을 차렸다. 뒤돌아봐도 쫓아오는 녀석은 없었다.

아, 죽는 줄 알았네. 태어나자마자 죽으면 대체 얼마나 박복한 신세야.

아무튼 한숨 돌렸으니까 잠시 이것저것 정리 좀 해야겠다.

우선 나는 왜 죽은 거지?

아니, 이것도 잘 생각해보면 나 혼자 죽었다고 생각하는 거잖아.

죽은 뒤 전생해서 거미가 되었다고, 내 맘대로 그렇게 믿고 있지만 정작 죽은 기억이 없단 말이지.

마지막 기억 속에서는 오카 쌤이라고 불리는 선생님이 한창 고전문학을 낭독하고 있었던가?

나는 꾸벅꾸벅 졸고 있었는데 갑자기 무시무시한 격통이 덮쳐들었다. 그리고 그다음은 기억이 안 난다.

혹시 죽었다고 가정하자면 그때의 수수께끼 같은 격통이 원인이겠지만…….

격통이 일어난 원인조차 짐작이 안 된단 말이지.

가장 유력한 건 역시 그때 죽어서 거미로 전생했다는 패턴인데.

또 그럴듯한 가정을 떠올려보자면 실은 죽은 게 아니라 혼만 거미한테 빙의했다든지.

내 원래 몸은 식물인간 상태로 병원 침대에 누워 있는 거지.

아주 뜬금없는 생각도 떠올랐다. 나는 사실 내 기억만 가지고 있는 전혀 다른 사람일지도 몰라.

진짜인 나는 지금도 평범하게 수업을 받고 있고.

으음.

파고들자면 끝이 없었다. 내가 사실은 나 자신이 아니라는 가정을 어떻게 증명하느냐부터가 걸림돌이고.

나는 나 자신이기에 나이니라. 괜히 영문 모를 소리를 해본다.

전생이라는 황당한 현상이 가장 유력한 패턴이라는 시점에서 이미 상식하고는 동떨어져 버린 거잖아.

일단 이 건은 보류.

나는 생각한다, 고로 존재한다는 정신으로 내가 나라는 전제하에 살아가도록 하자.

그러저러하여 지금의 나는 거미다. 이제 더는 부정할 수도 없다.

도망칠 때도 인간으로선 불가능한 거리를 멀리 혹은 높이 뛰어올랐었고.

그래, 나는 거미라고 하자. 그럼 방금 전 목격한 초거대 거미는 대체 뭘까?

으음.

상황을 감안하면 정말로 그게 내 어머니나 아버지가 아니었을까? 거미의 생태는 잘 모르지만 자식을 잡아먹는 부모라는 현상은 자연계에서 드물지 않다고 들었다. 걔네들은 태어난 순간부터 냅다 동족을 포식하는 종족이기도 하고, 부모가 자식을 잡아먹는다고 해서 그리 이상한 일은 아닐 듯하다.

그 거대 거미가 부모라면 언젠가 나도 그렇게 크게 자라는 걸까?

상상했더니 속이 좀 메스꺼워졌다.

앗, 또 이러고 있었네. 이제 딴생각은 그만 좀 하자고.

뭐, 그건 그렇고. 내가 신경 쓰는 건 한 가지였다.

요컨대 나는 어쩌면 몬스터가 아닐까, 라는 의문이다.

인터넷으로 보는 소설에서 전생이라는 소재는 비교적 친숙한 요소 중 하나인데, 그중에 있단 말이지…….

마물 전생이라는 장르가.

나는 지구의 평범한 거미일까? 아니면 여기는 지구와는 다른 이세계이고 나는 평범하지 않은 거미로 되살아난 걸까?

그 거대 거미를 보건대 평범한 거미가 아니라는 느낌이 들긴 하지만, 만약 그렇다면 생존 난이도가 올라가겠네.

안 되겠어. 정보가 너무 적어서 제대로 판단할 수 없잖아.

여기는 지구인가, 아닌가. 나는 몬스터인가, 그냥 거미인가. 만약 이곳이 이세계라면 과연 어떤 세계란 말인가.

알고 싶은 것은 산더미인데 궁금증을 풀 방법이 없었다.

음, 이럴 때 소설이나 만화를 보면 감정(鑑定) 스킬로 정보도 수집하고 그러던데…….

《현재 소지한 스킬 포인트는 100입니다. 스킬 〈감정 LV 1〉은 스킬 포인트 100을 사용하여 습득 가능합니다. 습득하겠습니까?》

우아. 어? ……진짜요? 갑자기 머릿속에서 기계적인 음성이, 마치 안내 방송처럼 울려 퍼져서 깜짝 놀랐다. 두 가지 의미로…….

우선은 저런 목소리가 들렸다는 데서 깜짝.

또 하나는 스킬이 정말로 있는 것에서 깜짝.

지구에는 스킬도 뭣도 없을뿐더러 이렇게 안내 방송 같은 목소리가 들린 적도 없었다.

그렇다면 이곳은 지구가 아니라는 뜻일까? 아마 그렇겠지?

그러면 자연스럽게 나 이퀼 몬스터라는 가설도 현실성이 짙어진다는 셈인데.

이세계에서 하필이면 몬스터라니. 사망 플래그를 세우는 기분이 들지만 생각하지 말자. 응, 그러지 말자.

그건 그렇고, 있었구나. 역시 있었어. 감정 스킬! 완전 만세다! 살짝 흥분되는걸! 왠지 이세계 전생이라는 느낌이 들기 시작했다! 대답은 물론 YES!

《〈감정 LV 1〉을 습득했습니다. 남은 스킬 포인트는 0입니다.》

스킬 포인트인지 뭔지를 전부 다 써버렸지만 지금은 신경 쓰지 말자.

그, 것, 보, 다, 는!

지금은 우선 염원했던 감정 스킬로 이것저것 조사해보자!

적당히 주변에 굴러다니는 돌멩이를 향해서 〈감정〉이라고 읊어봤다.

뭔가 잘 풀린 것 같은 예감이 든다! 머릿속으로 정보가 쓱 흘러들어 왔다.

〈돌멩이〉

……응? 어라? 이게 다야?

아니, 이건 아니지.

이게 전부는 아닐 거야. 처음이니까 살짝 실수할 수도 있어. 다시 한번 시도해보자.

〈돌멩이〉

……어? 설마, 정말 이게 다야?

아니, 아니야, 그럴 리 없어.

분명 이 돌멩이가 아무런 정보 가치도 없고 정말로 흔해빠진 돌멩이라서 저렇게 나온 거야! 이번에는 벽을 대상으로 감정해보자. 어쩌면 이곳이 어떤 장소인지 알려줄지도 몰라. ○○의 동굴이라든지, 그런 느낌으로 설명이나 이름을 보여준다면 마음도 상당히 편해질 거야.

〈벽〉

아……. 더는 할 말도 없네.

〈감정 LV 1〉이라며 굳이 LV이 표시된 이유를 좀 더 고민하고 나서 행동할 걸 그랬다.

그렇죠, LV 1로는 효과를 발휘해봐야 도움이 되지 않는다는 뜻이겠죠.

LV을 올리면 해결될지도 모르겠지만 스킬 포인트는 전부 써버렸잖아.

으아~! 나는 정말 아무것도 모르고 낭비해버렸구나!

또 어떤 스킬이 있는지는 알 수 없지만, LV 1로도 좀 더 쓸 만한 스킬이 있을지도 모르는데!

아니, 이럴 때에는 반대로 생각하는 거야. 감정이 이런 꼴이라면 다른 스킬도 분명 LV 1로는 구색 맞추기 정도의 효과밖에 없을 거야. 그렇게 하자. 그렇게 생각하자. 안 그러면 못 해먹을 테니까.

으아, 이게 대체 무슨 꼴이람.

어쨌든 얻은 스킬이니까 나 자신도 감정을 해볼까?

〈거미, 이름 없음〉

응? 거미라고 나오는 건 예상대로였지만 이름이 없다고?

본인은 거미라고 하오. 이름은 아직 없소이다, 이런 느낌?

으음, 전세(前世)의 이름은 있지만 거미로 다시 태어난 지금은 이름이 없다는 뜻일까?

일단 쓸데없는 감정 스킬은 제쳐놓자. 오히려 감정 스킬 때문에 괜히 더 수수께끼만 늘었다.

감정 스킬을 얻으려고 사용한 스킬 포인트. 아마도 이 포인트를 모아서 새로운 스킬을 습득할 수 있을 것이다. 하지만 그 포인트를 어떻게 모아야 하는 건지 모르겠다.

레벨이며 스킬에 포인트 운운하는 부분은 마치 게임 같은 세계였다.

뭐, 그건 그것대로 재밌을 것 같으니까 그냥저냥 받아들여야지.

즐길 여유가 있을지 없을지는 모르겠지만…….

아무튼 배가 고프다.

제자리에서 죽치고 있는다고 밥이 나오는 것도 아니잖아. 진짜로 위험해지기 전에 슬슬 돌아다니면서 먹을거리를 찾아봐야겠다.

잠시 걸어 다니면서 생각했는데 이 동굴 너무 넓어!

어디까지나 지금의 나하고 비교했을 때의 이야기지만, 천장도 고개를 번쩍 들어야 될 만큼 높은 데다가 너비도 높이와 비슷한 정도로 넓었다.

울퉁불퉁한 바위가 여기저기 들어앉은 덕분에 살짝 너저분한 느낌은 들었지만 그래도 동굴치고는 상당히 넓었다. 그런 길이 또 이리저리 갈라진다.

나는 적당한 크기의 바위에 올라서 길 저편을 슬쩍 내다봤다. 뭔가 있는 게로구나……! 언뜻 봐도 몬스터 같은 모습을 지닌 괴물들이 여기저기에 있었다.

〈사슴〉〈박쥐〉〈늑대〉〈늑대〉〈늑대〉〈늑대〉〈늑대〉〈늑대〉〈늑대〉…….

앗, 아얏?! 두통?! 감정이 폭주해서 정보가 단번에 흘러들어 왔기 때문인지 머리가 아팠다.

하지만 사슴이라고 하니까 사슴 같긴 한데, 내가 아는 사슴의 뿔은 저렇게 명검처럼 빛나지 않았는데 말이지. 공중을 푸드덕푸드덕 날아다니는 박쥐도 어찌 박쥐라 할 수 있으랴. 추악한 설치류에 악마의 날개가 돋아난 느낌이었다. 늑대는 비교적 평범하다고…… 생각했지만 다리가 여섯 개 달렸네?

여기를 돌파하라고? 무리 아닐까? 아하하, 이제 막 태어난 새끼 거미한테는 요구가 좀 지나치네요. 난이도가 완전 불지옥이잖아.

살금살금 바위를 내려왔다.

알았어, 몬스터였어. 여긴 지구가 아니었어.

그리고 저 사슴인지 늑대인지가 지구와 같은 크기라면…….

그만! 그만 생각하자!

자, 이제 어째야 하나.

앞은 몬스터 해저드. 뒤쪽은 거미 지옥. 어? 혹시 외통수야?

음, 잠시만. 진정 하시게나.

이런 일도 있지 않을까 싶었던 나는 해결책을 제대로 준비했다고요.

뭐, 아주 대단한 건 아니고 단순하게 다른 길을 하나 더 찾아냈다는 정도지만……. 큼지막한 통로 때문에 잘 안 보였으나 샛길이 하나 더 있었다. 벽에다 누가 남몰래 구멍을 뚫어서 만들어놓은 듯한 통로였다. 그런데도 높이가 3미터 정도는 되고 너비도 그쯤 되니까 이동하는 데는 문제없었다.

어쨌든 먹을거리를 목표로 탐색해보자. 가장 좋은 건 동굴의 출구를 발견하는 것.

방침을 결정했으니 렛츠 고!

그렇게 의기양양 이동을 개시할 때까진 좋았지만 길을 잃어버렸다.

아하하, 다시 한번 말해도 괜찮으려나? 동굴 진짜 넓어! 대체 뭐냐고, 이 광대한 미궁은?

아까부터 길이 마구마구 뒤죽박죽으로 갈라지는데 어쩌죠?

갈림길이 몇 개나 되냐고? 열을 넘었을 때부터 더 이상은 헤아리기를 포기했답니다.

마물하고도 제법 마주쳤다. 그때마다 꽁무니를 빼는 바람에 지나온 길도 아리송해졌다.

으아, 이건 진짜 아니지.

이 미궁을 제대로 공략하려면 지도는 필수겠는걸. 출구 찾겠다고 돌아다녀 봤자 좋은 꼴은 못 보겠어.

그리고 나도 참 터무니없는 걸 찾아냈다고 할까.

지면에 남아 있던 무언가. 그건 사람의 발자국이었다.

몇 사람분의 발자국이 또렷이 남아 있었다. 다시 말해서 이곳으로 사람이 드나든다는 뜻이다. 아니, 그 이전에 사람이 사는 세계라는 증거였다. 사람이 있다는 데서 감동했다.

하지만 그와는 반대로 조금, 아니, 상~당히 위험한 사실을 깨닫고 말았다.

내 몸은 사람의 발자국보다도 훨씬 커다랬다.

발자국을 남긴 사람들의 몸집과 비교해보면 내 몸길이는 1미터쯤, 되려나…….

아니야, 이건 분명히 난쟁이 씨가 남긴 발자국이야.

그래, 맞아. 아하핫!

이건 좀 아니지. 응, 아니긴 한데.

어휴, 끙.

거대 거미를 봤을 때부터 어렴풋이 그런 생각은 들었다. 지금의 나는 아무리 호의적인 눈으로 봐도 몬스터입니다. 아이고, 감사합니다!

으으, 이제껏 계속 모르는 척했지만 결국은 외면할 수 없는 사실과 맞닥뜨리고 말았구나.

거미로 환생했다는 것도 충격이었는데 몬스터라니요.

이래서야 기운이 빠진다. 사람에 따라선 이대로 절망감을 이기지 못하고 자해할지도 모를 만큼 기운이 빠졌다. 응, 그래도 기운이 빠진다고 가만히 있을 순 없지.

이곳이 지구가 아닌 이세계라면 어떤 위험이 도사리고 있을지 짐작도 되지 않는다. 처음에 봤던 거대 거미와 비슷한 괴물이 더 이상 없다는 보장을 누가 해주겠어. 그 거대 거미, 내 몸집이랑 비교해보면 몸길이가 30미터 정도는 되겠는데…….

어, 사람이 감당할 순 있을까? 무리 아니야? 어떻게 생각해봐도 그건 보스 몬스터잖아.

그러면 나는 그 보스 몬스터의 자식이라는 거네.

좀 위험하지 않을까?

어쩌면 혹시 정도가 아니라, 사람이랑 만나면 나는 바로 살해당하는 건가?

그럴 수도 있겠네. 아니, 분명히 그럴 거야.

문득 발자국 옆에서 굴러다니는 것을 발견했다.

뭘까?

신경 쓰여서 내려다봤더니 그곳에는 조각난 거미 시체가 있었다.

앗, 이 거미는 나랑 똑같은 종류잖아.

깔끔하게 조각나버렸네. 아마도 인간이 한 짓이겠지?

이건 망한 패턴이다!

사람 눈에 뜨이면 틀림없이 살해당할 거야!

마물 도감

file.01

스몰 레서 타라테트

LV.01

status【능력치】

HP

26 / 26

MP

26 / 26

SP

26 / 26

26 / 26

평균 공격 능력 : 8

평균 방어 능력 : 8

평균 마법 능력 : 8

평균 저항 능력 : 8

평균 속도 능력 : 8

skill【기술】

「독니 LV 1」「거미줄 LV 3」「밤눈 LV 9」
「독 내성 LV 1」

약하다. 토벌 위험도는 제일 낮은 F. 스테이터스를 봐도 약한 데다가 우직하게 돌진만 하는지라 토벌이 용이하다. 다만 드물게 집을 짓는 개체가 있는데, 그런 경우는 위험도가 대폭 올라간다. 거미집을 발견하는 즉시 최우선적으로 파괴하는 것이 기본 방침. 거미줄은 불에 약하고 본체도 불에 약하다.

S1. 일상이 끝나던 때

그날은 평소와 다를 바 없는 날이었다. 학교에 가서 친구들과 시시덕거리고, 수업을 받다가 집으로 돌아오면 게임을 하고, 밥 먹고 목욕한 다음 잠든다. 그렇게 흔해빠진 날이 되어야 했다.

나는 그날 졸린 눈을 비비며 학교로 향했다.

전날 밤늦게까지 온라인 게임을 했기 때문이었다.

학교에 도착하고 하품을 꾹 눌러 참으며 교실로 들어갔다.

"안녕."

"좋은 아침."

"왔냐. ……왜 그래? 무지 졸려 보이네."

같은 반 친구 사사지마 쿄야와 오오시마 카나타에게 인사를 건넸다.

두 사람은 나와 같은 게임을 플레이하는 이른바 게임 친구였다.

"그래, 놀라지 마라. 어제 대머리 씨하고 파티 짰다고."

"진짜냐?!"

"그래. 진짜다, 진짜. 덕분에 거의 밤샘해버렸지."

"우아. 정말이냐. 언제? 내가 로그아웃하고 나서?"

카나타도 도중까지는 나와 함께 사냥했다.

하지만 그만 자야겠다면서 먼저 로그아웃을 했었다.

"젠장. 그럴 줄 알았으면 조금 더 붙어 있을 걸 그랬네!"

진지하게 아쉬워하는 카나타. 하지만 카나타가 나갔으니까 파티를 모집했고, 카나타와 그대로 같이 사냥했으면 대머리 씨하고 같은 파티를 짤 일은 없었겠지.

"그래, 그래서? 대머리 씨를 바로 옆에서 보니까 어땠어?"

쿄야의 물음에 나는 대머리 씨의 컨트롤을 떠올렸다.

"그건 인간의 기술이 아니더라. 베스벨 위치의 마법을 전진하면서 회피한다는 게 믿어지냐?"

"역시 대머리 씨네. 위타천[#1]이라는 칭호는 장식이 아니구나."

"아니지, 아무리 민첩 올인이라도 그런 컨트롤은 아무나 하는 게 아니라고. 역시 마지막에 승부를 결정짓는 건 실력이야."

카나타가 씩 웃으면서 주먹을 쥐어 보였다.

확실히 같은 능력치에 같은 장비를 준다고 해도 대머리 씨와 똑같은 컨트롤을 하는 것은 불가능할 것이다.

"으아, 게임 세계에서 다시 태어나고 싶다~."

"그거 괜찮네. 오늘 끝나면 레벨 업이나 할까?"

"오케이~."

"나도 낀다. 최대한 살벌한 데서 연습하자고!"

대화가 일단락된 그때 마침 종소리가 울렸다. 곧장 흩어져서 각자의 자리로 돌아가 앉았다.

저 약속을 지키지 못하리라는 사실은 꿈에도 모른 채…….

"어라?"

자리에 앉아 수업 준비를 하면서 가방 속을 뒤적거리는데 웬일인

#1 위타천(韋陀天) 불법을 지키는 신장(神將). 사천왕 가운데 남방 증장천의 여덟 신장 중 하나이며, 삼십이천(三十二天)의 우두머리로 달음질을 잘한다고 한다.

지 필통이 잡히질 않았다.

그러고 보니 게임 정보를 공책에 정리한다고 꺼내서 썼던 기억이 난다.

아마 다 쓰고 가방에 다시 넣어두려다가 깜빡했겠지.

"으아~."

"왜 그래?"

내 목소리를 듣고 옆자리의 하세베 유이카가 고개를 돌렸다.

"필통 놓고 왔어."

"쯧쯧, 잘 좀 챙기지. 내가 빌려줄게."

하세베는 그렇게 말하고 샤프와 지우개를 건네줬다.

"고맙다."

"응, 과자 한 봉지만 사주면 돼."

"친절이 아니었군, 칫."

피식 웃고 알겠다는 뜻으로 손을 휘휘 흔들었다. 이 약속도 역시 지키지 못할 것이라고는 꿈에도 모른 채…….

그리고 고전 문학 수업 때 마침내 사건이 일어났다.

졸려라. 나는 거센 졸음기와 싸우고 있었다.

"네, 여러분. 주목들 하고요~. 교과서 37쪽 첫 번째 줄부터~ 음, 누굴 시킬까~. 수업 중에 스마트폰 쳐다보는 시노하라가 해석해볼까요~?"

"으엑?!"

이름을 불린 시노하라 미레이가 우스꽝스러운 소리를 흘리곤 스마트폰을 감추려고 했다.

그 옆에서는 나츠메 켄고가 웃음을 꾹 눌러 참으면서도 천연덕스럽게 자기 스마트폰을 만지작대고 있었다.

"나츠메도 웃을 때가 아닌데 말이죠~. 시노하라가 대답 못 하면 다음은 나츠메 차례랍니다~?"

나츠메의 손동작도 놓치지 않고 지적한 오카 쌤, 본명 오카자키 카나미 선생님 덕분에 교실 안은 웃음바다가 되었다.

웃음거리가 된 나츠메는 얼굴을 붉히면서도 애써 태연한 표정을 지어 보였다.

가장 커다랗게 웃는 녀석은 나츠메와 특히 사이가 좋은 사쿠라자키 잇세이였는데, 제일 앞자리인데도 일부러 나츠메를 향해 몸을 돌리고 손가락질까지 하면서 웃음을 터뜨렸다.

"그만, 그만요~. 조용히들 해요~. 그럼 시노하라, 대답해볼까요~?"

결국 처음으로 지목당한 시노하라도 그다음 이름을 불린 나츠메도 답을 하지 못했고 또다시 교실에 웃음이 흘러넘쳤다.

그런 푸근한 분위기 속에서 오카 쌤이 낭독을 시작했다.

내게는 그 목소리가 마치 자장가처럼 들렸다.

이대로는 잠들겠다는 생각에 교과서에서 눈을 떼고 얼굴을 들어 올렸다.

학생 대부분은 교과서를 뚫어져라 보고 있었다.

딴짓거리를 하다간 시노하라나 나츠메와 같은 신세가 될 테니까.

오카 쌤은 언제나 싹싹하고 친절하면서도 수업을 빼먹거나 딴짓을 하는 학생에게는 은근히 엄격했다.

그런 와중에 내 시선이 어느 학생에게 가서 멎었다.

왼쪽 앞자리, 그곳에 앉아 있는 여학생이 눈에 들어온다. 리호코라고 불리는 아이였다. 본명은 아니다.

리얼 호러를 줄여서 리호코.

삐쩍 마른 몸에 창백한 얼굴, 언제나 울적한 표정을 짓고 다니는 기분 나쁜 여자애였다.

별로 다른 사람을 흉보고 싶진 않지만 그럼에도 불구하고 자꾸만 끓어오르는 거부감은 도무지 가실 줄을 몰랐다.

리호코는 졸음과 싸우는 나를 비웃듯이 당당하게 졸고 있었다.

불쾌해지려는 기분을 억누르며 리호코에게서 시선을 뗐다.

그곳에, 바로 그곳에 있었다. 그것은 균열이었다.

교실 안에서 나 말고 균열의 존재를 알아차린 녀석은 없었을 것이다.

정확히 교실의 한가운데, 바로 그 위쪽인 아무것도 없어야 할 공간에서 균열이 생기고 있었다. 균열이라고밖에 표현할 말이 없었다. 게다가 그건 점점 더 굵어지면서 쭉쭉 뻗어 나갔다. 당장에라도 갈라지려고 하는 균열.

나는 어리둥절해서 쳐다보기만 할 뿐 아무것도 하지 못했다.

뭔가 했더라도 결과는 달라지지 않았겠지만…….

균열이 요란하게 갈라진다. 그와 동시에 느껴지는 무시무시한 격통.

그렇게 나는, 우리는 죽었다.

2. 집세 0엔짜리 주택

그래, 집을 만들자. 방범 대책이 탄탄한 집으로…….

던전을 당장 탈출하는 일은 포기했다. 멋모르고 돌아다니다간 불의의 습격으로 데드 엔딩을 맞이하는 미래밖에 없다. 마물이든 인간이든 지금의 내게는 모두 강적이었다. 강적이라고 쓰고 라이벌이라든지 머시기라고 읽지도 못한다. 일말의 과장도 없이 목숨을 부지하는 데 막대한 지장을 초래하는 놈들이었다.

게다가 사람이 출입하는 장소라 함은 설령 출구를 찾아낸다고 해도 못 나갈 가능성이 있었다.

그야 사람 눈에 뜨였다간 살해당하는걸. 출구 바로 근처에 사람들이 사는 마을이 있을지도 모르는 거고.

그런고로 나는 던전 안에서 살아가겠다고 결의를 다졌다.

그래서 말인데, 살아가려면 의식주가 필요하다.

옷은 거미니까 없어도 괜찮을 듯싶었다. 여기는 온도라든지 비교적 쾌적하고 말이지.

문제는 식과 주.

Q, 거미의 주식은 뭘까~요? A, 다른 곤충이죠.

으아아……. 먹어야 되나? 배를 채우려면 결국 먹어야 한다는 건가?

게다가 말이야, 지구에서는 상상도 못 할 내 몸집을 고려하면 포식 대상이 꼭 곤충뿐이라고 단정할 순 없을 것 같아. 구체적으로는 다른 마물이라든지, 별로 유쾌한 생각은 아니지만 인간이라든지…….

잠깐만 돌이켜봐도 내 형제들은 태어나자마자 동족 포식을 시작했었고 말이지. 어미로 짐작되는 거대 거미가 아무렇지도 않게 자식을 잡아먹질 않나, 내 동족은 생물이라면 뭐든 사냥감 취급한다는 가능성도 아주 없진 않을 것 같아.

아니, 그보다 이런 동굴에서 살려면 다른 선택지가 없었다. 요컨대 내가 배를 채우려면 다른 마물을 해치우고 잡아먹는 수밖에 없다는 뜻이었다.

어쨌든 생존은 가장 중요한 목표이고 굶어 죽지 않으려면 뭐든 가리지 말고 먹어야 한다.

내 수중에는 일단 음식이라고 불러도 괜찮은 뭔가가 있었다.

방금 전 찾아놓은 조각난 거미 시체.

이빨이랑 다리 부위는 제거됐지만 몸체는 그런대로 남아 있었다.

아무튼 이걸 먹으면 오늘 하루 정도는 밥걱정을 안 해도 되겠지. 먹을 수 있다면…….

아무래도 이건 역시 좀……. 거미를 먹는다는 건 고난도고 무엇보다 얘는 아마도 내 형제일 텐데…….

별로 맛있어 보이지도 않는 데다가 윤리적으로도 조심스럽게 사양하고 싶달까.

그런 이유로 얘를 먹는 건 잠시 보류하도록 하자.

게다가 얘 하나 먹어봤자 배부른 건 한때뿐이고…….

앞으로 줄곧 던전 안에서 생활해야 한다는 점까지 고려하면 사냥감을 꾸준히 확보할 필요가 있었다.

하지만 다른 마물을 잡아먹으려면 필연적으로 마물을 해치워야 된다는 건데…….

까놓고 말해서 마물이랑 싸우는 건 완전 무리거든?

잘하는 건 게임밖에 없었던 연약한 애한테 리얼 파이트는 어림도 없고 말이지.

그렇게 고민한 끝에 집을 만들기로 결론 내렸다.

거미잖아요, 그럼 거미집이죠!

거미라면 특유의 점성을 지닌 실로 집을 만들어서 사냥감을 잡아야죠.

이게 잘되면 식량뿐 아니라 주거 문제도 단번에 해결된다.

동굴이라는 지형도 좋은 조건이라고 생각합니다!

여기저기 아무 데나 줄을 칠 수 있으니까요.

이제 결정도 내렸겠다, 나의 새로운 거주지를 제작해봅시다!

형제의 시체를 짊어진 채 사람이 잘 오지 않고 지내기에도 적당한 장소를 찾아다녔다.

응? 왜 그런 걸 짊어지고 다니냐고?

보험이랍니다. 여차하면 입맛이 당기든 말든 먹어야죠.

T자형에 사람 발자국도 전혀 없는 장소를 찾아냈으니 여기로 해야겠다.

우선은 실을 뽑아야 한다. 엉덩이 비슷하게 생긴 부분에서 실이 나올 테니까 시험해봐야지.

그렇게 생각했는데 벌써 실이 나와 있었다. 어라라, 이런 걸 흘린 기억은 없는데?

게다가 이것은 저~기 멀리까지 늘어져 있었다. 혹시 이거 내가 줄곧 흘리면서 돌아다녔던 걸까?

으아, 왠지 부끄러운걸!

그거다, (자체 모자이크)인 줄도 모르고 (자체 모자이크)하는 것 같아.

무의식중에 흘리고 다녔던 실은 일단 방치.

그러면 다시 집 만들기 시작!

나는 완성된 거미그물을 보면서 만족했다. 동굴 통로를 막는 형태로 쳐놓은 거미집이 멋들어지게 자리 잡고 있었다.

후후, 이게 본능이라는 겁니까요? 작업을 시작하니까 몸이 멋대로 움직이면서 어어, 하는 사이에 거미그물이 만들어졌답니다.

다만 그물을 완전히 막진 않고 내가 아슬아슬하게 지나갈 크기의 구멍을 남겨놨다.

뭐하러 그런 짓을 하냐고? 당연히 도주로를 확보하기 위해서지.

내가 있는 곳은 T자 통로의 교차점이다. 그곳을 가로막는 형태로 각각의 통로에 거미그물을 쳤다.

하지만 여기를 완전히 막아버리면 내가 도망칠 길이 사라져버린다.

있을 것 같진 않지만, 내가 쳐놓은 거미그물을 돌파하는 용맹한 마물이 나타날지도 모르잖아.

그러니까 여차할 때 도망칠 수 있도록 일부러 구멍을 남겨놨다.

세 방향을 거미그물로 둘러쳤으니까 안전도 확보됐고 만약의 사태를 대비해서 도망칠 곳도 준비했다.

이상적인 은둔형 외톨이의 공간이 완성됐어요! 훌륭합니다, 마이 홈.

이제 그물에 정기적으로 사냥감만 걸려준다면 더할 나위 없겠다.

그렇게 된다면 나는 평생 여기에 틀어박힌 채 살아갈 수 있을 것이다.

훌륭하잖아!

나는 일단 학교를 다니긴 다녔지만 거의 은둔형 외톨이와 다를 바 없이 생활했었다. 학교에 가면 아무하고도 대화하지 않은 채 시간을 보냈고, 집에 돌아오면 오로지 인터넷 서핑과 게임만 했었다. 식사는 뜨거운 물 붓고 3분, 혹은 전자렌지 땡으로 대강 때웠다. 가끔씩 편의점 도시락이 끼어든다.

우리 집은 맞벌이 가정이었던지라 어른들의 귀가 시간이 늦었다. 돌아온다고 한들 서로 얼굴을 마주하지도 않았다. 집안일도 각자가 꼭 필요한 정도만 알아서 했다. 솔직히 말하면 같은 집에서 살고 있다 뿐이지 생판 남이었다. 친부모인데 얼굴조차 기억나지 않는다는 건 어떤 의미로 대단하지 않아?

그런 부모지만 내 죽음을 알면 조금은 슬퍼해주려나?

글쎄, 어떨까. 내가 벌어들였던 주식의 수입이 없어졌다는 건 슬퍼할지도…….

나는 집세를 내겠다고 주식으로 푼돈 벌이를 했었다. 그 돈의 액수만큼은 슬퍼할 수도 있겠네.

그만큼 가족 관계가 냉랭했었고—.

그런 가정에서 살아온 탓인지 나는 타인과의 커뮤니케이션 행위를 귀찮아했다.

뭐, 가정 환경 탓이라기보단 타고난 성격 때문에 그랬는지도 모르겠지만…….

그래서 친구라고 부를 만한 애도 없었고 온라인 게임에서 채팅을 나눌 때조차 거의 아무 말도 안 했다.

그러다 보니까 내 게임 캐릭터한테도 과묵하다는 이미지가 따라다녔다.

아바타도 멋없는 대머리 아저씨. 쓸데없는 말을 늘어놓는 대신 등짝으로 말하는 나이스 가이였다.

능력치도 이론적으로나 가능하다는 소리를 들을 만큼 물리 공격력과 민첩성만 냅다 올렸을 뿐 다른 건 손도 대지 않은 극단적인 스타일.

안 맞으면 아무 문제 없잖아! 그렇게 주장하듯 모조리 회피하면서 히트 앤 런으로 적을 쓰러뜨린다. 맞으면 죽어버리지만!

으음…….

부모님이라든지 학교 애들을 못 만나는 건 상관없지만 대머리 아저씨를 다시 못 본다고 생각하면 조금 씁쓸했다. 과금을 안했는데도 과금한 사람과 맞붙는 경지까지 올라간 실력자였던 만큼 플레이를 도중에 그만둬야 된다는 건 미련이 남는걸.

친부모보다 게임 캐릭터한테 더 애착을 느낀다는 건 스스로 생각해도 막장 인생이구나.

그렇긴 하지만 사실인 걸 어떡해. 나는 완전 몹쓸 인간입니다~.

그럼에도 불구하고 별다른 감흥이 없다는 것은 몹쓸 인간을 몹쓸 인간으로 살아가게 하는 이유가 아닐까?

몹쓸 인간답게 당당히 선언하도록 하자.
방구석 백수 만세! 이얏호!

앞다리 둘 사이에 하얗고 가느다란 실이 걸렸다.
바깥쪽으로 잡아당기면 쭉 늘어진다.
힘을 빼면 천천히 원래 길이로 돌아갔다.
응. 원했던 대로 고무 같은 성질이었다.
뭘 하냐고?
실을 가지고 이것저것 실험하는 중이야.
앞으로 무사히 살아가려면 이 거미줄은 내 목숨줄이나 마찬가지였다.
그 점을 고려하면 거미줄의 성능을 확인하는 일은 최우선적으로 해야 된다고 생각했지.
실을 마구 쏘아내는 것부터 시작해서 굵기 조절, 점착성 조절, 강도 조절, 신축성 조절이 가능한지 검증해봤다.
굵기 조절은 제법 간단했다.
눈에 보이지 않을 만큼 가느다랗게는 무리였지만 머리카락과 비슷한 굵기까지 만드는 건 성공했다.
이렇게 어두운 던전 속에서 요만큼 가느다라면 거의 보이지도 않을 것이다.
하지만 가늘면 가늘수록 실이 쉽게 끊어져버렸다.
뭐, 그건 어쩔 수 없지. 상식적으로 생각해봐도 가느다랄수록 약해지는 법이니까.

반대로 두껍게 하면 강도가 올라갔다.

지금의 내가 만들 수 있는 가장 두꺼운 실은 직경 2센티미터 정도. 평범한 밧줄 정도는 되려나?

뭐, 어디까지나 그냥 뽑아냈을 때의 최대치니까 더 두껍게 하자면 몇 가닥을 모아서 꼬는 식으로 훨씬 두껍게 만들 수 있었다. 그만큼 수고를 들여야겠지만…….

점착성 실험은 솔직히 하지 말 걸 그랬다고 후회했다.

거미줄은 전부 끈적끈적하다고 여기기 십상이지만 실은 점착성이 전혀 없는 실도 존재했다.

거미 자신이 자기 줄에 걸리지 않는 이유는 바로 그 끈적이지 않는 실을 잘 골라 쓰는 덕분이다. 이건 본능을 좇아 거미그물을 만들다가 알아차렸다.

그래서 더 자세히 알아보고자 실험을 개시했는데 감탄스러울 만큼 온몸을 꽁꽁 휘감고 말았다.

그래, 그렇겠지.

점착성이 있는 실과 없는 실을 구별해서 쓰는 이유는 그럴 필요가 있기 때문이고 그걸 하지 않으면 자기 줄에 자신이 붙들리기 때문이었다.

나는 한심하게도 스스로 뽑아낸 거미줄에 걸려들었다는 말씀.

땀 좀 뺐다. 실제로 하마터면 자기 함정에 빠져서 사망이라는 바보 멍청이의 최후를 맞이할 뻔했다.

엉덩이에서 나온 실은 엉덩이에 이어진 상태를 유지하면 어느 정도 성질을 변화시킬 수 있다는 점을 불가항력으로 깨닫고 말았다.

그다음 실험으로는 엉덩이에서 떼어낸 실의 성질을 변화시키려고 해봤는데 약간 정도라면 바뀐다는 사실을 알아냈다. 판타지 세계는 역시 굉장하다.

다시 기운을 내고 강도를 확인.

가늘면 약해지고 두꺼우면 튼튼해지는 것은 확인했는데 그러면 어느 정도의 힘까지 견딜까? 유감스럽게도 알 수 없었다.

왜냐고? 강도를 MAX로 하면 내가 아무리 힘을 줘도 끊어지지 않았기 때문이다. 어금니까지 박아서 끊어내려고 했건만 끝내 잘리지 않은 탓에 살짝 무서워졌다.

이런 실로 몸을 옭아맸으니 쉽게 빠져나올 수 있을 리가 없었다.

뭐, 나보다 훨씬 힘센 마물이라면 뜯어낼지도 모르니까 과신은 금물이지만…….

그래서 마지막으로 신축성 실험의 결과가 지금 내 손에서 말캉말캉하는 요놈이란 말씀.

응.

고무 성질을 띠는 실은 제법 쓸 만할 것 같아. 적당한 돌멩이 따위를 넣어서 돌팔매질에도 써먹을 수 있겠어.

그 밖에도 여러모로 유용할 것 같고 사용할 데는 많겠지.

실험 결과는 대단히 만족스러웠다.

하지만 그냥 넘어가지 못할 문제가 발생했다. 실을 뽑아내면 뽑아낼수록 에너지가 소모되나 보다.

다시 말해서 나는 지금 맹렬하게 배가 고팠다.

원래부터 배를 곯고 있었는데 지금은 생명의 위기가 느껴질 만큼 허기가 졌다.

신기하게도 갈증은 느껴지지 않았지만 공복감은 위험하다 싶을 만큼 보통이 아니었다.

이대로는 굶어 죽겠다.

내일 아침 해를 맞이하기 전에 죽을 것 같아. 아니, 동굴이니까 어떻게 되든 아침 해는 못 보겠지만 말야.

그런 사태를 피하려면 뭔가를 먹어야 된다는 건데……. 내 수중에 있는 건 보험 삼아 가져온 바로 그것밖에 없는데 말이지…….

그걸 먹어야 되나?

으음, 하지만 이대로는 진짜진짜 굶어 죽을 테고…….

던전에서 살아남으려면 애초에 마물을 날 것으로 먹어야 된다는 거잖아.

좋아. 각오를 다졌다.

태어나서 처음으로 먹는 음식이 형제의 시체라니. 대체 무슨 악행인가 싶지만 상황이 이렇다 보니 어쩔 수 없었다.

그럼 잘 먹겠습니다.

으아, 완전 맛없어. 쓰잖아. 그래도 꾹 참고 먹었다.

맛없으니까 못 먹겠다고 버틸 형편도 아니어서 꾹 참고 형제의 시체를 마저 먹어치웠다.

덕분에 배는 채웠으니 당분간 굶어 죽을 걱정은 면했다.

후유, 잘 먹었습니다.

《조건을 충족시켰습니다. 칭호 〈혈족 포식자〉를 획득했습니다.》

《칭호 〈혈족 포식자〉의 효과로 스킬 〈금기 LV 1〉과 〈외도 마법 LV 1〉을 획득했습니다.》

뭐라고요?

감정 스킬을 배웠을 때와 마찬가지로 안내 방송 같은 목소리가 들렸다.

이 목소리는 일단 하늘의 목소리라고 부르자.

그건 그렇고, 칭호라고?

혹시 그건가? 특수한 조건을 달성하면 주는 건가?

아마도 그럴 테지만 내가 받은 건 터무니없이 불명예스러울 뿐 아니라 엽기적인 칭호 같은데요…….

〈혈족 포식자〉라니, 글자만 봐도 흉악한 느낌이잖아!

이거 다른 사람한테는 안 보이겠지? 아니야, 감정 레벨이 높으면 보일지도 모르겠네.

으아.

혹시 보이면 곧바로 끝장이잖아.

뭐, 나는 몬스터니까 칭호가 뭐든 관계없이 사람 눈에 뜨인 시점에서 끝장이지만 말이야.

하지만 그런 느낌을 무시하면 이건 꽤 대단한 수확 아닐까?

어쨌든 스킬이 단숨에 둘이나 늘었으니까.

칭호를 획득하면 스킬 포인트를 쓰지 않아도 스킬을 받을 수 있는 듯했다. 이건 중요한 발견이다.

지금 처지로는 스킬 포인트도 0이고 새로운 스킬을 획득할 길이 없다고 생각했는데 다른 방법이 있다고 알아낸 것만 해도 횡재였다.

그래서 새로 획득한 스킬은 금기와 외도 마법이구나.

금기는 좀 위험해 보이는 이름인데 스킬의 효과는 전혀 모르겠다. 솔직히 말하면 상상도 되지 않았다.

으음, 설명서 플리즈. 효과를 모르는데 어떻게 쓰라는 거야.

어라? 생각난 김에 하는 말인데 외도 마법도 사용법을 전혀 모르겠는걸.

뭐죠? 주문이라도 외우면 되는 건가요? 끙, 나는 거미니까 말을 못 하는데요…….

키익키익, 울음소리라고 해야 되나, 이빨 가는 소리밖에 못 내는데 말이죠…….

아니, 말을 할 수 있어도 주문이 뭔지 모르니까 못 써먹는다는 건 변함없지만 말이지.

시험 삼아 마음속으로 「외도 마법」이라고 읊어봤다.

……그래, 응. 아무 일도 안 일어나네. 쓸모없잖아~.

외도라는 말에서 느껴지는 인상은 제쳐놓더라도, 마법이라는 판타지 세계의 특산물을 획득했다는 생각에 들떴던 기분이 푹 하고 침몰해버렸다.

마법 스킬이 있어도 바로 쓰진 못한다는 뜻일까?

단지 사용법을 모르기 때문일까, 아니면 마법 수업이라도 받아야 쓸 수 있는 걸까?

아무것도 모르겠단 말이야.

어라?

호박이 넝쿨째로 굴러떨어지는 것처럼 스킬을 획득했다고 생각했는데 못 써먹으면 의미 없잖아?

〈혈족 포식자〉라고 해봐야 아무 도움도 안 되는 거네?

앗, 그러고 보니 〈혈족 포식자〉 칭호의 획득 조건이 말 그대로 피가 이어진 누군가를 먹는 조건이라면 똑같은 칭호를 가진 형제가 제법 많겠구나.

하지만 인간한테 걸리면 맥없이 죽어버린다는 말이네.

그렇다는 건 〈혈족 포식자〉 칭호를 얻었어도 전투 능력 따위는 별반 다르지 않다는 것인가.

못 써먹으면 의미 없으니까.

과연, 그렇구나. 조건이 간단한 데에는 그럴 만한 이유가 있다는 거군.

조건이 까다롭지 않은 칭호는 그만큼 효과가 낮구나.

하지만 칭호가 있다는 사실을 알아낸 건 중요한 발견이다.

칭호를 더 수집하면 효율적으로 스킬을 얻을 수 있지 않을까?

새로운 칭호를 획득할 수도 있으니까 잠시 시간을 내서 이것저것 시도하는 것도 괜찮겠는걸.

하지만 어떤 칭호가 있는지조차 모르는 상황이고…….

도구 종류도 없으니까 뭔가 해보려고 해도 제한적이고…….

자꾸 춤을 추면 춤추는 아이라는 칭호를 받진 않으려나?

그런고로 춤을 춰봤다.

그랬더니 다리에 동여맨 실에서 진동이 전해져서 벌렁 나자빠졌다.

으갹! 은근히 아팠다.

춤을 췄는데도 칭호는 못 받은 데다가 괜히 아프기만 하고 한숨만 나오는구나.

다시 기운을 내고 아직껏 진동하고 있는 실로 관심을 돌렸다. 실의 끄트머리는 왼쪽 통로의 아래쪽 거미그물로 이어져 있었다. 아무래도 거기에 뭔가가 걸렸나 보다. 첫 번째 사냥감이었다.

신중하게 조심조심 접근했다.

거미그물이 시야에 들어오는 지점까지 다가갔는데, 그곳에는 휘황찬란한 무지갯빛 얼룩무늬를 띤 뭔가가 거미그물에 휘감긴 채 버둥거리고 있었다.

〈개구리〉

응. 정말로 개구리처럼 생겼네.

몸집은 나랑 비슷한 정도이고 무지갯빛으로 빛나긴 하지만 겉모습은 정말 개구리였다.

마물을 감정하면서 거미라고 통지를 받은 나 말고는 처음으로 납득이 되는 감정 결과다.

개구리는 닭고기랑 비슷한 맛이 난다고 하니까 맛있을 것 같아.

방금 먹었던 형제보단 난이도가 훨씬 낮지 않으려나.

아니야, 몸뚱이 색깔이 저렇게 화려한데 독이 없다는 건 말도 안 되지.

게다가 형제를 먹어치운 덕분에 아주 배가 고픈 것도 아니고 말이야.

음, 어떡할까.

어라, 느긋하게 머리를 굴리고 있던 그때였다. 궁지에 몰린 개구리가 반격을 시도했다!

입에서 독기가 한가득 묻어나는 칙칙한 액체를 이쪽으로 토해냈다!

앗, 큰일 났다! 그렇게 놀라긴 했지만 완전히 방심하고 있던 탓에 피할 틈도 없이 그 액체를 모조리 뒤집어쓰고 말았다.

으갸아아아아악?! 흑, 뭐야 이거?! 아파, 아프다고?!

독이야? 이거 독이지? 액체가 닿은 부분이 엄청 아프잖아?!

으앗?!

두 번째 포탄이 날아왔다?! 잠깐, 잠깐만?! 끄학?! 또 맞았어?!

아팟, 잠깐, 이게 대체 뭔 일이야?! 철수, 철수!

후들거리는 다리를 움직여서 간신히 개구리의 사정거리 밖으로 피난.

으아아. 완전 아파. 염산을 뒤집어쓰면 이런 느낌이려나? 몸이 녹진 않았겠지?

불안했지만 거울도 없고 살펴볼 방법이 없었다.

제길. 방심했어.

함정에 걸렸다고 한들 상대는 마물이니까 마음을 놓으면 안 됐다.

궁지에 빠진 쥐는 고양이를 무는 법이다. 개구리 역시 뱀과 눈이 마주쳤을지라도 잠자코 잡아먹히진 않을 것이다.

끙, 어쨌든 아프긴 아프지만 죽을 정도는 아니었다. 독액을 덮어쓴 부위는 주로 좌반신과 등.

왼쪽 눈에도 어느 정도 들어갔는지 시야의 일부가 보이지 않았다.

응? 왼쪽 눈이 망가졌는데도 일부분만 안 보인다고?

앗! 혹시 나는 거미니까 눈이 잔뜩 달렸나? 아마도 그럴 거야. 새로운 발견이었다.

아차, 지금은 그런 생각을 할 때가 아니지. 통증이 좀처럼 가시질 않았다.

《숙련도가 일정 수치에 도달했습니다. 스킬 〈산 내성 LV 1〉을 획득했습니다.》

뭣이라?

기분 탓인지 고통이 누그러졌다. 스킬 포인트를 쓰지 않아도 스킬을 획득할 수 있는 거야?

어라?

그러면 감정에 써버린 100포인트는 도대체 뭐였지?

……깊이 생각하지 말자.

어쨌든 산 내성이라는 스킬을 획득한 모양이었다. 획득 조건은 개구리의 공격을 맞아서 달성했겠지. 으음, 다만 맞은 직후에 스킬을 획득한 건 아니니까 다른 조건도 있을 것 같아.

유력한 가설은 숙련도라는 말이 나왔던 만큼 산으로 연속해서 대미지를 받아야 된다는 정도려나?

고찰은 나중에 하자.

내성을 획득한 덕분에 통증이 상당히 수그러졌다. 그러자 이번에는 개구리한테 부글부글 분노가 끓어올랐다.

개구리 놈, 기껏해야 밥거리인 주제에 감히 나한테 싸움을 걸었겠다! 용서 못 해!

지금 결심했다. 재한테 독이 있든 말든 상관없다. 이렇게 된 이상 저 녀석을 오기로라도 먹어주겠어!

방침을 정했으면 남은 건 돌격뿐!

방심만 하지 않으면 저 녀석은 이미 함정에 걸린 불쌍한 사냥감에 지나지 않는다!

세 번째로 독액을 토해내는 개구리. 훗, 미리 알고 있으면 피하기는 식은 죽 먹기!

날아드는 독액을 화려하게 흘려보내고 그대로 개구리를 향해 돌격했다.

받아랏, 나의 필살기! 와그작! 깨물고 늘어지기!

푸하하! 평범한 깨물기라고 생각하지 마시라! 나는 거미! 내 이빨에는 독이 있도다!

실을 뽑아낼 때도 그랬지만 그런 정보는 자연스럽게 깨달을 수 있었다.

후후후, 독에 신음하면서 거꾸러지거라!

결판이 났다고 생각한 순간 퉷, 철벅 소리가 이어지면서 밀착 상태로 독액을 뒤집어쓰고 말았다.

흐갸악?! 아파, 아프잖아?! 내성이 있어도 아파!

나도 모르게 이빨을 빼냈잖아!

《숙련도가 일정 수치에 도달했습니다. 스킬 〈독 내성 LV 1〉이 〈독 내성 LV 2〉로 성장했습니다.》

아~ 그러세요. 앗, 지금은 다른 데 정신 팔 때가 아니야!

요놈의 개구리 자식, 한 번으로도 모자라 두 번으로도 모자라 세 번이나 나한테 더러운 독액을 쏟아부었겠다!

절대 용서 못 해! 처음부터 용서할 마음은 눈곱만큼도 없었지만 어쨌든 용서 못 해!

분노에 휩싸인 채 다시 한번 깨물기 공격. 개구리가 괴로워하면서 몸부림쳤다.

푸하하! 괴로워해라, 더욱더 괴로워해라! 신 나 하며 연거푸 깨물어댔다.

한동안 버둥버둥 몸부림치던 개구리도 점차 움직임이 약해졌고 결국은 힘을 다했다.

후유, 드디어 해치웠다. 첫 사냥감이 이래서야 앞날이 염려된다. 어쨌든 본때를 보여줬다!

재빨리 포식! 우걱우걱. 와그작와그작. 음, 쓰다. 아파라.

왜 쓰지? 독 때문인가? 아픈 건 아마 산 성분 때문이겠지? 뭐, 내성이 있는 덕분인지 못 견딜 정도는 아니었다. 하지만 맛있진 않았다.

《숙련도가 일정 수치에 도달했습니다. 스킬 〈산 내성 LV 1〉이 〈산 내성 LV 2〉로 성장했습니다.》

맛은 썩 괜찮지 않았지만 스킬 면으로는 썩 괜찮았다.

게다가 이 녀석은 마이 홈에서 첫 번째로 사냥한 기념비적인 사냥감.

거미줄이 마물 상대로도 충분히 통한다는 확신을 주었다.

이 정도 마물이라면 실에서 탈출하기는 불가능.

그리고 사냥감은 분명히 걸려들 것이다.

그런 확신이 생긴 것만으로도 충분했다고 본다.

개구리야, 고마워!

그래도 침을 뒤집어쓴 원한은 안 잊을 거야.

S2. 전생

애너레이트 왕국에 슈레인 재건 애너레이트라는 이름의 소년이 있었다.

이름을 보면 짐작하겠지만, 왕족이다.

측실의 소생이었고 제4왕자로 탄생했다.

소년에게는 전세의 기억이 있었다.

전세에서 썼던 이름은 야마다 슌스케.

그게 바로 나다.

전세의 마지막 기억에서 나는 고전 수업을 받고 있었다.

그때 교실 위쪽에서 공간의 균열이 생성되는 현상을 목격했었고 그다음부터는 기억나지 않는다.

공간의 균열? 지구에서는 보통 그런 현상이 일어나지 않는다.

아마도 그게 원인으로 나는 죽음에 이르렀을 것이다.

그리고 어찌 된 영문인지 전세의 기억을 가진 채 다시 태어났다.

마치 게임처럼 스킬이나 레벨 따위의 개념이 실재하는 세계에서 나는 살아가고 있었다.

이 세계에는 스테이터스가 있다.

게임도 아닌 현실이거늘 대체 뭐냐는 생각이 아주 없진 않았지만 이미 반쯤 체념했다.

이곳은 그런 세계라고 순순히 받아들이면 즐거워진다는 사실을 깨달았기 때문이었다.

단련을 거듭할수록 그만큼 자신에게 보상이 돌아오는 데다가 기술을 갈고닦는 건 제법 재미있었다.

하지만 이 세계에도 불편한 점은 있었다.

스테이터스가 보이지 않는다. 스테이터스라는 개념이 분명히 있는데도 불구하고 그것을 보기 위해선 엄격한 조건을 갖춰야만 했다.

감정이라는 스킬이 있다.

그 스킬을 사용해서 스테이터스를 볼 수는 있지만 감정 스킬을 가진 인간은 적었다.

감정 스킬을 획득하려면 지구의 감정사와 마찬가지로 어느 물건의 가치를 알아보는 뛰어난 교양은 물론이고, 그것이 어떤 물질로 형성되어 있느냐를 알아보는 관찰력 등 어지간한 사람으로선 엄두를 내지 못할 만큼 고도의 기술과 능력을 필요로 하기 때문이었다.

그리고 하나 더, 설령 스킬을 획득하는 데 성공하더라도 레벨을 올리기가 지극히 험난하다는 점도 감정 스킬을 지닌 자가 적은 이유였다.

사실 스킬을 획득하는 것 자체는 그냥 스킬 포인트만 치르면 된다.

되긴 하는데 그다음으로 나아갈 수가 없다.

감정 스킬 레벨을 올리고 싶다? 그럼 감정을 발동시키면 된다.

감정을 발동시킬 때마다 숙련도가 올라가고 일정 수치에 도달하면 레벨이 오른다.

다만 감정을 발동시킨다는 행위부터 살짝 골치 아프다.

감정은 발동시켜도 마력이나 기력을 소비하진 않았다.

그럼 내키는 대로 발동하면 되지 않느냐고 되묻겠지만 또 그렇지가 않았다.

간단해 보이지만 함정이 있었는데 감정을 발동시키면 두통과 취기가 들이닥친다.

그 정도에는 개인차가 있었는데 심한 사람의 경우에는 한 번 감정을 발동시키기만 해도 정신을 놓아버릴 수준이고, 재능 있는 사람일지라도 둘 이상의 대상을 연속으로 감정하는 것은 무리라고 했다.

한 번을 발동시켜도 그만한 피해가 나오는데 몇 번이고 계속 발동시켜서 숙련도를 쌓는다는 건 터무니없는 고행인 셈이다.

게다가 감정 스킬은 높은 레벨이 아니면 별반 쓸모없다는 덤까지 붙어 있었다.

그런저런 연유로 인해 감정 스킬을 애써 획득하려고 드는 사람은 적었다.

대대로 감정사를 생업으로 삼아온 가문의 후계자 정도뿐이다.

그럼 어떻게 스테이터스를 확인하느냐가 문제인데 이때 등장하는 것이 감정석(鑑定石)이었다.

감정석은 특수하게 만들어진 마도구로, 소유하는 동안 일시적으로 감정 스킬을 사용하도록 해주는 물건이었다.

사용 가능한 감정 스킬의 레벨은 감정석의 품질에 따라 달라지는데 왕가가 소유하고 있는 레벨 10에 해당하는 감정석은 세계에서도 손에 꼽힐 숫자밖에 없었다.

당연히 사용하려면 특별히 허가를 받을 필요가 있었고 기본적으로 왕가와 밀접한 대귀족 정도가 아니면 사용할 수가 없다.

나는 왕가의 인간이니까 필요하다면 사용할 순 있지만 물론 제멋대로 막 써도 되는 물건은 아니었다.

시녀 안나에게 감정석을 쓰고 싶다고 어지간히 떼를 써보기도 했지만 규정된 나이 전까지는 허가가 떨어지지 않는 모양이었다.

뭐라더라, 태어나서 처음으로 스테이터스를 감정하는 건 특별한 행사이기 때문에 귀족 정도의 신분이라면 제대로 된 식전(式典)을 열고 엄숙한 분위기 속에서 치른다던가.

나 또한 그렇게 식전을 치러야만 했다.

식전은 스테이터스 감정 말고도 참가하는 아이가 첫선을 보이는 자리의 의미도 있다고 한다.

여러 사람이 둘러서서 지켜보는 가운데 감정 결과가 공개되고 그 시점부터 어른들에게 평가를 받는다는 뜻이다.

나는 나이에 비해 파격적인 스킬을 보유하고 있어서 문제없지만, 지나치게 낮은 스테이터스가 나오면 최악의 경우 버림받는 경우도 있다니까 무서운 일이었다.

여하튼 나와 비슷한 시기에 태어난 정실의 아이, 여동생 스우와 함께 정식으로 데뷔 무대에 오르게 되었다.

나와 스우는 식전용 예복으로 갈아입으면서 몇 번이고 의식의 절차에 관해 들어야 했다.

식전에는 현 국왕, 즉 나와 스우의 아버지도 참석한다.

그 밖에도 쟁쟁한 면면들이 참석하는 행사로 여기에서 실수를 저질러 창피를 당한다는 것은 용납되지 않았다.

아이일지라도 그곳에서는 왕가의 일원.

식전의 주역으로 참가한 이상 왕가의 위신을 걸머지고 나아가야만 했다.
본래 소시민이었던 내게는 무거운 짐이었다.
하지만 옆에서 당당한 자세로 서 있는 여동생을 돌아보면 나 역시 해내야겠다는 절박감 비슷한 결의가 끓어올랐다.
"준비는 다 되셨습니까?"
안나가 마지막으로 확인 차 물었을 때 나는 말없이 고개를 끄덕거렸다.
"그럼 가시죠."
안나의 한마디를 신호 삼아서 나와 스우는 식장으로 통하는 문을 열고 나란히 걸음을 옮겼다.
문을 지나치자 널따란 식장이 눈에 들어왔다.
문에서 일직선으로 붉은 융단이 깔려 있었고 저편에는 대좌(臺座)와 그 뒤쪽에서 기다리고 있는 남성이 보였다.
벽면 쪽에서 수많은 사람들이 조용히 이쪽을 쳐다보고 있었다.
이곳에 있는 건 모두 상급 귀족과 관계되는 사람들이다.
나와 스우는 말없이 융단 위를 걸었다.
이날을 위해 수업을 듣고 배워놓은 위풍당당한 걸음걸이로…….
귀족들의 시선이 꽂혀들었지만 최대한 의식하지 않으려고 노력했다.
이윽고 대좌의 앞에 도착했다. 나와 스우는 그곳에서 멈추고 무릎 꿇었다.
대좌의 뒤쪽에서 기다리고 있었던 남성, 현 국왕이자 우리의 아버지이기도 한 메이제스 데르아 애너레이트를 향해서.

"이제부터 감정 의식을 거행한다."
국왕의 위엄 넘치는 목소리가 식장 안으로 울려 퍼졌다.
아버지라고는 해도 나는 이 사람을 만난 적이 거의 없었다.
그래서인지 가족이라기보단 유명한 친척이라는 느낌이 더 강했다.
그 때문에 긴장감이 엄청났다.
지금도 국왕은 이야기를 계속하고 있지만 제대로 머릿속에 들어오질 않는다.
"그러면 슈레인 재건 애너레이트. 일어서라."
"예."
국왕의 명을 따라 일어섰다.
"감정을 시작하라."
몇 걸음 앞으로 나아가서 대좌 앞에 놓여 있는 발판으로 올라섰다.
발판이 없으면 지금 내 신장으로는 대좌와 높이가 맞질 않아서였다.
대좌에는 검은 돌이 박혀 있었다.
이 돌이 바로 감정석인데 예상외로 조그마했다.
어른이었다면 한 손으로 감싸 쥐어도 될 만한 크기였다.
나는 뜻밖이라고 생각하면서도 감정석에 손을 올렸다.
사전에 교육받은 대로 감정이라고 읊어본다.
내 스테이터스는 의외로 단숨에 표시됐다.

〈인족 LV 1, 이름: 슈레인 재건 애너레이트

스테이터스

HP: 35/35 (녹)　　　MP: 348/348 (청)

SP: 35/35 (황)　　　　: 35/35 (적)

평균 공격 능력: 20 (상세)　　평균 방어 능력: 20 (상세)

평균 마법 능력: 314 (상세)　　평균 저항 능력: 229 (상세)

평균 속도 능력: 20 (상세)

스킬

스킬 포인트: 100000　칭호: 없음

「마력 감지 LV 8」	「마력 조작 LV 8」	「마투법 LV 6」
「마력 부여 LV 5」	「마력격 LV 3」	「MP 회복 속도 LV 7」
「MP 소비 완화 LV 2」	「검의 재능 LV 3」	「파괴 강화 LV 2」
「기투법 LV 2」	「기력 부여 LV 1」	「집중 LV 5」
「명중 LV 1」	「회피 LV 1」	「시각 강화 LV 4」
「청각 강화 LV 7」	「후각 강화 LV 2」	「미각 강화 LV 1」
「촉각 강화 LV 1」	「생명력 LV 5」	「마력량 LV 8」
「순발력 LV 5」	「지구력 LV 5」	「강화 LV 5」
「견고 LV 5」	「술사 LV 8」	「호법 LV 7」
「질주 LV 5」	「하늘의 가호」	「n%I=W」 〉

스테이터스가 보였다.

그와 동시에 정면의 벽에 부착된 스크린 비슷한 물건에 나한테도 보였던 스테이터스 감정 결과가 표시됐다. 이 스크린은 감정석과 연결된 물건으로 감정 결과를 커다란 화면에 표시해준다. 개인 정보 보호라는 개념이 이 세계에는 없는 모양이었다.

나한테 보인 감정 결과는 일본어로 표기됐는데 스크린에 비치는 감정 결과는 이곳의 언어로 표기되어 있었다. 일본어로 표기되면 어떡하나 고민했었는데 편의주의로 보정이라도 들어간 걸까?

웅성거리는 소리가 들렸다.

국왕이 군중을 진정시키려고 소리를 높였지만 아우성은 그칠 줄 몰랐다.

그만큼 내 스테이터스가 파격적이라는 뜻이겠지.

내 입장으로선 그냥저냥 예상대로 나온 결과였지만…….

나는 마법 관련 능력치가 상당히 뛰어났다. 그건 안나가 틀림없다고 장담했었다.

그에 비해서 육체 능력 쪽은 나이에 합당한 수준이었다.

아니, 또래와 비교하면 제법 높은 편이긴 하지만 마법처럼 파격적이진 않았다.

그래서 이렇게 불균형한 스테이터스가 만들어졌다.

스킬에 관해선 신언(神言)이라고 불리는 목소리가 레벨이 오르거나 획득할 때마다 가르쳐줬기에 대부분 알고 있었다.

그런데 나도 몰랐던 스킬이 둘 있었다.

하늘의 가호, 그리고 마지막에 깨진 텍스트처럼 표시된 의미 불명의 스킬이다.

두 가지 스킬이 신경 쓰여서 감정해봤다.

〈하늘의 가호: 하늘의 가호로 수호받는다. 온갖 상황에서 자신이 원하는 결과를 이끌어내기가 수월해진다〉

〈n%I=W: 감정 불가능〉

이게 뭐야?

하늘의 가호는 굉장했다. 그야말로 치트라고 부를 만한 스킬이었다.
다만 이끌어내기가 수월해진다는 정도니까 반드시 자신이 원하는 대로만 흘러가진 않는다는 뜻이다. 대단한 스킬이지만 과신은 금물이겠지.
의미 불명인 건 다른 한쪽이었다.
이름도 의미 불명이고 감정 결과도 의미 불명이다.
어떤 스킬인지 전혀 모르겠다.
가장 좋은 감정석으로 이런 결과가 나온다는 점도 의미 불명이었다.
이걸로도 안 된다면 이 스킬의 상세 정보를 알아내는 것은 불가능하다는 의미였다.
정말 영문을 모르겠다.
“저건 공작 영애와 같은 스킬 아니오?”
“그래요, 천재라던 그분과 같아요.”
“그나저나 전하께서도 공작 영애와 비슷한, 아니, 그 이상의 재능을 가지셨군.”
아까부터 시끌시끌 떠들어대는 귀족들의 대화 속에서 드문드문 공작 영애라는 단어가 들렸다.
설마 나와 비슷한 수준의 스테이터스를 가진 녀석이 또 있다는 건가?
스우 말고도 그런 녀석이 있을 것 같진 않았는데…….
“정숙하라!”
국왕이 한층 커다란 목소리로 외치자 식장 안이 그제야 조용해졌다.
국왕은 내게 종이 한 장을 내밀었다.

이 종이는 감정석과 연결된 마도구가 비춰낸 감정 결과를 인쇄용 마도구로 기록한 것이다.

나는 그것을 정중하게 받아 들었다. 그러고는 인사를 올리고 뒤로 물러났다.

이걸로 내 감정 의식은 종료다.

다음은 스우의 차례였다.

나와 거의 같은 결과를 낸 스우로 인해서 식장이 또 한 번 소란스러워진 건 말할 필요도 없겠지.

다만 나와는 달리 스우에게는 하늘의 가호도 깨진 텍스트 같은 수수께끼의 스킬도 없었다.

감정 의식은 소소한 소동이 일어나긴 했지만 일단 무사히 종료되었다.

소동의 원인은 나와 스우의 스테이터스가 이상하리만큼 높았기 때문만은 아니었다.

강화된 청각으로 귀족들의 대화를 훔쳐 들은 결과, 아무래도 스킬 포인트라는 건 레벨 업으로만 입수된다고 하는데 레벨은 1이면서 10만이나 되는 포인트를 지니고 있는 것은 몹시 특수한 경우라고 했다.

그러고 보니 스우도 스킬 포인트는 0이었다.

이건 아마도 내가 전생자라서 그런 듯하지만, 정작 신경 쓰이는 건 이따금 화제에 오르는「공작 영애」도 태어날 때부터 스킬 포인트를 가지고 있었다는 이야기였다.

귀족들의 대화를 정리하면 「공작 영애」는 나보다 며칠 앞서 감정 의식을 치렀다고 했다.

그때 지금껏 전례가 없을 정도로 몹시 우수한 스테이터스가 표시되었고, 또한 없어야 하는 스킬 포인트를 보유하고 있었다고 한다.

그리고 내게 나타난 그 깨진 텍스트 같은 이름의 스킬이 「공작 영애」에게도 있었다고 한다.

내 머릿속에서 어떤 추리가 떠올랐다.

만약 그렇다면 나는 「공작 영애」를 기필코 만나야 했다.

기회는 금세 다가왔다.

감정 의식을 치른 다음에는 장소를 옮겨서 간단하게 파티를 개최했다.

나와 스우는 국왕을 따라 파티장의 중심에서 귀족들의 행렬을 맞이하고 있었다.

줄지어 선 귀족들은 저마다 나잇대가 나와 비슷하거나 조금 많은 정도의 아이를 데리고 왔다.

다시 말해서 이 자리는 나이가 비슷한 귀족을 소개받고 대면하기 위한 행사였다.

그때 나는 예의 공작 영애를 소개받을 수 있었다.

"만나 뵙게 되어 영광입니다. 애너발드 공작가의 장녀, 카르나티아 세리 애너발드라고 합니다."

새빨갛게 타오르는 빛깔의 머리카락에 당차 보이는 얼굴이 인상적인 미소녀였다.

스치듯 봐도 눈길이 쏠리는 존재감은 물론 대단했지만 그보다도 내 마력 감지가 그녀의 방대한 마력을 꿰뚫어 보고 있었다.

나나 스우와 거의 호각에 가까운 양이었다.

애너발드 공작이라고 하면 이 나라에서도 손꼽히는 대귀족이다.

대대로 국가의 요직을 맡아온 실적, 거슬러 올라가면 왕가 및 용사의 가문으로도 이어지는 유서 깊은 혈통이기도 했다.

공작가에서 태어난 인간은 국가의 안녕을 지키기 위해 합당한 능력을 지닐 수 있도록 철저한 스파르타 교육을 받으면서 자란다.

하지만 그럼에도 불구하고 눈앞의 여자애가 지닌 마력량은 비정상이었다.

아버지로 짐작되는 붉은 머리의 남성이 옆에서 대기 중이었는데 그를 이미 뛰어넘었다.

"반갑습니다. 슈레인 재건 애너레이트입니다. 『잘 부탁해요』."

나는 모종의 확신을 가지고 마지막 말을 일본어로 말했다.

공작 영애의 눈이 일순간 휘둥그레졌다가 쓱 가늘어진다.

그 동작으로 내 예상이 맞았음을 잘 알 수 있었다.

"아버님, 이 분과 잠시 이야기를 나누고 와도 되겠습니까?"

"음?"

국왕은 내 말을 듣고 잠시 어리둥절한 기색을 보였다.

뭐, 줄을 서서 다가온 공작 영애의 뒤쪽으로는 아직도 자식을 데리고 온 귀족들의 행렬이 쭉 이어지고 있었으니까.

다만 지금은 물러날 수 없었다.

"부탁드립니다."

"으음."

국왕은 나와 공작과 그 뒤쪽에서 대기 중인 귀족들을 번갈아 쳐다보고는 입을 열었다.

“괜찮다. 다만 자리를 너무 오래 비우진 말거라. 속히 돌아오도록.”

“네, 감사합니다.”

나는 어린애처럼 공작 영애의 손을 잡고 달려 나갔다.

뒤에서 스우의 기척이 무시무시한 기세로 사나워지는 것이 느껴졌지만 신경 쓸 상황이 아니었다.

나는 파티장을 나와서 대기실로 사용되는 독실로 들어갔다.

귀족은 파티 중 자리를 옮겨서 거래나 계약 등 업무 이야기를 하는 경우가 있기 때문에 이런 방이 파티장 바로 근처에 마련되어 있었다.

여기라면 방음도 걱정 없고 위병이 문 앞을 지키고 있으니까 안전했다.

“후유, 여기라면 괜찮겠지.”

나는 이제 숨기지 않고 일본어로 말했다.

“설마 싶었는데 진짜로 왕자님이 전생자였을 줄이야.”

이어서 공작 영애도 일본어로 말했다.

“아, 미치겠네. 다른 사람 입에서 일본어를 듣는 건 완전 오랜만이야. 살짝 감동했어.”

당차 보이는 인상은 여전하지만 공작 영애치고는 제법 가벼운 말투였다.

“일단은 좀 물어보고 싶은데, 헤이신 고등학교라는 데 알아?”

내가 물은 건 전생 전에 다녔던 고등학교의 이름이었다.

"완전 잘 알지. 역시 똑같은 고등학교에서 여기 세계로 전생한 친구였구나."

예상대로 공작 영애는 나처럼 그 교실에서 발생한 수수께끼의 균열에 휩쓸려 이쪽 세계로 전생한 반 친구였다.

"내 원래 이름은 야마다 슌스케. 너는?"

"푸핫?!"

내가 본명을 말하자 영애는 시원스럽게 웃음을 터뜨렸다.

"푸하하하하하하하! 푸흡, 푸하하하! 너, 네가, 슌이라고? 슌이 왕자라고? 크큭, 안 어울리잖아!"

폭소하는 영애.

이 기시감은 뭘까.

눈앞에 있는 영애는 한 번도 만난 적이 없는 사람이었지만 말버릇이나 동작을 보면 잘 아는 녀석이 떠올랐다.

"서, 설마 너 카나타냐?"

"아무렴."

이번에는 내가 폭소할 차례였다.

원래는 남자였던 친구가, 게임 친구였던 카나타가 설마 공작 영애라니…….

정반대의 생물로 다시 태어난 거나 마찬가지였다.

"웃지 말라고. 이래 봬도 전생한 다음에는 진짜로 울적했단 말이다."

"그게, 미안. 그치만 너도 웃었잖아. 비긴 걸로 쳐."

"그렇긴 하네. 어쨌든 너라도 만나서 다행이다. 지금까지 혼자 버티느라 꽤 힘들었거든."

"그래, 그건 동감이다. 만나서 다행이야."

나와 카나타는 서로 주먹을 맞부딪쳤다.

그때 카나타의 눈에서 눈물이 흘러내렸다.

"어라, 왜 이러지. 미안. 울 생각은, 훌쩍, 없었는데, 훌쩍."

카나타의 오열은 점점 더 거세졌다.

어느새 나도 울고 있었다.

나는 막 전생했을 무렵을 떠올렸다.

전세에 미련이 없느냐고 묻는다면 아주 없다고 대답하진 못하겠다. 아니, 오히려 미련투성이였다.

아직은 한창 청춘이었고, 친구들하고도 더 많이 놀고 싶었고, 여자 친구도 사귄 적이 없었다.

게다가 부모님은커녕 할아버지 할머니보다 먼저 죽어버렸다는 건 터무니없는 불효라고 생각한다.

이제 두 번 다시 가족과 만나지 못한다고 생각하면 기분이 한없이 가라앉았다.

내가 죽은 다음 학교는 어떻게 됐을지도 신경 쓰였다.

공간의 균열, 그것이 파열하는 데까지는 기억난다.

그 때문에 내가 죽었다면 다른 애들은 어떻게 된 걸까?

쿄야와 카나타, 옆자리의 하세베, 모두들 나와 함께 죽어버렸던 걸까?

그렇게 생각하면 무서워졌다.

그날 아침까지는 아무렇지도 않았는데 이제는 더 이상 만날 수조차 없게 되었다.

전생하고 지금껏 살아오면서 나는 뭔가에 짓눌리는 불안감과 싸워야 했다.

영문도 모른 채 정신을 차리고 보니 갓난아기가 되어 있었으니까 당연히 불안했다.

게다가 내가 다시 태어난 나라는 일본이 아니고 지구의 어딘가도 아니었다. 다른 세계였다.

처음에는 알아차리지 못했다.

말도 몰랐던 데다가 나는 육아실 바깥으로 나간 적이 거의 없었기 때문에 이것저것 모르는 점이 많았다.

잠시 동안은 유럽의 어느 나라라고 생각했었지만 마법을 목격한 순간 그렇지 않음을 깨달았다.

최초로 마법과 마주한 것은 교회의 높은 사람이 축복인지 뭔지를 내게 걸어줬을 때였다.

반짝반짝하는 빛이 나를 감싼 뒤 이윽고 몸에서 힘이 흘러넘쳤다.

나는 마법이 있다는 사실을 몸소 체험했다.

마법이 존재한다. 그것을 알고 처음에는 흥분했다.

하지만 그다음에는 또다시 불안이 찾아왔다.

나는 마법 따위가 있는 세계에서 과연 잘 살아갈 수 있을까?

전세에서 나는 정말 평범한 놈이었다.

일본에서 살던 때는 그래도 아무런 불편이 없었다.

하지만 이 세계는 다르다. 아무리 생각해도 상류 계층으로 태어난 내게는 평범한 삶이 용납되지 않는다.

과연 그 기대에 부응할 수 있을까? 불안해졌다.

갓난아기라서 몸이 제대로 움직이지 않는 것도 무서웠다.

다른 사람의 손을 빌리지 않으면 살아가지 못하는 연약함이 더더욱 불안감을 부추겼다.

만약 지금 이 순간 나를 돌봐주는 사람들이 전부 없어진다면?

나는 아무것도 못 한 채 쇠약해질 테고 결국은 죽을 것이다.

하물며 나를 돌봐주는 사람은 친부모도 아닌 고용된 시녀들이었다.

가족이라는, 대가를 바라지 않는 유대감도 없는 시녀들이 언제 나를 내다 버릴지 모르는 일이었다.

낳아준 친부모조차 전세를 기억하는 내게는 생판 남으로만 여겨졌다.

그랬던 나와 마찬가지로 친부모 역시 나를 이질적인 존재로 인식하고 내버리는 것이 아닐까.

내 정신은 그런 망상에 빠져들 만큼 나약해졌다.

그런 와중에 우선은 필사적으로 말을 배우려고 했다.

말이 통하지 않는다는 것은 상상 이상으로 두려움을 불러일으켰다.

상대가 어떤 말을 하는가 알지 못한다는 것이 이렇게나 불안할 줄은 몰랐다.

세계에서 한 사람, 나 혼자만이 고립되어 있다는 착각이 들었다.

이세계에 태어나서 느끼는 불안감. 말이 통하지 않아서 느끼는 불안감. 앞으로 잘해낼 수 있을까, 하는 불안감.

모든 것이 불안했던 나를 구원한 사람은 내 옆에서 평온한 숨소리를 내며 잠들곤 했던 여동생의 존재였다.

나의 조그마한 이복 여동생은 한 점 불안도 품지 않았다.

마치 세상에는 불안하게 여길 일이 아무것도 없다는 듯 편안해 보였다.

뭐, 갓난아기니까 당연하지.

무슨 일을 하든 남의 손을 빌려야 하며 전부를 세상에 의존하는 연약한 존재.

본래 갓난아기는 이런 법이다.

내가 이토록 불안감에 빠져드는 이유는 전세의 기억을 지니고 있기 때문이었다.

그리고 깨달았다.

나는 전세의 기억이 있으니까 적어도 정신은 여동생보다 성숙해야 했다.

그런데도 정작 여동생은 바로 옆에서 이토록 행복하게 지내고 있건만 나는 대체 뭘 쩔쩔매면서 고민하는 거냐고…….

나는 이 아이의 오빠다. 오빠가 여동생에게 한심한 꼴을 보여서 어쩌자는 거냐. 오빠라면 오빠답게 멋있는 모습을 보여줘야 한다.

단순한 허세가 아니냐고 묻는다면 할 말은 없다.

하지만 나는 그때부터 고민하지 않게 되었다. 아직 불안감을 완전히 떨쳐낸 건 아니었지만 그래도 무력한 여동생을 지키고 싶었다.

말을 익힌 다음은 말소리를 주워들으면서 이 세계에 관해 조금씩 알아나갔다.

조금이라도 빨리 제 몸을 가누기 위해서 갓난아기의 몸을 채찍질하며 마구 움직여댔다.

그 덕분에 상당히 빨리 기어 다닐 수 있었다.

그렇게 나는 여동생한테 멋져 보이려고 의욕을 끌어냈다.

여동생에게 자랑스러운 오빠가 되기 위해서—.

그게 내 출발점이었다.

다만 여동생이 터무니없는 천재였고, 나를 흉내 내다가 순식간에 나와 비슷할 만큼 강해져버렸다는 건 예상하지 못 했다.

카나타도 분명 나와 마찬가지로, 어쩌면 그 이상으로 불안감에 시달렸을 것이다.

더군다나 원래 남자였던 놈이 여자로 전생해버렸으니까.

내가 경험한 불안에 더해서 여자가 되어버렸다는 불안까지…….

나로선 상상도 되지 않는 고난을 겪었을 테지.

그러던 차에 더는 만나지 못할 것이라고 생각했었던 친구와 재회했으니 감정이 복받쳐도 별수 없었다.

무의식중에 나는 흐느껴 울고 있는 카나타를 꼭 끌어안으려고 했다.

바로 그때 방문 쪽에서 무시무시한 굉음이 들렸다.

"뭐야?!"

카나타가 허둥거렸다.

나도 허둥거릴 뻔했지만 문 앞에 누가 있는지 보고 마음을 진정시켰다.

아니, 다른 의미로 허둥거렸다.

두 번째 굉음과 함께 문짝이 안으로 날아들었다.

문 바깥에는 마투법으로 신체 능력을 끌어올린 스우가 마력격으로 휘두른 주먹을 내민 채 서 있었다.

스우는 나와 카나타를 번갈아 보고는 카나타를 겨냥했다.

"스우, 스톱스톱!"

내가 카나타 앞으로 황급히 몸을 밀어 넣지 않았더라면 스우의 주먹이 카나타를 날려버릴 뻔했다.

"오라버니는 못 줘."

그대로 나를 부둥켜안고 불쑥 중얼거리는 스우.

"네 여동생 무섭드아."

카나타는 일본어로 그렇게 툭 내뱉었다.

이날 나는 처음으로 반 친구와 재회했다.

3. 알

알.

가장 흔한 건 달걀, 요리의 필수품.

삶은 달걀과 달걀 프라이처럼 간단한 요리부터 달걀말이나 푸딩처럼 잔손이 가는 요리까지.

단독으로도 우수하지만 다른 재료와 함께 사용함으로써 무한한 가능성을 발휘하는 위대한 식재료.

냉장고에는 달걀을 보관하는 전용 공간이 반드시 마련될 만큼 킹 오브 식재료다.

나도 컵라면에다가 곧잘 달걀을 넣어 먹곤 했었지.

Zzz. 흐아암. 잘~ 잤다. 너무 자서 오히려 나른할 만큼 잤어.

역시 안심하고 잠들 수 있다는 건 정말 멋져. 게으름뱅이 생활 최고. 집이 있다는 건 멋진 일이지.

형제와 개구리를 연달아 먹은 덕분에 배는 고프지 않았다.

인간과 달리 배 속에다가 저장이라도 해두는 걸까?

잠에서 깨어나자마자 그런 생각을 하고 있는데 실에서 반응이 왔다.

딱히 배고프진 않지만 사냥할 수 있을 때 사냥하는 것이 자연계의 예의지.

모처럼 걸려들어 준 사냥감을 그냥 놓쳐 보냈다간 다음에 언제 또 사냥감이 나타날지 모르는 일이고…….

그러니까 뭐가 걸렸나 한번 볼까?

엥?!

이, 인간이 걸렸네?!

뭔가 동그란 물건을 품에 안은 남자가 실에 붙들린 채 버둥거리고 있었다.

남자는 The 이세계 모험가라는 느낌의 복장을 하고 있었다.

실제로 비슷한 직업을 가진 사람인지도 모르겠다.

저, 저 사람 어쩐담?

그보다 저 사람, 왠지 피투성이로 보이는데요. 괜찮은가요?

앗, 나랑 눈이 마주쳤다. 엄청나게 초조한 표정인걸.

진짜 도대체 어쩐담.

앗, 뭔가 꺼내 들었다.

으앗?! 불이다?!

남자가 뭔가를 꺼내서 바닥에 내동댕이치니까 엄청난 기세로 불길이 쏟아져 나왔고 남자가 불덩어리가 됐다.

대체 뭐하는 짓이야?!

불이 실로 옮겨붙어서 거미줄을 활활 태웠다. 혹시 불로 실을 끊으려고 자폭한 거야?

가설이 정답이었는지 남자는 지면을 굴러다니며 불을 껐다.

하지만 남자는 온몸에 심한 화상을 입고 말았다.

안 그래도 피투성이였는데 화상까지 더해졌으니 의사는 아니지만 살길이 없어 보였다.

그래도 남자는 마지막 힘을 쥐어짜서 달려 나갔다.

저 상태로 달릴 수 있다니 대단한걸.

남은 건 남자가 처음부터 안고 있었던 동그란 물체와 나.

이건 뭘까?

〈알〉

감정해봤더니 놀랍게도 저건 알이었다.

크기는 대충 나랑 비슷하니까 1미터 정도려나.

어떻게 생각해도 마물의 알이잖아. 저 아저씨 대체 뭘 놓고 간 거람.

아저씨가 빈사에 가까웠던 이유는 혹시 이 알을 낳은 어미한테 당해서일까?

부화하진 않겠지?

아니, 그보다도 어미가 쫓아오진 않겠지?

싫다, 뭐야 그거 무서워.

일단 타버린 집을 다시 만들어야겠다.

고민은 나중에 해야지.

꼬박 하루가 지났다.

마이 홈은 지극히 평온했다.

아무래도 알의 어미는 찾아오지 않으려나 보다.

알 도둑으로 짐작되는 그 남자가 따돌린 걸까? 아니면 처음부터 알을 포기하고 추적을 그만둔 걸까?

알 도둑이 그다음 어떻게 됐을진 모르겠지만 그런 부상을 입고 살아나진 못했겠지.

그래서 말인데, 이건 내가 먹어치워도 문제없겠네?

인간이 위험을 무릅쓰면서까지 애써 운반하던 알.

굉장한 희소가치가 있음이 틀림없다.

어쩌면 굉장히 맛있는 별미라든가?

전생하고 나서 형제니 개구리니 제대로 된 음식을 못 먹었는데, 비록 날것이라고 해도 알은 당당한 식재료이다.

안 먹을 수가 없겠네.

그리됐으니 잘 먹겠습니다.

우선은 껍질부터 깨야겠다.

앞다리로 두들겼다. 안 깨진다.

더욱 힘을 줘서 두들겼다. 안 깨진다.

오기가 치밀어서 마구 두들겼다. 안 깨진다.

헐떡헐떡.

무슨 알이 이리 딱딱해?!

이래선 먹고 싶어도 못 먹잖아.

훗, 그러나 나를 평범한 거미로 보셨다면 큰 착각이올시다!

전직 인간님의 지혜를 보여드리리다!

알에다가 실을 둘러 감고, 그 실을 천장에 매단 뒤에 도로 지면으로 들고 내려왔다.

이제 당긴다. 실에 묶인 알이 천장 근처까지 들려 올라갔다. 무거워라.

손을 놓아버리니 알은 중력에 이끌리며 그대로 낙하했고—.

와지끈…… 해야 되는데?!

천장 가까운 데서 떨어뜨렸는데도 알에는 상처 하나 없었다. 뭐냐고, 왜 이리 딱딱해.

에잇, 이래선 보통 수단으로는 안 되겠는걸.

좋아, 다음에는 뾰족한 바위 위에다가 떨어뜨려야겠다.

다시 한번 천장 가까운 데로 알을 가지고 갔다.

그리고 뾰족한 바위 위쪽으로 겨냥해서 낙하.

이쯤 했으면 못 버티고 와지끈…… 해야 되는데?!

뭐냐고, 오히려 바위가 살짝 부스러졌어. 으엑.

이래서야 충격을 줘서 깨는 방법은 무리겠는걸.

그렇지, 고무 성질의 실을 뽑아서 동여매는 건 어떨까?

아마, 고무줄 수백 가닥을 수박에 둘러놓으면 언젠가는 수박도 갈라진다는 실험이 있었지?

같은 방식으로 알도 깰 수 있지 않을까?

바로 해봐야겠다.

그런고로 고무줄 실을 뽑아서 둘둘 동여매는 작업을 자꾸자꾸 반복했다.

단순 작업을 하면 졸리니까 신경 쓰였던 것을 이 틈에 정리해보자.

스킬에 관해서…….

스킬이 대체 왜 있는 거냐는 의문도 들지만 이건 애당초 답이 없는 문제니까 고민하지 말자.

중요한 건 내가 가진 스킬, 그리고 앞으로 내가 획득할 수도 있는 스킬을 파악하는 거다.

지금 확실하게 가지고 있는 스킬은 〈감정 LV 1〉 〈산 내성 LV 2〉 〈독 내성 LV 2〉 〈금기 LV 1〉 〈외도 마법 LV 1〉 이렇게 다섯 개였다.

감정은 스킬 포인트를 치르고 획득했다. 스킬 포인트란 말도 수수께끼였다.

다만 스킬 포인트는 그냥 넘어가자.

솔직히 남은 포인트가 0인 지금은 늘리는 방법도 모르는데 신경써봐야 소용이 없다.

감정과 달리 금기와 외도 마법은 칭호의 효과로 획득했다.

이후로 이것저것 시험해봤지만 결국 새로운 칭호는 획득하지 못했다.

어떤 칭호가 있고 어떤 행동을 하면 획득할 수 있는지 모르는 이상, 노리고 칭호를 획득하기는 어려울지도 모르겠다.

칭호를 따내면 아자~ 라는 마음가짐으로 지내야겠군.

실을 둘둘 감았지만 꽤 많이 감았는데도 알은 변화 없음.

그건 그렇고 칭호로 얻은 스킬이나 감정과 비교하면 산 내성은 입수 조건이 전혀 달랐다.

공격을 당하고 산으로 대미지를 입었기 때문에 새로운 스킬을 획득한 것 같다.

일단 호된 꼴을 당해야 하지만 잠깐 참으면 내성을 가질 수 있다.

가령 불로 공격받으면 화염 내성을 얻게 되는 게 아닐까?

방어 면으로 생각할 때 내성은 분명 많을수록 좋았다.

이제부터는 처음 보는 공격이라면 즉사할 수준이 아닌 이상은 일부러 얻어맞아야 할까?

으음, 아니지. 아픈 건 싫기도 하고 내성을 꼭 획득한다는 보장도 없다.

위험한 짓을 일부러 할 필요는 없겠지. 응, 절대로 아픈 게 싫다는 이유만은 아니야.

개구리의 공격으로 산 내성을 획득했고 독 내성의 레벨이 올랐다.

그래, 그때 하늘의 목소리(일단은)가 했던 말이 옳다면 독 내성은 처음부터 가지고 있었던 스킬이라는 뜻이 된다.

뭐, 나는 거미니까. 독거미니까. 독이 있으니 내성도 있다고 해서 이상할 건 없지.

이상하진 않지만 자기가 어떤 스킬을 갖고 있는지 자기도 모른다는 건 좀 그렇지 않아?

하늘의 목소리(일단은)가 말을 안 해줬으면 나는 독 내성을 가지고 있는 줄도 몰랐을 거야.

그러면 말이야, 나만 모를 뿐 혹시 다른 스킬을 더 가지고 있진 않을까?

가지고 있다고 해도 이상할 건 없잖아. 독 공격이라든지 충분히 가능성이 있지 않아?

확인이 된다면 좋겠지만 마땅한 방법이 없었다.

감정 레벨이 오르면 보이게 되려나?

감정의 레벨? 숙련도?

어, 이거 혹시 레벨을 올릴 수 있지 않을까?

숙련도라는 건 요컨대 얼마나 많이 써봤고 어느 수준으로 능숙해졌냐는 뜻이잖아?

감정도 내성 스킬과 마찬가지로 숙련도를 쌓아서 레벨을 올릴 수 있다면 마구마구 써서 레벨이 올라가지 않을까?

스킬 포인트로 습득했으니까 레벨도 스킬 포인트로만 올라가지 않겠냐고 멋대로 결론 내렸었는데 혹시 아닐지도 모르잖아?

알에다가 고무 실을 동여매면서 여기저기 아무것이나 마구 감정했다.

〈벽〉이니 〈바닥〉이니 아무래도 좋은 정보가 머릿속으로 잔뜩 흘러들어 왔다.

으, 살짝 어지럽다. 정보가 너무 많아서 취하는 기분이야.

《숙련도가 일정 수치에 도달했습니다. 스킬 〈감정 LV 1〉이 〈감정 LV 2〉로 성장했습니다.》

취한 보람이 있었다! 이야호! 겨우 1레벨 올랐지만 커다란 한 걸음을 내디뎠다는 기쁨이 엄청나다! 살짝 두근두근하면서 나를 대상으로 감정해봤다.

〈스몰 레서 타라텍트, 이름 없음〉

오오! 종족 이름이 제대로 표시되는구나!

정보량은 여전히 적었지만 LV 1이었을 때 〈거미〉라고 나온 결과와 비교하면 상당히 쓸 만해졌다.

그나저나 나는 스몰에다가 레서였구나……. 뭐랄까, 이건 좀 열등종이라는 느낌인걸…….

응, 감정 스킬의 레벨 업으로 들떴던 기분이 살짝 침울해졌어. 별로 기대하진 않았지만 설마하니 열등종일 줄은 예상 못 했으니까 말이야. 뭐, 전세에서도 비슷한 처지였고 이제 와서 비관할 건 없지.

그런 건 신경 쓰지 말고 더 많이 마구마구 감정해서 레벨을 올리자!

좋아, 이제부터는 알에다가 고무 실을 감으면서 감정 레벨 올리기다.

……안 오른다.

이후로도 계속 벽에다가 마구 감정을 해댔지만 레벨은 전혀 오르지 않았다.

참고로 벽을 감정한 결과는 〈미궁의 벽〉이었다. 미묘한 결과.

뭐, 이건 그냥 넘어간다 치고 왜 레벨이 안 오르는 걸까?

으음.

가장 그럴듯한 가능성은 역시 한 번 감정한 대상을 다시 감정해봤자 숙련도는 오르지 않는다는 패턴이려나? 확실히 그런 제약이라도 없으면 숙련도 쌓기는 누워서 떡 먹기니까.

혹시나 싶어서 마이 홈 내부는 구석구석까지 감정했다. 하지만 레벨은 오르지 않았다.

숙련도가 다 차지 않았나 보다.

이것으로 볼 때 감정 레벨을 올리고 싶으면 마이 홈 바깥으로 나가서 이것저것 감정을 해야 된다는 건데. 돌이켜보면 레벨 1이었을 때 몬스터를 한 무더기 감정한 적도 있었구나.

그때 숙련도가 제법 쌓였을지도 모르겠는걸.

그나저나 밖이라. 귀찮다. 기껏 공들여서 편안하고 쾌적한 집을 만들었는데 굳이 바깥으로 나가야 돼?

안전하게 살고 싶다면 이대로 틀어박힌 채 지내면 된다.

레벨을 올리고 싶으면 바깥으로 나가야 한다.

둘 다 장단점이 있지만 바깥으로 나가서 겪을 위험은 단점이 너무 컸다.

어쩌면 요 알의 어미가 돌아다니고 있을 가능성도 있고…….

응. 결정했다.

그냥 죽치고 살자.

마이 홈에서 여전히 알에다가 고무 실 동여매는 작업을 하고 있던 차에 거미그물로 이어진 실에서 반응이 있었다. 두 마리째의 먹잇감이 걸렸나 보다. 마침 배도 살짝 고팠던지라 딱 좋은 타이밍이었다.

흥분해서 사냥감을 향해 깽깽이걸음으로 이동했다.

……나도 참, 거미 상태로 깽깽이걸음이라니 재주도 좋지.

저번에는 방심했다가 불의의 반격을 당하고 말았지만 이번에는 신중하게 접근했다.

어디 보자, 어떤 사냥감이 걸렸으려나?

〈엘로 프로그〉

개구리였다. 또 너였냐! 우째서! 이 넓은 던전에 다른 마물은 없는 거유? 두 번이나 똑같은 마물이 걸려들다니 무슨 확률인교!

하악! 하악!

나도 모르게 사이비 사투리가 튀어나왔잖아. 어휴, 도대체 뭐하자는 거냐고…….

철퍽! Noooooooo?!

바보같이 나 홀로 만담을 하다가 개구리의 타액 공격에 당하고 말았다. 두 번째 인생에서 처음으로 드러난 경악스러운 사실! 나는 바보였구나!

아, 으응.

통증 덕분에 조금은 차분해졌다. 이번에는 내성 레벨이 오르진 않는 것으로 보아 숙련도가 모자란가 보다. 뭐, 그건 됐고.

개구리를 저항하지 못하도록 실로 꽁꽁 묶었다. 그런 다음에 어디 한 입, 덥석.

저번에도 한입으로는 안 죽었었고 이 개구리도 아마 독 내성을 가지고 있을 거야.

그래도 꼼짝 못 하게 만들고 한입 깨물면 약해진다.

포장 개구리를 재빨리 마이 홈 안쪽으로 운반했다. 그러고는 바로 몸을 돌려서 망가진 거미그물을 고치러 갔다.

저번에는 개구리가 걸렸던 거미그물을 방치해놓고 곧바로 먹어치웠지만 생각해보면 먹는 동안은 완전 무방비 상태였는걸.

그때 다른 마물이나 인간이 나타났다면 거미그물조차 없는 상태로 습격을 당했을 것이다.

그래서 우선은 개구리부터 못 움직이도록 묶어놨다. 이제부터는 그물을 먼저 수리해서 만전의 태세를 갖춘 다음에 천천히 숨통을 끊고 식사를 할 생각이었다.

안쪽으로 돌아와 보니 개구리는 꽁꽁 묶인 상태로도 기를 쓰면서 어떻게든 탈출하겠다고 버둥거리는 중이었다.

으음.

한입 깨무는 정도로는 별로 효과가 없나 보구나.

덥석! 깨물었다.

저번에는 몇 번이고 깨문 끝에 간신히 쓰러뜨렸지만 잘 생각해보면 그렇게 몇 번이고 깨물 필요는 없지 싶었다. 한 번만 깨물고 이빨로 계속 독을 주입시키면 되니까.

《숙련도가 일정 수치에 도달했습니다. 스킬 〈독니 LV 1〉이 〈독니 LV 2〉로 성장했습니다.》

오! 스킬 레벨이 올랐다, 만세! 게다가 처음으로 들은 스킬이었다.

앗, 스킬 레벨 업과 동시에 방금 전만 해도 버둥거리던 개구리가 푸르르 경련하며 움직임을 멈췄다. 갑작스러워서 나까지 부르르 떨었지만 그냥 넘어가자.

후후, 아무튼 상황을 보아하니 독니의 스킬 레벨이 오른 덕분에 독의 위력이 강해진 모양인걸. 괜찮네!

《경험치가 일정 수치에 도달했습니다. 개체, 스몰 레서 타라텍트가 LV 1에서 LV 2로 성장했습니다.》

응? 응응? 앗, 뭔가 몸이 이상한데?! 으앗?! 이게 뭐야?! 껍질이 벗겨지잖아?!

탈피? 탈피인가?!

《각종 기초 능력치가 상승했습니다.》

《스킬 숙련도 레벨 업 보너스를 습득했습니다.》

《숙련도가 일정 수치에 도달했습니다. 스킬 〈독 내성 LV 2〉가 〈독 내성 LV 3〉으로 성장했습니다.》

《숙련도가 일정 수치에 도달했습니다. 스킬 〈거미줄 LV 3〉이 〈거미줄 LV 4〉로 성장했습니다.》

《스킬 포인트를 입수했습니다.》

응응응?! 잠깐, 잠깐만 기다려봐?!

지금 엄청나게 중요한 말이 휙휙 지나간 것 같은데요?!

한 번 더 말해줘! 원 모어 플리즈!

부탁한 사람 민망하게도 하늘의 목소리(일단은)는 침묵을 지킬 뿐이었다.

으허억, 진짜냐고요…….

아니, 아니지.

차분하게 떠올려보자. 레벨 업이라고 하지 않았어? 그렇게 말했지?

으아, 갑자기 탈피가 시작되는 바람에 제대로 듣질 못했어!

앗, 그러고 보니 갑자기 탈피가 시작되는 건 아무리 생각해도 이상하지 않아?

이건 그러니까 레벨 업의 영향으로 몸이 확 바뀌어서 그런가?

우선은 아직 달라붙은 채로 남아 있는 껍질을 벗겨냈다. 우아, 등쪽에는 상처가 꽤 많구나. 여긴 개구리한테 타액을 얻어맞은 부위인데 안 보여서 몰랐지만 제법 심각한 상처였어.

응?

그러고 보니 망가졌던 시야의 일부도 원래대로 돌아왔네!

레벨 업을 하면 치료까지 알아서 해주는구나. 멋진걸!

응.

이건 틀림없이 레벨 업이었다. 어쩐지 몸도 가벼워진 느낌이고 유쾌, 상쾌, 통쾌다.

원인은 개구리를 쓰러뜨리고 경험치를 받은 덕분이겠지? 일단 개구리를 먹으면서 생각해보자.

으음, 순서대로 떠올려볼까?

처음에는 레벨이 올랐다는 식으로 말했던 것 같아. 그다음에 바로 탈피가 시작됐었고 내가 혼란스러워하는데 하늘의 목소리(일단은)

는 뭔가 조잘조잘 말을 했었지.

기억나라~. 스킬, 그래, 스킬 레벨이 올랐다고 말하지 않았어?

게다가 하나가 아니었지? 두 개가 동시에 올랐어, 어째서?

맞다, 스킬 전에도 뭔가 말을 했었는데.

음, 그러니까, 스킬 숙련도 레벨 업 보너스? 그래! 그거네. 그렇게 말했어!

요컨대 레벨 업을 하면서 스킬에도 숙련도 보너스 포인트가 더해진 거다!

그러니까 단번에 스킬이 두 개나 레벨 업을 한 거야.

올라간 스킬은 독 내성하고 거미줄이었던가?

와, 실도 스킬이었구나. 레벨은 미처 못 들었지만 말야.

그나저나 거미줄은 자꾸자꾸 뽑아내면 의외로 간단하게 레벨을 올릴 수 있지 않을까?

마침 좋은 정보를 얻었다.

그리고 스킬 포인트라고도 말했었지?

스킬 포인트는 어떻게 구하는 건지 궁금했는데 레벨을 올리면 되는 거였구나.

정리하자면 레벨 업을 하면 몸이 완전히 회복되고.

스테이터스도 올라간 것 같고.

스킬 포인트도 들어오고.

얼마나 들어왔는지는 나중에 확인하도록 하자.

그리고 가장 중요한 건 스킬 숙련도 보너스를 획득했다는 점이었다.

보너스 포인트가 얼마나 되는진 모르겠지만 두 개나 동시에 올라갔을 정도면 양이 제법 되지 않으려나?

그렇다면 레벨을 올려서 스킬을 효율적으로 강화시킬 수 있다는 거네.

그건 그렇고 레벨이라…….

스킬도 있고 칭호도 있으니까 혹시나 싶었는데 역시 있었구나.

되도록 그런 생각은 안 하고 싶었는데, 이 세계는 왠지 게임 같은걸.

이쯤 되면 게임을 하는 기분으로 살아야겠다는 마음이 드는 것 같아서 무서웠지만 이미 늦었는지도 모르겠다. 응, 가슴이 살짝 두근두근하는걸.

게이머의 소울에는 거역을 못 하는 법이지.

일단 당장의 목표는 알을 깨뜨리는 것. 지금은 아직 무리였다. 너무 딱딱해.

레벨을 올리면 능력치도 올라갈 테고 언젠가는 알을 깨트릴 수 있겠지?

고무 실을 아무리 감아도 깨질 낌새가 전혀 없다.

크큭큭. 기다려라, 흰자 노른자!

기필코 깨뜨려서 먹어주겠어!

마물 도감
file.02

엘로 프로그

LV.01

status【능력치】

HP
65 / 65

MP
45 / 45

SP
55 / 55

55 / 55

평균 공격 능력 : 35
평균 방어 능력 : 35
평균 마법 능력 : 28
평균 저항 능력 : 28
평균 속도 능력 : 30

skill【기술】

「독 합성 LV 1」「산 공격 LV 1」「사출 LV 1」「밤눈 LV 6」「독 내성 LV 1」「산 내성 LV 1」

통칭 개구리. 몸의 표면은 무지갯빛이고 몸길이는 1미터쯤 된다. 독합성으로 생성시킨 약한 독에다가, 산 공격으로 산 속성을 부여해서 만든 구슬을 사출로 쏘아내는 전법을 구사한다. 접근해도 물리 능력이 안정되어 있기 때문에 뜻밖의 반격을 받을 수 있다. 위험도 E.

4. 탈출

알을 깨뜨리기 위해서, 살아남기 위해서도 강해져야 한다.

상대가 마물이든 인간이든 살해당하는 건 절대 사양이다.

알 도둑이 여기까지 들어왔다는 건 이 주변에도 인간이 온다는 뜻이고.

알의 어미가 이곳 주변에서 돌아다니지 않는다는 보장도 없었다.

내 거미 몸뚱이는 운동 능력이 제법 훌륭했다.

점프하면 2미터 가까이 뛰어오를 수 있고, 벽면을 타고 올라갈 수도 있다.

마이 홈을 만들기 전에 바깥을 배회하면서 다른 마물과 맞닥뜨린 적은 있었지만 별문제 없이 따돌릴 만큼 속도도 빨랐다.

여기까지만 보면 마물 중에서 내가 제법 강한 편이 아니냐고 생각할지도 모르겠다.

하지만 그건 틀렸다.

알도 못 깨뜨리는데 뭐가 강하다는 건가요.

내가 가진 최대의 무기는 실과 독니였다. 실로 구속해서 독니로 숨통을 끊는다.

이 황금 콤보가 나의 필승 테크닉이었고, 반대로 말하자면 이게 통하지 않을 때 반드시 패배한다.

그만큼 나한테, 나뿐 아니라 거미라는 마물에게 실과 독니는 중요한 무기였다.

그렇게 판단했기에 앞으로는 실로 단단히 구속해놓고 상대로부터 반격의 여지를 없앤 다음 숨통을 끊기로 했다.

그런 식으로 세 마리째 개구리를 상처 없이 해치우고 먹어치웠을 때 하늘의 목소리(일단은)가 들렸다.

《조건을 충족시켰습니다. 칭호 〈악식〉을 획득했습니다.》

《칭호 〈악식〉의 효과로 스킬 〈독 내성 LV 1〉 〈부식 내성 LV 1〉을 획득했습니다.》

《〈독 내성 LV 1〉이 〈독 내성 LV 3〉에 통합되었습니다.》

새로운 칭호를 획득했다.

그동안 뭘 해도 칭호를 못 따냈는데 의도하지 않은 데서 불쑥 얻어버렸네.

뭐가 악식이야. 별수 없잖아!

마물을 빼면 먹을거리가 전혀 없는걸!

어휴, 하늘의 목소리(일단은)한테 불퉁거려봤자 소용없지.

획득한 스킬은 독 내성하고 부식 내성?

그건가? 상한 음식을 먹어도 괜찮다는 뜻인가?

별로 고맙진 않지만 없는 것보단 낫겠지?

독 내성은 이미 가지고 있는 스킬이었는데 하늘의 목소리(일단은)가 하는 말로 짐작하자면 레벨 1만큼 숙련도가 더해지지 않았을까?

스킬이 성장하면 그만큼 나도 강해지겠지.

뭐, 내성이 좋아진다고 알이 깨지는 건 아니지만…….

《숙련도가 일정 수치에 도달했습니다. 스킬 〈거미줄 LV 5〉가 〈거

미줄 LV 6〉으로 성장했습니다.》

실을 가지고 놀다가…… 으흠, 그게 아니라 실을 가지고 이것저것 수련하는 사이에 스킬 레벨이 올라갔다.

거미줄도 스킬이라는 사실을 알아냈기에 숙련도를 쌓기 위해서 이것저것 마구 시도했었다.

스킬 레벨을 올리면 혹시 고무 실의 신축성이 좋아질 수도 있고, 그러면 혹시 알이 깨질지도 모르잖아?

후후, 레벨이 올라갈 때까지 엄청 고생했다니까.

덕분에 마이 홈의 내부가 새하얘졌잖아.

어여쁜 마이 홈은 처음과 비교하면 최근 며칠 사이에 몹시 많이 바뀌었다.

우선 쳐놓은 거미그물의 수가 늘었다.

이전에는 T자 통로의 교차점부터 각 통로까지 하나씩 쳐놓은 것이 전부였지만 지금은 통로의 저편 갈림길까지 거듭거듭 거미그물을 쳐놨다.

한 개뿐이면 침입자가 돌파해서 들이닥칠지도 모른다고 판단했기 때문이었다.

이만한 숫자의 거미그물을 돌파하려면 시간도 많이 걸릴 것이다.

덕분에 마이 홈의 안전도가 대폭 올라갔다.

그렇게까지 했는데도 스킬 레벨이 오르지 않아서 이번에는 벽에다가 장식을 만들었다.

벽 한 면에다가 빈틈없이 실을 붙여서 하얗게 칠해버렸다.

물론 평범한 장식은 아니었다.

벽지 실은 앞에다가 쳐놓은 거미그물과 연동돼 있었다. 또한 거미그물에 사냥감이 걸리면 자동으로 벽에서 떨어져 상대를 덮치도록 조정했다.

여러모로 시행착오를 거친 끝에 완성한 자랑스러운 함정이었다.

벽지 실을 붙이고 있을 때 스킬 레벨이 하나 올랐다.

벽지 실을 전부 다 붙인 다음에 마지막으로 설치한 것은 눈에 보이지 않을 정도로 가느다란 극세사였다. 이걸 마이 홈 안쪽에다가 이리저리 둘러쳤다.

이 실은 점착력도 부여하지 않았고 뭔가에 닿으면 금방 끊어진다. 가만히 내버려 둬도 공기의 흐름에 따라 자연스럽게 끊어져서 벽지 실로 흡수됐다.

이렇게까지 가느다란 실을 뽑아낼 수 있는 건 스킬 레벨이 5가 된 덕분이었다.

이 실은 색적(索敵)을 위해 뽑아냈다. 실의 끄트머리를 나한테 연결시켰고 실에 뭔가가 닿으면 그것이 무엇인지 내게도 전해진다.

나는 몸의 구조상 뒤쪽이 보이지 않아 불편했기에 대책을 마련하기 위해서 개발한 것이 바로 색적 실이었다.

지금은 마이 홈 안에 있으면 배후를 신경 쓸 필요가 없어서 어떻게 쓸까 생각하다가 마이 홈의 내부에다가 여기저기 둘러치기로 했다.

언젠가는 이걸 원격 조작으로 움직이면서 마이 홈의 바깥쪽을 탐색하고 싶은걸.

그리고 여기까지 해치우고 나서는 할 일이 없어져버린 탓에 그저 실을 모아놓는 작업만 하다가 마침내 스킬 레벨이 6으로 올라갔다.

덕분에 질 좋은 비단실에 뒤지지 않을 만큼 굉장히 고급스러운 실을 대충 뭉쳐서 아무렇게나 바닥에 던져놓는 형편이었다.

참고로 이만한 양의 실을 뽑아내면 당연히 배가 고파진다.

그런 관계로 거미그물에 걸려든 불쌍한 사냥감 여러분들은 남김없이 먹어치웠답니다.

여기 주변에 있는 마물은 전부 독을 지니고 있는지 독니로 깨물어도 좀처럼 죽질 않았다.

뭐, 어차피 거미줄에 걸려든 다음이라면 뛰어봤자 부처님 손바닥이지만.

덕분에 독니의 스킬 레벨은 4로, 독 내성의 스킬 레벨은 5까지 올라갔다.

내가 이제껏 쓰러뜨린 마물은 〈엘로 랜더넬〉이 세 마리, 〈엘로 페커토트〉와 〈엘로 바질리스크〉에 〈핀지고어트〉가 각각 한 마리씩이었다.

그 밖에도 정든 개구리를 추가로 두 마리.

이 던전에서는 개구리가 대량으로 번식하고 있는 걸까?

이만큼 마물을 쓰러뜨렸는데도 인간은 아직 못 봤다.

엘로 랜더넬은 소형 공룡처럼 생긴 마물로 세 마리가 동시에 몰려오는 바람에 땀 좀 뺐다.

뭐, 세 마리 모두 사이좋게 거미그물로 걸려들었으니까 고생은 안 했지만.

엘로 페커토트는 펭귄과 펠리컨을 합쳐놓은 몸체에다가 늑대의 팔을 가지고 있는 기묘한 마물이었다.

핀지고어트는 벌처럼 생긴 마물이었는데, 비정상적으로 커다래서 3미터는 거뜬한 이 통로를 가득 메울 만큼 거구였다. 그 때문에 오히려 거미줄을 싹 다 뒤집어썼지만…….

가장 위험한 녀석은 엘로 바질리스크였다.

커다란 도마뱀 같은 겉모습을 지닌 마물로 바질리스크라는 이름처럼 석화 공격을 날려댔다. 아마도 게임이나 판타지와 마찬가지로 석화의 마안을 가지고 있어서 덕분에 내 앞다리가 하나 석화돼버렸다. 무시무시한 강적이었다.

나도 모르게 알 뒤쪽으로 전략적 후퇴를 결정했을 정도다.

그때 알에다가 감아놓은 고무 실은 모조리 석화돼서 부스러졌다.

혹시 알도 깨뜨릴 수 있을까? 그런 마음에 계속 석화 공격을 하도록 내버려 뒀는데 알에는 전혀 변화 없음.

변화는 고사하고 도마뱀이 먼저 뻗어버린 관계로 하는 수 없이 깨물어줬다. 알, 무서운 아이!

이후로는 레벨 업 해서 탈피할 때까지 석화된 다리로 지냈기 때문에 힘들었다.

석화 내성 스킬을 획득했으니까 수지를 따져보면 이득일지도 모르겠지만 맨 처음 개구리 때와 마찬가지, 어쩌면 그 이상으로 위험했다고 본다.

앗, 그냥 넘어갈 뻔했네. 저요, 레벨 업 했답니다. 게다가 세 번이나. 지금은 레벨 5예요.

스킬은 알아낸 것만 치면 〈독니 LV 4〉 〈거미줄 LV 6〉 〈감정 LV 2〉 〈금기 LV 1〉 〈외도 마법 LV 1〉 〈독 내성 LV 5〉 〈산 내성 LV 2〉 〈부

식 내성 LV 1〉〈석화 내성 LV 1〉이었다.

레벨이 3이나 올랐는데도 스킬 레벨은 별로 오르지 않았다.

생각보다 레벨 업에 따른 숙련도 보너스의 양이 적은 건가.

레벨 업으로 늘어나는 스킬 포인트도 꽤 적은 듯하고.

스킬 포인트를 입수했다는 하늘의 목소리(일단은)를 들었을 때 살짝 흥분한 뒤, 스킬을 습득하기 위해 이것저것 시험했지만 결국은 헛수고였다.

그럴듯한 스킬을 닥치는 대로 머릿속에 떠올려봤지만 습득 가능한 스킬은 없었다.

애초에 해당되는 스킬이 없을 때는 하늘의 목소리(일단은)가 반응조차 안 하는 데다가 스킬이 존재하는 경우에도 사정은 마찬가지였다.

《스킬 포인트가 부족합니다.》

이런 대답만 돌아왔으니까.

내가 생각하는 것 이상으로 스킬과 관련해선 제약이 엄격한 것 같았다.

오늘도 여전히 게으름뱅이 생활을 만끽 중이었다. 아아, 사랑스러운 마이 홈.

응? 알은 어쨌냐고?

모르겠는걸. 고무 실을 빈틈없이 꽁꽁 동여맨 하얀 실 뭉치 따위 내 기억엔 없는걸.

식사거리는 재네들이 멋대로 찾아와 주는 데다가 방범 대책도 탄탄하니까 위험한 던전 안에서도 편하게 푹 잠들 수 있다. 딱딱한 바닥에 보드라운 실을 깔아놓은 덕분에 잠자리의 촉감도 최고.

일과로 자리 잡은 실 뽑아내기를 하면서 빈둥빈둥 굴러다닌다. 아~ 행복해라.

돌이켜보면 전세에서는 하루하루 무척 바쁘게 보냈었구나.

신경 쓴 적은 없었지만 지금 생각하면 평균 수면 시간이 고작 네 시간이라는 건 조금 그렇기도 하네.

전세에서 내 생활 사이클은 아침이면 일어나서 학교에 가고, 끝나면 집으로 돌아와서 오로지 게임뿐, 밤늦게 졸음기가 못 버틸 수준에 달하면 겨우 잠들었다.

그런 식으로 살았으니까 말이지.

게임을 하면 즐거웠지만 지금 돌이켜보면 해야 된다는 의무감이 전혀 없는 건 아니었다. 온라인 게임을 무과금으로 하면서 톱 플레이어 소리를 들었다는 자부심도 있었고, 주위의 기대에 부응하겠다고 나도 모르게 자신의 한계를 넘어섰던 것 같았다.

내 주제에 주위의 기대에 부응하겠다고 열을 냈다는 건 대체 무슨 농담이냐는 기분이다.

유아독존. 타인의 눈 따위 신경 쓰지 않는다.

그렇게 살았다고 생각했는데 어느 정도는 인간다운 감정도 가지고 있었나 보다. 이런 환경에서 지내다가 문득 깨달았다. 그래서 지금은 진정한 의미로 아무 할 일이 없는 생활을 하니까, 전부 다 놓아버렸다는 데서 해방감마저 느껴졌다.

처음에는 심심함을 못 견디면 어떻게 해야 될까 불안해한 적도 있었지만 기우였다. 인터넷도 게임도 없는 환경은 확실히 심심하지만 못 견딜 정도는 아니었다.

아무래도 나는 보통 사람보다 행복을 느끼는 기준이 낮은 것 같았고 솔직히 말해서 살아만 있으면 그것만으로도 행복했다. 식사와 주거가 보장되는 지금 생활은 더할 나위 없이 행복했다.

여기에서 이대로 평생 살아도 괜찮겠다고 생각할 만큼…….

거미의 수명이 얼마나 길진 모르겠지만 말이야.

그러나 마음은 이렇지만 언젠가 마이 홈을 떠나야 될 때가 올 것이다.

불의의 사태, 환경의 변화, 거미줄을 뭉개면서 들이닥치는 강적의 출현.

알 도둑 때처럼 인간이 오거나 강력한 마물이 나타나기도 하겠지.

언제가 될진 모르겠지만 그때는 분명히 찾아온다.

변하지 않는 건 없다.

그러니까 언젠가 그때가 온다는 각오 정도는 해두자.

마음은 그렇게 먹었다지만 너무 빠르잖아! 각오 다 못 했단 말야!

당황해서 어쩔 줄을 모르는 내 시야 저편에서 마이 홈의 입구 중 한 군데가 불타오르고 있었다.

꾸벅꾸벅 잠들려고 하던 때에 갑자기 불길이 치솟았다.

내가 건설한 마이 홈은 잠시도 버티지 못하고 천천히 불바다 속으로 삼켜졌다.

그동안은 적수가 없었던 내 거미줄, 불에 약하다는 뜻밖의 약점이 밝혀지고 말았다.

그런데 왜 갑자기 불이 난 거지?

정답은 바로 알 수 있었다. 사람이었다. 불길 너머에 인간 남자가 있었다. 저번에 마주쳤던 알 도둑하고는 물론 다른 사람이었다. 손에는 횃불을 들고 있었다.

분명 저걸로 마이 홈을 불태운 거다.

큰일 났다.

불길에 가려져서 흐릿했지만 남자의 뒤쪽으로도 몇 명 더 사람의 형체가 보였다.

지나가다가 우연히 불을 붙였다는 건 말도 안 된다. 틀림없이 거미집을 경계하기 때문에 저런 행동을 취한 거다.

그렇다면 거미집 안쪽에 나라는 마물이 있다는 사실도 분명히 알고 있다는 뜻이다.

이대로 여기 머무르다간 불길에 휩쓸려 죽든가, 인간에게 습격당해 죽든가 둘 중 하나였다.

다행히 불길은 아직 내 위치까지 닿진 않았다. 반대쪽 탈출로로 나가면 인간에게 추적당하지도 않을 것이다.

나는 마지막으로 딱 한 번 마이 홈의 안쪽을 둘러봤다.

전생하고 나서 지금까지 대부분의 시간을 여기서 보냈다.

정성을 들여 건설한 집이었다.

이런저런 발견을 해낸 곳도 여기였고 그때마다 일희일비했다.

지금까지 줄곧 나를 지켜준 집이 바로 이곳이었다.

살짝 과장하면 전세의 내 방 이상으로 애착을 가졌을지도 모르겠다.

그만큼 뜻깊은 시간을 이 장소에서 보냈다.

나는 달렸다. 불길의 반대 방향으로…….

복잡하게 펼쳐진 거미줄을 거침없이 빠져나갔다.

마지막 거미그물.

저길 넘어가면 이제 두 번 다시 여기로 돌아오지 못한다.

저길 넘어가면 이제 안전 따위 어디에도 없다.

그럼에도 나는 망설이지 않고 마지막 거미그물을 넘었다.

뒤돌아보고 싶은 충동이 솟구쳤지만 그러지 않았다.

지금은 조금이라도 멀리 도망칠 생각만 하련다.

이렇게 나는 마이 홈에서 쫓겨나고 말았다.

여담이지만 마이 홈에 불을 놓은 모험가들은 불길이 잦아든 뒤 마이 홈 중앙에 방치되어 있었던 대량의 실 뭉치와 그 딱딱했던 알을 발견했다고 한다.

운 좋게도 거기까지는 불길이 뻗치지 않아서 모험가들에게 무사히 회수되었다.

그 실로 짠 옷은 터무니없는 고가로 거래되었다고 한다.

구입한 사람 중에는 어딘가의 국왕님까지 있다고 해서 한때 화제가 됐다고…….

알은 그런 상태로도 끈질기게 살아남아서 나중에 무사히 부화한 모양이었다.

내가 그 사실을 알게 되는 건 훨씬 나중의 일이고, 그때 떠오른 생각은 안 깨져서 다행이라는 안도감이었다.

S3. 부화

나와 스우는 무언가를 물끄러미 쳐다보고 있었다.

우리의 시선이 향하는 곳에 커다란 알이 하나 놓여 있었다.

1미터 정도 되는 커다란 알이다.

지구에서 제일 큰 알은 분명 타조의 알이라고 했던 것 같은데, 눈앞에 놓인 알은 아무리 봐도 그보다 훨씬 거대한 크기를 자랑했다.

그도 그럴 것이 이 알의 내용물은 마물이다.

이 세계의 마물은 게임과 달리 아무것도 없는 장소에서 느닷없이 나타나진 않는다.

제대로 생식 활동을 통해서 수를 늘리기 때문에 이 커다란 알도 어미 마물이 낳은 것이다.

이 알은 엘로 대미궁이라고 불리는 곳에서 가지고 왔다는데, 얼마 전 감정 의식을 치렀을 때 축하의 뜻으로 헌상된 선물이었다.

마물의 알이라 위험할 것 같았지만 부화한 직후부터 사람의 손으로 키우면 잘 길들여서 부릴 수도 있다고 한다.

그리고 이 알은 지금 막 부화의 순간을 맞이하고 있었다.

"힘내라."

스우가 불쑥 중얼거렸다.

알에는 옅게 금이 가 있다. 안쪽의 생물은 온 힘을 다해 껍질을 부수려고 하는 중이었다.

금이 가기 시작한 것이 이틀이나 전이었으니까 굉장한 장기전이었다.

지금 알에 난 금이 껍질 전체로 퍼져 나가고 있다.

이제 조금만 더 힘을 내면 완전히 깨질 것 같았다.

나와 스우는 마른침을 삼키면서 가만히 지켜봤다.

도움의 손길을 건네고 싶은 마음이 없진 않았지만 안나의 말로는 지금은 도와주면 안 된다고 했다.

자기 힘으로 부화해야 튼튼하게 자란다는 설명이었다.

"앗!"

껍질의 일부가 커다랗게 갈라지더니 안에서 손 비슷한 것이 튀어나왔다.

그 손이 휙휙 움직이면서 걸리적거린다는 듯이 껍질을 밀어젖힌다.

그렇게 알에서 나타난 건 검은 도마뱀처럼 생긴 마물이었다.

도마뱀과 눈이 마주쳤다. 어쩐지 도마뱀의 눈이 기쁨으로 빛나는 것처럼 보였다.

"안 예뻐."

진한 실망감이 묻어 나오는 스우의 한마디에 조금 충격이라는 듯 입을 딱 벌리는 도마뱀.

말을 알아듣는 건가? 에이, 설마.

"그래? 나는 꽤 귀엽다고 생각하는데 말야."

지구에서도 파충류는 호불호가 꽤 갈리지만 나는 비교적 좋아하는 편이었다.

게다가 이 도마뱀은 남자라면 무조건 마음에 들어 해야 한다.

"축하드립니다. 역시 지룡(地竜)의 새끼였네요."

안나가 도마뱀을 보면서 말했다.

하프 엘프라서 겉모습 이상으로 오래 살아온 안나는 박식하다.

안나의 식견으로 봐서 이 도마뱀은 지룡의 새끼라고 한다.

용이라는 발음만으로도 뭔가 가슴이 두근거렸다.

지룡은 성장해도 하늘을 날진 못한다지만 그래도 용은 용이었다.

나중에 자라면 분명 강해진다.

성장한 용의 등에 올라타 있는 내 모습을 상상해봤다. 괜찮은데?

오랫동안 살면서 높은 레벨을 달성한 용(竜)은 용(龍)으로 진화한다고 들었는데, 거기까지 길러낼 수 있으려나? 역시 무리일까?

"스우의 마음에 안 들면 얘는 내가 맡고 싶은데, 괜찮을까?"

"오라버니가 원하는 건 전부 오라버니 거예요."

어떡하지. 여동생이 이상한 방향으로 빠져드는 것 같다.

하지만 이번에는 고마운 말이니까 그냥 넘어가야겠다.

도마뱀을 안아 들었다. 얌전히 품에 안긴다.

머리를 쓰다듬어주니까 기쁜 기색으로 몸을 비비적댔다.

"이름을 지어줘야겠군."

"잠시만 이리 주시겠어요?"

안나가 내 손에서 도마뱀을 받아 들었다.

그러고는 하반신 쪽을 만지작거린다. 굉장히 싫은 티를 내면서 도마뱀이 몸을 비틀었지만 단단히 붙잡혀서 도망은 못 쳤다.

"암컷이네요."

안나가 성별을 확인하고 내게 도마뱀을 돌려줬다.

도마뱀은 왠지 몰라도 몹시 처량한 표정을 짓고 있었다.

“암컷이라. 어떤 이름이 좋을까?”

수컷이었다면 멋진 이름을 지어줬겠지만 암컷이라면 우아한 이름으로 지어주고 싶었다.

귀여운 이름은 용이랑 안 어울리고…….

“좋아, 정했어.”

몇 가지 후보를 머릿속에서 떠올렸다가 마지막에 남은 이름으로 결정했다.

“네 이름은 페일룬이야. 페이라고 부르겠어.”

페일룬은 내가 전세에서 플레이했던 온라인 게임에 나오는 지역 이름이었다.

끝없이 이어지는 사막 지대.

사막의 중심에는 에어리어 보스로 드래곤이 있었고 그 녀석을 쓰러뜨리면 오아시스로 진입할 수 있었다.

오아시스의 배경은 게임 안에서도 입이 쩍 벌어질 만큼 환상적으로 손꼽히는 곳이었고, 또한 스크린샷을 찍어두고 싶은 경치 넘버원을 차지한 곳이었다.

특히 밤의 경치는 사막 안에 고적하게 존재하는 낙원과도 같은 이미지였다.

까만 겉모습이 밤을 떠올리게 하니까 지룡에게 붙일 이름으로 잘 어울린다는 기분이 들었다.

“잘 지내보자, 페이.”

내가 이름을 부르자 페이는 기쁜 기색으로 「뀨우」 하고 울었다.

마물 도감

file.03

엘로 페렉트

LV.01

status 【능력치】

HP 25 / 25

MP 15 / 15

SP 15 / 15

15 / 15

평균 공격 능력 : 5
평균 방어 능력 : 5
평균 마법 능력 : 4
평균 저항 능력 : 4
평균 속도 능력 : 90

skill 【기술】

「마비 공격 LV 1」「마비 내성 LV 1」

통칭 그리마. 쓰르륵거리는 다리가 잔뜩 달려 있는 벌레형 마물. 스테이터스는 대부분 낮다. 다만 속도만은 이상하리만큼 빠르다. 그러나 엘로 대미궁의 고유종이면서도 밤눈 스킬을 보유하지 못한 탓에 한 마리라면 간단하게 토벌 가능. 이 마물의 무서운 점은 대량으로 발생할 뿐 아니라 그대로 군체를 이뤄서 생활한다는 데 있다. 단독일 때의 위험도는 F이지만 군체일 경우에는 위험도 B로 분류된다.

5. 첫 번째 몬스터 배틀

터벅터벅. 내 발걸음은 무거웠다.

전속력으로 마구 달음박질치느라 지치기도 했지만 그 이상으로 충격이 컸다.

사랑스러운 마이 홈을 잃어버리고 말았다.

인간에서 거미가 되고도, 어떤 고약한 식사를 하면서도 흔들리지 않았던 내 강철 같은 정신에 휑하니 구덩이가 파여버렸다.

후유, 언젠가는 피치 못할 사태와 맞닥뜨려서 마이 홈을 떠나게 될지도 모른다고 각오는 조금씩 하고 있었다. 하지만 막상 그 순간을 맞이해보니 예상 이상으로 충격이 컸다.

나중의 일이라고 생각했었던 만큼 대미지도 더 커졌다.

적어도 레벨 10을 달성할 때까진 마이 홈을 지키고 싶었다.

으으으. 으으으으읏. 으으으으으으읍~ 으갸~!

좋아, 끙끙대는 거 종료. 각오를 다시 다지고 새롭게 출발하자.

우선은 행동 방침을 정해야겠지. 선택지는 몇 가지 있다.

1. 어딘가 다른 장소를 찾아서 새로운 마이 홈을 건설한다.

2. 이대로 던전을 배회한다.

3. 던전의 출구를 찾는다.

당장 떠오르는 후보는 이 정도일까.

안전이라든지 그런 쪽을 고려하면 1을 선택하고 싶었다.

하지만 1은 일부러 선택지에서 제외시켰다.

마이 홈은 멋지다.

의식주가 저절로 충족되는 데다가 움직일 필요도 거의 없다. 이상적인 낙원이라고 해도 과언이 아니었다.

하지만 그런 환경에 눌러앉아 지내면 나는 차츰차츰 무기력해질 것이다.

정신적으로도, 육체적으로도…….

마이 홈에서 안전한 사냥만 하다간 정작 갑작스러운 사태와 맞닥뜨렸을 때 꼼짝도 못 하는 허수아비가 되어버린다.

이번 사건으로 분명하게 깨달았다.

지금 이대로 뭉그적거리면 거미집을 돌파할 능력을 갖춘 상대와 마주쳤을 때 나는 계속해서 도망칠 것이다.

그래선 안 된다. 그런 식으로 도망칠 때마다 이번처럼 의기소침했다간 끝이 없다.

더욱이 마이 홈을 파괴당한 순간부터 나의 내면에서는 이글거리는 뭔가가 응어리지고 있었다.

나는 마냥 도망쳐 다니는 나 자신을 용서할 수 없었다. 그렇다, 나는 분했다.

마이 홈을 속절없이 내준 데다가 이렇다 할 반격조차 하지 못했고, 더군다나 머릿속으로는 당연하다는 듯 도망칠 길부터 찾았다.

암요, 그렇고말고요. 고민도 않고 도망친 건 다름 아닌 나였죠.

하지만 실제로 도망쳐 나오니까 어떻지?

죽고 싶을 정도로 솟구치는 분노, 비참함!

또다시 도망친다?

그딴 걸 어떻게 견디라는 말이야.

이토록 마음이 부글부글하는 까닭은 마이 홈이 편리한 공간이었을 뿐 아니라 그만큼 내게 소중한 장소였다는 뜻이겠지.

진부한 말로 표현하자면 진실로 마음이 놓이는 장소였다.

전세의 내게는 마음 둘 데가 없었다. 가정은 붕괴됐고 학교에서는 적응하지 못했다. 게임 속도 결국은 가공의 세계. 내게는 마음을 놓을 만한 장소가 없었다. 뭐, 그럼 더 굳세게 살아주겠다는 식으로 뻣뻣하게 굴었지만…….

마이 홈은 그랬던 내가 오로지 나만을 위해 건설한 공간이었다.

아무한테도 거리낄 것 없는 나만의 장소. 그런 장소를 빼앗겼다. 나라는 존재 자체를 약탈당한 것과 같았다. 여기서 물러나 버리면 나는 앞으로 두 번 다시 긍지를 가지지 못할 것이다.

살아만 있으면 행복하다고?

흥, 나도 결국 드러누운 채 평화만 부르짖는 얼간이였다.

긍지도 없이 살아가는 놈은 시체나 마찬가지다.

그것을 이번 사건으로 뼈저리게 깨달았다.

마이 홈은 잃어버렸다. 내 긍지는 상처받았다.

더 이상 내 긍지를 더럽히지 않기 위해서라도 나는 강해져야만 했다.

그러려면 새로운 마이 홈에 틀어박혀서 안전한 사냥만 하는 걸로는 안 된다.

실전 경험을 쌓아야 한다.

그렇다면 던전을 발 닿는 대로 떠돌아다니든가, 혹은 출구를 목표로 하든가 둘 중 하나였다.

뭐, 솔직히 이건 둘 다 크게 다르지 않았다.

왜냐면 출구가 어디에 있는지 모르는걸. 결국 무작정 돌아다닌다는 선택지밖에 없는 셈이었다.

애초에 이 던전에 대해서 나는 거의 알지 못했다.

태어난 곳도 자란 곳도 이 던전이지만 우습게도 이름조차 알지 못했다.

얼마나 넓은지, 어느 정도의 난이도인지, 대략적인 지형조차 알지 못했다.

모르는 것투성이였다.

응? 전에도 모르는 것투성이라고 고민했던 적이 있었는데…….

앗! 그랬지. 감정 스킬 배웠을 때! 맞아, 감정이 있었어.

마이 홈 안에서는 레벨을 더 올릴 방법이 없었지만 밖으로 나온 지금은 아니다.

레벨이 오르면 조금은 단서가 생길지도 모르니까 앞으로는 계속 감정하면서 돌아다녀야겠다.

그런 관계로 감정 개시.

〈미궁의 벽〉〈미궁의 바닥〉〈미궁의 천장〉

여전히 쓸모가 없네.

어휴. 하지만 걸을 때마다 자꾸자꾸 감정 결과가 표시되니까 숙련도는 쌓이고 있을 거야.

으윽, 머릿속으로 정보가 잔뜩 흘러들어 오는 바람에 살짝 어질어질해졌다.

익숙해질 때까진 당분간 참고 견딜 수밖에…….

《숙련도가 일정 수치에 도달했습니다. 스킬 〈감정 LV 2〉가 〈감정 LV 3〉으로 성장했습니다.》

그렇게 생각한 순간 기다렸다는 듯 스킬 레벨이 올라갔습니다.

감정을 시작하고 시간이 많이 지나진 않았는데 말이지.

방구석을 벗어나면 이렇게 간단하게 올라가는 건가. 뭔가 복잡한 기분이었다.

뭐, 어쨌든 좋은 일이니까.

어디 보자, 레벨 3이면 뭔가 달라졌을까? 바로 나를 감정해봤다.

〈스몰 레서 타라텍트 LV 5, 이름 없음〉

레벨 표기가 생겼습니다~. 만세~. 어휴, 뭔가 나아지긴 했지만 말야.

이거 정말 레벨을 몇이나 더 올려야 쓸 만해지려나? 쳇.

그나저나 나는 스몰 레서 타라텍트라는 이름의 종족인 듯한데, 이 던전 안에서는 얼마나 강한 걸까?

문득 그런 생각을 떠올렸을 때 뜻밖의 사건이 일어났다.

〈스몰 레서 타라텍트: 열화 타라텍트종의 유체〉

뭣이라……?

헉, 이건 혹시 내 감정 결과로 나온 종족 이름을 거듭 감정한 건가? 이중 감정?

오오. 상당히 귀중한 꼼수를 발견해버렸네?

이왕 발견한 김에 혹시 모르니까 시험 삼아서 한 번 더 감정해보자.

〈타라텍트: 거미형 마물의 일종〉

성공이다! 좀 굉장한데?!

감정해서 모르는 단어가 튀어나오면 그걸 또 감정할 수 있다니.

으핫!

아직은 설명도 짧고 정보량은 별것 아니지만 스킬 레벨을 올리면 진짜 엄청나지는 거 아니야?

한 번 감정해서 파고들면 온갖 지식이 쏟아질 수도 있겠네!

우헤헤! 감정 씨, 쓸모없다고 해서 미안!

앞으로는 전력으로 스킬 레벨 올려드릴게!

실전 상대로 적당한 마물을 찾아 미궁 안을 돌아다녔다. 찾았다.

〈엘로 프로그 LV 3〉

내가 몸을 숨기고 있는 통로 저쪽에서 개구리를 발견.

발견한 김에 개구리의 상세 정보를 감정해봤다.

〈엘로 프로그: 엘로 대미궁에 서식하는 개구리형 마물〉

응? 잠깐 기다려봐. 설명 중에 무시 못 할 단어가 있잖아.

〈엘로 대미궁: 더즈톨디아 대륙과 카사나가라 대륙을 지하로 연결하는 세계 최대의 미궁〉

뜻밖의 기회로 현재 위치를 알아냈다.

지금 내가 돌아다니고 있는 던전은 아마 엘로 대미궁이다.

확실히 마물의 이름에 자주 붙는 단어라서 엘로는 뭘까, 라고 생각했었다. 바로 이 던전의 이름이었구나.

그건 그렇고 세계 최대의 미궁이로군요. 어쩐지 넓다 했어. 게다가 대륙을 지하로 연결시킨다는 건 대체 뭔 소리야? 요컨대' 이 던전의 위쪽은 바다라는 뜻?

으엑, 진짜로? 그럼 넓어야지.

하는 김에 대륙의 이름 두 개도 감정했다.

〈더즈톨디아 대륙: 인족의 국가가 다수 존재한다〉

〈카사나가라 대륙: 세계 최대의 대륙〉

흐음. 혹시 내가 탈출한다면 인족이 활개 치고 돌아다니는 더즈톨디아 대륙은 피하고 싶지만 그런 걸 고를 여유는 아마 없겠지?

아차, 감정에 열중하느라 방치했던 개구리부터 처리해야지.

녀석은 내게서 등을 돌리고 있었다. 이쪽의 접근을 아직 눈치채지 못했다.

이대로 기습할까? 그렇게 생각한 순간 눈이 마주쳤다. 쳇.

키웨엑!

일단은 위협.

퉤!

으앗?!

너 인마, 아직은 아무 짓도 안 했는데 곧장 침부터 뱉을 건 없잖아!

하마터면 또 뒤집어쓸 뻔했네!

퉤! 퉤! 퉤!

연속으로 뱉지 말라고~!!

으아, 으앗, 으헥?! 저걸 어떻게 다 피하라고! 아파, 아파라!

내성 덕분에 처음 맞았을 때랑 비교하면 쪼끔 낫긴 하지만 그래도 아픈 건 여전히 아프단 말야!

그보다 요 녀석, 실로 묶어놓지 않으면 이렇게 기운이 넘치는구나?

퉤! 퉤! 퉤!

잠깐, 잠깐만! 끄악~?! 결국 또 하나 못 피했어!

위험해, 이대로는 일방적으로 당해버릴 거야!

이렇게 된 이상 남은 건 돌진뿐!

퉤! 퉤! 퉤!

똑같은 수법에 계속 당하겠냐!

이만큼 당하면 네가 한 번에 뱉는 침 덩어리가 세 개로 끝이라는 정도는 알아챘다고!

위타천이라고 불렸던 게이머의 관찰력과 회피 테크닉을 얕보지 말란 말이다! 침 덩어리를 회피!

그대로 개구리한테 발톱을 내리찍었다!

큭, 역시 피해버리는구나. 앗, 점프해서 혀를 쏘아냈다!

퍼석! 아야야!

게다가 혀에도 산이 묻어 있었는지 얻어맞은 부위에서 지글지글하는 통증까지 느껴졌다.

으아아, 이건 중상이군요.

체력 게이지가 있었다면 새빨갛게 위험 신호를 울렸을 거야.

여기서 한 발이라도 뭔가 맞았다간 큰일 나겠다.

하지만 그렇게 되진 않는다. 이미 승패는 갈라졌다.

개구리가 착지하는 지점에 내 거미줄이 깔려 있었으니까.

단순한 함정이었다.

그저 침 덩어리 공격을 피하는 동안에 땅바닥에다가 실을 흘려놓았을 뿐.

나는 이동 중 지면에다가 자신도 모르게 실을 흘리는 버릇이 있었다.

이번에는 그걸 이용해서 무의식중에 흘려보내는 실에다가 점착성을 부여했다.

남은 건 개구리를 그 장소로 유도하는 것뿐.

실을 깔아둔 자리로 뛰어오르도록 발톱 공격을 할 때 각도부터 속도까지 세세하게 조절했었다.

설마하니 공중에서 반격을 날릴 줄은 예상도 못 했지만…….

착지하자마자 실에 붙잡힌 개구리.

나는 또 실을 뽑아서 가차 없이 싸맸다.

그리고 마무리로 독니!

개구리는 내 독니가 박힌 채 숨이 끊어졌다.

《숙련도가 일정 수치에 도달했습니다. 스킬 〈산 내성 LV 2〉가 〈산 내성 LV 3〉으로 성장했습니다.》

스킬 레벨이 올랐다.

다음에 또 개구리와 싸울 때는 조금 더 편해지겠지.

실제로 내성이 없었다면 대미지가 허용치를 초과했을 가능성이 높았다.

위험했다. 이미 몸은 너덜너덜.

침 공격을 두 발, 혓바닥 공격을 한 발. 그것만으로도 빈사인걸.

특히 혓바닥 공격은 강렬했다. 직격당한 몸체는 움푹 파여버렸고 충격만으로도 다리가 몇 개 꼬부라졌다.

딱히 방심은 하지 않았고 다른 마물과 거미집 없이 정면으로 붙으면 승률이 낮을 거라고 예상은 했었다.

그러면서도 마음 한구석으로는 어떻게든 되겠지, 라고 막연하게 희망적으로 생각했었나 보다.

솔직히 예상보다 훨씬 벅찼다.

처음으로 치른 실전다운 실전은 간발의 승리였다.

아무튼 이렇게 많이 다쳐선 제대로 움직일 수 없다.

한동안 이곳에 간이 홈을 만들어놓고 상처를 치료하는 데 전념해야겠다.

간이 홈은 말 그대로 규모가 작은 홈이다.

숨을 끊어놓은 개구리는 방치하고 거미줄을 펼쳤다.

큭, 움직일 때마다 몸에 격통이 덮쳐들었다.

《숙련도가 일정 수치에 도달했습니다. 스킬 〈고통 내성 LV 1〉을 획득했습니다.》

오오? 새로운 스킬? 응, 어쩐지 통증이 가라앉는 기분인걸.

그래도 엄청 아프지만…….

하지만 이런 스킬이 있으면 편리할 것 같네.

앞으로 계속 살아남으면 스킬 레벨도 자연스럽게 올라갈 테고, 그럼 신세 좀 질게요.

후유, 드디어 간이 홈 완성. 이제 한숨 돌려야겠다.

이런 상태로 다른 마물한테 습격이라도 당한다면 한 방에 퀙이니까 말이야.

그래, 이번 사냥감은 잡는데 고생 좀 했지. 잘 먹겠습니다.

응. 처음으로 전투를 경험해보고 새삼 깨달았다.

나 정말 YAKEEEE!

이건 나 개인이 약하다기보단 나를 포함해서 스몰 레서 타라텍트라는 종족 전체가 약한 것 같았다.

뭐, 그야 열등종이니까. 공격력도 빈약하고, 방어력도 엉성하고……. 유일하게 스피드 하나는 그럭저럭 쓸 만하지만 결국은 개구리의 침 덩어리 연타를 처음 보면 못 피하는 수준이네.

기초 능력치로는 저레벨 개구리보다도 뒤떨어진다.

지금까지 내가 고생 안 하고 마물을 쓰러뜨렸던 이유는 거미줄로 둥지라는 함정을 만들었다는 데 있었다. 정면에서 제대로 싸우면 이런 신세다. 마이 홈의 힘에 얼마나 많이 의존했는지 잘 알았다.

어쨌든 간에 이걸로 분명해졌다. 내게 정공법을 활용한 전투는 무리다.

내가 정면으로 적과 싸울 경우에는 어떻게 해서 상대를 실로 구속하는가, 이 것에 전부가 걸려 있다고 말할 수 있었다. 일단은 독니로 그냥 콱 깨물고 늘어진다는 전법도 있긴 했지만 내 빈약한 능력치로는 정면에서 깨물기 전에 당해버릴 것이다.

스피드로 상대를 농락하면서 틈을 노리고, 혹은 이번처럼 함정을 설치한 뒤 실로 구속한다.

이게 내 기본 전술이 될 듯했다. 혹은 미리 함정을 설치해놓고 유도하든가.

그렇게 생각하면 개구리는 나하고 상성이 나쁜 것 같다.

원거리에서 일방적으로 저격하는 고정 포대 타입이었으니까 말이야.

쓸데없이 움직이질 않으니까 함정으로 뛰어들지도 않는다.

어휴.

문제가 산더미였다. 그래도 내 약점은 파악했다. 아니, 그냥 약점투성이였지만.

하지만 여기서 좌절할 순 없다.

그저 생존이 목적이라면 새로운 마이 홈을 만들고 눌러앉으면 끝이다.

하지만 그래선 안 된다.

부끄럽지 않게 살겠다고 결심한 이상 벌써부터 그런 식으로 도피할 순 없었다.

그래도 지금은 일단 좀 쉴래~.

오늘 다친 데가 다 나으려면 얼마나 걸리려나? 아니, 낫긴 할까?

아무튼 자야겠다. 오늘은 별별 일 때문에 지쳤다. 몸을 회복시키기 위해서라도 수면을 취하고 기운을 차리자.

이제 끝. 안녕히 주무세요.

Zzz. 으응? 으으, 기절했다가 깨어난 기분인걸.

기분만 그런 게 아니라 거의 기절했었네.

으윽, 몸은 아직 아팠다. 그야 그 큰 상처가 하룻밤 만에 나을 리 없으니까.

흐암~. 아야야야야! 평소 버릇대로 기지개를 켰더니 부러진 다리에서 격통이 일어났다.

크, 상처가 심한 오른쪽 두 번째 다리가 특히 아팠다. 잘못하면 아예 떨어져 나가는 건 아닐까?

정말 낫는 부상이긴 한지 불안해졌다.

깡충깡충. 응?

뭔가 실에서 진동이 오는데? 으앗, 간이 홈의 거미줄에 마물이 걸려들었잖아.

다른 때 같았으면 걸린 순간의 진동으로 눈이 뜨였을 텐데 생각 이상으로 깊이 잠든 모양이었다.

전부 다 몸에 가해진 대미지가 너무 컸기 때문이겠지만.

〈엘로 바질리스크 LV 4〉

우아. 석화 도마뱀이잖아. 또 귀찮은 녀석이 걸려들었네.

어떡할까.

쟤는 석화의 마안을 가지고 있어서 실에 걸렸어도 시선만 마주치면 석화 공격을 할 수 있거든. 안 그래도 많이 다쳤는데 석화 공격까지 당하면 좀 위험하지 않을까?

그렇다고 기껏 걸린 사냥감을 그냥 보내기도 좀 그런데…….

두리번두리번.

앗, 망했다. 눈 마주쳤어.

으겍! 다리 끝이 석화된다! 에잇, 진짜! 이럼 어쩔 수 없지.

덥석!

석화 내성을 가지고 있는 덕분에 석화되는 속도는 무척 느렸다.

하지만 무사한 앞다리를 못 쓰게 되는 건 대단히 좋지 않다. 잘못되면 제대로 걸어 다니지도 못한다.

제발 다리가 움직이는 동안에 쓰러져줘라!

내 기도가 이루어진 건지 다리가 절반쯤 석화되었을 때 바질리스크는 힘을 다했다.

으음, 못 걸을 정도는 아니지만 좀 불편한걸.

《경험치가 일정 수치에 도달했습니다. 개체, 스몰 레서 타라텍트가 LV 5에서 LV 6으로 성장했습니다.》

오? 오오! 타이밍 예술이다. 만세!

《각종 기초 능력치가 상승했습니다.》

《스킬 숙련도 레벨 업 보너스를 습득했습니다.》

《숙련도가 일정 수치에 도달했습니다. 스킬 〈독니 LV 4〉가 〈독니 LV 5〉로 성장했습니다.》

《숙련도가 일정 수치에 도달했습니다. 스킬 〈석화 내성 LV 1〉이 〈석화 내성 LV 2〉로 성장했습니다.》

《스킬 포인트를 입수했습니다.》

오케이, 오케이. 스킬이 두 개나 레벨 업 한 건 기뻤다.

하지만 지금은 그 이상으로 기쁜 일이 있다!

내 몸에서 껍질이 스르륵 벗겨졌다. 탈피였다.

레벨 업의 혜택 중 하나, 탈피에 따른 완전 회복!

파였던 몸체의 상처도 나을지 불안했는데 거기도 완전히 나아버렸다.

이얏호! 바질리스크야, 고마워! 그리고 잘 먹겠습니다!

꼭 노리고 한 건 아니었지만 나는 이로써 상처를 완전히 치료하는 데 성공했다.

덕분에 또 미궁을 탐색할 수 있게 됐소이다!

S4. 스킬

나는 눈앞에 있는 책을 뚫어져라 쳐다봤다.

“어떤가요? 굉장하지요?”

그렇게 우쭐거리면서 입을 연 사람은 카나타, 지금은 카티아 공작 영애였다.

감정 의식을 치른 날 이후로 카티아는 곧잘 내 거처를 방문하곤 했다.

처음에는 카나타라고 불렀지만 누가 듣고 이상하게 여길지도 모른다고 하면서 지금 이름을 부르라고 했다. 카르나티아, 애칭으로는 카티아였다.

하지만 카티아는 여전히 나를 슌이라고 불렀다.

슈레인이니까 슌이라고 불러도 별 위화감이 없다는 이유를 들면서 그대로 밀어붙였다.

나는 딱히 개의치 않았지만 곤란하게도 주변 사람들은 서로를 애칭으로 부르는 나와 카티아가 상당히 사이좋게 보이는 듯했다.

사이가 좋은 건 사실이지만 지금의 카티아는 여자애였다.

일부는 그렇고 그런 의미에서 사이가 좋다는 식으로 받아들일 수도 있다.

그 일부의 필두인, 여동생 스우는 나와 카티아의 가운데 위치를 사수하고 있었다.

카티아가 방문할 때마다 무시무시한 표정으로 쏘아보고는 나와 카티아의 사이로 비집고 들어온다.

그러면 카티아는 당황해서 쓴웃음을 짓곤 했다.

이상적인 오빠를 목표로 살아왔는데 왜 이렇게 된 거냐…….

급기야 요즘에는 페이한테도 질투의 시선을 보냈다.

마음은 고맙지만 애완동물한테 그건 아니잖니, 여동생아.

그리고 페이는 내 무릎 위에서 내가 들고 있는 책을 흥미롭다는 듯 바라보고 있었다.

페이는 우리의 대화를 알아듣는 것 같다는 생각이 때때로 들 만큼 똑똑했다.

그렇다고는 하지만 정말로 말을 이해하는 건지는 모를 일이고, 혹시 알아듣더라도 글자까지 읽진 못할 것이다.

"공작가에서 보유하는 스킬 사전이랍니다. 이 정도로 상세한 자료는 세간에선 찾아보기 힘들 거예요."

그 책에는 판명된 스킬의 정보가 상세하게 쓰여 있었다.

효과는 물론이고 습득 조건에 이르기까지 망라되어 있다.

마치 공략집 같았다.

참고로 카티아는 일본어로 말할 때와 이 세계의 인족어로 말할 때의 분위기며 말투가 상당히 달랐다.

일본어는 물론 남자 말투이지만 그에 반해 인족어는 귀족에게 어울리는 화법을 철저하게 주입받은 결과로 아가씨 말투가 됐다.

원래 모습을 알고 있었던 만큼, 처음에는 괜히 우스워져서 빵 터질 뻔했지만 지금은 많이 익숙해졌다.

왜냐하면 일본어로 대화하는 건 단둘일 때뿐이고, 나와 카티아가

만날 때에는 대부분 스우도 같이 있었던지라 아가씨 말투를 듣는 날이 더 많았기 때문이었다.

"굉장한걸. 이것만 있으면 원하는 스킬을 전부 배울 수 있겠어."

"꼭 그렇지도 않아요. 시간은 유한하잖아요. 우선적으로 습득할 스킬을 결정한 다음, 그에 맞춰서 한정된 시간을 효율적으로 배분할 필요가 있죠."

나는 살짝 흥분해서 척척 페이지를 넘겼다.

이미 아는 스킬이 있는가 하면 모르는 스킬도 있었다.

모르는 쪽에 효과가 좋아 보이는 스킬이 있으면 나도 모르게 손이 멈췄다.

"슌하고 스우는 기본 스테이터스 스킬을 전부 다 습득해놓았죠? 그런 스킬들은 최대한 서둘러서 성장시키는 게 좋답니다."

기본 스테이터스 스킬이란 생명력이나 마력량과 강화 등으로 대표되는데, 단순히 스테이터스 수치를 끌어올리는 스킬이었다.

"기본 스테이터스 스킬은 레벨이 10에 이르면 진화를 하거든요. 효과가 한 단계 좋아질 뿐 아니라 레벨 업을 할 때 추가로 능력치를 올려줘요. 저희는 아직 마물과 싸우지 못하니까 당분간은 계속 레벨 1이겠죠. 레벨이 올라가기 전에 능력치를 더해주는 스킬을 배워놓으면 두고두고 쓸모가 있을 거예요."

우리는 아직 레벨 1이었다.

레벨은 꼭 마물이 아니더라도 오로지 살아 있는 것을 죽이는 행위로 상승한다.

우리는 아직 마물과 싸워도 된다는 허락은커녕 바깥출입조차 허락받지 못했기 때문에 당분간은 레벨이 올라갈 일이 없었다.
그럼에도 스테이터스는 성장과 훈련으로 천천히 올라간다.
다만 극적으로 변화하는 건 역시 레벨 업이 이루어지는 순간이었다.
"가능하다면 두 번은 스킬 진화를 완료해두고 싶지만, 그건 아무래도 분에 넘치는 욕심일지도 모르겠네요."
스킬은 레벨 10이 되면 진화하거나 파생 스킬을 습득하는 등 이런저런 혜택이 있었다.
다만 고레벨이 될수록 다음 레벨까지 필요한 숙련도 또한 점점 많아지므로 레벨 10을 달성하기는 몹시 힘들었다.
"강의(剛毅)나 성채, 위타천까지 진화시키면 스테이터스가 올라가는 정도도 상당히 달라지니까요. 그만큼 진화시킬 수 있다면 더할 나위 없겠지만, 전 단계까지는 어떻게든 꼭 달성해두고 싶은 마음이네요."
"동감이야. 그건 그렇고 경험치나 숙련도를 빠르게 올려주는 스킬이 없다는 건 의외네."
RPG 종류의 게임에서는 성장 도우미로 애용되는 경험치 증가 스킬이 없었다.
"맞아요. 그리고요, 눈치채셨나요?"
"응."
나는 스킬 사전에 실려 있는 스킬을 대강 살펴보고 카티아가 무슨 말을 하려는 건지 깨달았다.
스우는 나와 함께 스킬 사전을 쭉 훑어봤는데도 미처 알아차리지 못한 듯했다.

아리송하다는 듯, 그리고 의미심장하게 시선을 주고받는 나와 카티아가 마음에 들지 않는다는 얼굴이었다.

"생산 스킬이 없어."

"그뿐 아니라 스킬은 존재하는 전부가 전투용이에요."

그랬다. 한 권의 책으로 정리해야 될 만큼 많은 스킬이 있는데도 생산 계열, 이른바 비전투 스킬이 전혀 존재하지 않았다.

응용하면 생산 활동에 써먹을 만한 스킬이 있긴 했지만, 그건 전부 전투 스킬의 부차적인 효과에 지나지 않았다.

이만한 규모의 스킬이 있는데도 한쪽으로 치우친 효과를 지닌 스킬밖에 없다는 데서 위화감이 느껴졌다.

나와 카티아는 일본에서 게임을 플레이한 경험이 있기 때문에 알아차릴 수 있었던 사실이리라.

이 세계에서 쭉 살아온 사람들은 스킬은 원래 이런 식이라고 믿고 있을 것이다.

"마치 싸우기 위한 세계 같잖아."

나지막하게 중얼거린 나는 스스로도 살짝 오싹해졌다.

뭔가를 죽여야만 레벨이 오르는 세계.

전투를 목적으로만 존재하는 스킬.

마치 세계가 싸우라고 권장하는 느낌이었다.

"이건 아직 몇몇 사람들밖에 모르는 정보인데요. 마왕군이 급속도로 군비를 확장하는 중이라고 해요."

"그건……."

"조만간에 전쟁이 일어날지도 모르겠네요. 그때까지 최대한 강해지도록 해요."

나는 카티아의 말을 듣고 말없이 고개만 끄덕거렸다.

어쩐지 무릎 위에 올려둔 페이도 불안한 기색이었기에 나는 안심시키려고 머리를 쓰다듬어주었다.

6. 보너스 스테이지?

개구리한테 당한 상처가 딱 좋은 타이밍에 레벨 업으로 회복되었으니 다시 탐색.

후후, 오늘 제1의 사냥감을 발견. 음, 못 봤던 마물이네.

쓰르륵거리는 다리가 잔뜩 달린 그리마 같은 마물이었다.

일단은 감정부터.

〈엘로 페렉트, 스테이터스 감정에 실패했습니다〉

응? 실패? 아, 레벨이 안 나오는구나.

흐음, 감정이 실패도 하는 거였네. 처음 알았다.

뭐, 지금으로선 실패해도 큰 차이는 없으니까 별로 상관없지만 말이야.

개구리 때는 들켜버렸지만 그리마는 내가 있는 줄도 몰랐다.

절호의 백 어택 찬스!

소리를 내지 않으면서도 재빠른 움직임으로 상대의 배후를 점했다.

샤사사사삭. 반가워요, 죽엇!

기습은 반항할 틈도 주지 않고 성공했다.

오히려 아무런 반항도 없어서 허탈할 정도였다.

실로 묶어서 구속 완료. 독니를 박아 넣고 종료.

그리마는 보기만 해도 맛없을 것 같았는데 역시 맛이 없었다.

게다가 이상한 독이라도 가지고 있는 건지 먹은 다음에 몸 상태가 살짝 안 좋아졌다.

뭐랄까, 몸이 삐거덕거리는 느낌이었다.

어휴, 거미로 전생하고 나선 한 번도 맛있는 음식을 먹은 적이 없구나.

철없는 푸념 같지만 맛있는 음식을 먹고 싶었다.

에고고, 어디서 컵라면이 뚝 떨어지면 좋겠네.

떨어질 리 없지만……. 포기하고 탐색이나 해야겠다.

《숙련도가 일정 수치에 도달했습니다. 스킬 〈감정 LV 3〉이 〈감정 LV 4〉로 성장했습니다.》

오, 드디어 감정 레벨이 올라갔다.

요즘은 감정 때문에 어지러워지는 일도 거의 없어졌고 순조로운걸.

어디 보자, 레벨이 올라가면서 뭐가 늘어났으려나?

〈스몰 레서 타라텍트 LV 6, 이름 없음〉

어라? 그대로잖아?

처음에는 그렇게 생각했는데 종족명의 아래쯤에 색이 들어간 직선이 몇 개 있었다.

위쪽부터 순서대로 녹색, 청색, 황색과 적색이었고 황색과 적색 선은 위아래로 붙어서 두꺼운 선을 하나 표기하고 있다.

이건 뭘까?

〈HP 표시줄〉

〈MP 표시줄〉

〈SP 표시줄〉

감정해보니 색색의 선은 각각 생명력을 표시하는 히트 포인트, 마력을 표시하는 매직 포인트라는 사실을 알 수 있었다.

그런데 마지막 SP라는 건 뭔지 잘 모르겠다.

감정 결과는 스태미나 포인트라고 나왔다.

마력의 물리 버전이고 운동하면서 줄어든다거나?

응응? 하지만 어째서 게이지가 두 줄일까?

게다가 위쪽의 노란 게이지는 가득 찼지만 아래쪽 빨간 게이지는 3분의 1 정도 줄어 있는걸.

둘의 차이점은 뭐지? 잘 모르겠다.

HP는 수시로 보고 싶으니까 가능하다면 자기 정보를 항상 감정해놓고 싶은데…….

자신을 대상으로 감정을 쭉 지속시켜봤다. 음, 이런 느낌인가?

좋아, 잘된 것 같아.

이제 의도적으로 감정을 해제하지 않으면 항상 HP를 확인할 수 있게 됐다. 제법 편리해졌네.

그나저나 자신의 정보가 보이는 건 편리하다는 정도지만 상대의 HP나 MP가 보인다면 굉장히 유리해지지 않을까?

남은 HP의 양이 보인다면 앞으로 얼마나 더 공격해야 결판나는지 판단도 되고, 마법이 주력인 상대에게서 MP가 떨어졌다는 정보를 알아내면 이긴 거나 마찬가지고…….

상대의 사정을 일부만이라도 알아낸다는 건 전투에서 커다란 어드밴티지를 가져다준다.

감정은 역시 치트 스킬이었다는 조짐이 살짝 보였다.

후후후. 나는 이걸 예측하고 당장은 쓸모없는 감정 스킬을 굳이 습득했노라!
결코 몰라서 그런 게 아니었어!
그렇다 치고 넘어가자!
자, 그럼 다시 기운을 내고 탐색, 또 탐색. 앗, 마물 발견.
〈엘로 페렉트 LV 2, 스테이터스 감정에 실패했습니다〉
전부 다 취소다. 역시 쓸모없잖아. 왜 중요한 데서 실패하는 거냐고…….
어휴, 기대한 내가 바보였다.
일단은 발견한 마물, 그리마부터 처리해야겠다.
으음, 어쨌든 위치를 고려하면 기습은 무리이려나?
재가 아직 나를 못 보긴 했지만 이쪽을 향하고 있으니까.
앗, 좋은 생각이 떠올랐다!
살금살금 벽을 기어 올라갔다. 거미는 이럴 때 편리하구나. 그대로 천장까지 도착.
윽, 거꾸로 천장에 달라붙는 건 역시 좀 힘든걸. 그래도 힘을 쥐어짜면 못 버틸 것도 없다.
천장에 붙은 채 살금살금 이동했다. 힘내라, 내 다리!
응? 스태미나 게이지가 줄어들잖아?
아차, 지금은 그런 것보단 작전에 집중해야지. 그리마의 바로 위쪽에 도착.
그래, 좋아. 놈은 내가 바로 위에 있는데도 눈치 못 챘어.
천장에 실을 붙이고 그대로 그리마를 향해 쓱 떨어졌다.
그대로 덮쳐서 깨물기 공격!

그리마가 뒤늦게 버둥거렸지만 이미 늦었다.

받아랏, 실로 빙글빙글 꽁꽁! 그다음은 덥석! 으하하하!

이것이 바로 위에서 덮칠테니 조심하시오 작전! 대성공!

그럼 아무쪼록 잘 먹겠습니다.

흠흠.

먹으면서 조금 전 스태미나 게이지가 줄어들었던 현상에 관해 생각해봐야겠다.

천장에 달라붙었을 때 줄어든 건 위쪽의 노란색 게이지였다.

다리를 뻗대고 있을 때에 천천히 줄어들었다.

그런데 지금은 완전히 회복됐다. 으응?

《숙련도가 일정 수치에 도달했습니다. 스킬 〈마비 내성 LV 1〉을 획득했습니다.》

오, 오오! 그리마야, 너 마비 스킬도 갖고 있었구나!

어쩌면 이 녀석, 기습으로 해치우지 못했다면 제법 버거웠으려나?

다음부터는 좀 더 조심해야겠다.

응? 응응?

왠지 빨간색 스태미나 게이지가 조금씩 회복되는걸?

3분의 1 정도로 줄었던 것이 천천히 회복되고 있었다.

어째서? 뭔가 스태미나가 회복될 만한 행동을 취했던가?

……앗, 식사를 했구나. 맞아! 그래서야! 이제 알겠다.

요컨대 아래쪽 빨간 게이지는 비축된 체력의 총합을 표시하고 있구나.

그러면 위쪽의 노란 게이지가 순간적으로 사용하는 스태미나라는 말이겠지?

시험 삼아서 잠깐 동안 전력으로 달렸다.

노란색 게이지가 휙휙 줄어든다. 노란색 게이지가 없어지는 동시에 힘이 빠졌다.

헉헉.

으으, 식사하고 곧바로 전력 질주라니 나는 바보구나. 배가 아프잖아. 힘들어라.

그렇지만 덕분에 확인할 수 있었다.

노란 게이지는 순발력을 나타내는 게이지였다. 이게 없어지면 숨이 한껏 차오른다는 뜻이다.

하지만 순간적으로 소비하는 만큼 회복도 빠른 모양이었다.

실제로 숨이 가라앉으니까 게이지도 쭉쭉 회복됐다.

그리고 아래쪽에 빨간 게이지로 표시된 총체력. 방금 달렸더니 빨간 쪽 게이지도 살짝 줄어들었다.

빨간 게이지는 바닥나면 위험할지도…….

바닥나면 몸이 안 움직여지려나? 그건 매우 곤란한데.

식사로 영양을 보급하면 회복시킬 수도 있으니까 빨간 게이지가 얼마나 남았는지 항상 신경 쓰도록 하자.

샤사사사삭. 펄쩍! 빙글빙글 꽁꽁. 덥석!

잘 먹겠습니다.

《경험치가 일정 수치에 도달했습니다. 개체, 스몰 레서 타라텍트가 LV 6에서 LV 7로 성장했습니다.》

《각종 기초 능력치가 상승했습니다.》

《스킬 숙련도 레벨 업 보너스를 습득했습니다.》

《스킬 포인트를 입수했습니다.》

레벨 업이로구나!

스킬이 아무것도 안 올라서 슬프지만 그래도 좋았다.

오, 사냥감 발견.

샤사사사삭.

《숙련도가 일정 수치에 도달했습니다. 스킬 〈은밀 LV 1〉을 획득했습니다.》

펄쩍! 빙글빙글 꽁꽁. 덥석!

잘 먹겠습니다.

응? 지금 중간에 뭔가 다른 게 끼어들지 않았나?

하늘의 목소리(일단은)가 뭐라고 말을 했는데?

응? 스킬? 은밀? 적한테 잘 발견되지 않는다는 느낌?

앗, 사냥감 발견.

샤사사사삭. 펄쩍! 빙글빙글 꽁꽁. 덥석!

《조건을 충족시켰습니다. 칭호 〈암살자〉를 획득했습니다.》

《칭호 〈암살자〉의 효과로 스킬 〈은밀 LV 1〉과 〈그림자 마법 LV 1〉을 획득했습니다.》

《〈은밀 LV 1〉이 〈은밀 LV 1〉에 통합되었습니다.》

잘 먹겠습니다.

응? 또 뭔가 들렸는데.

칭호?

그러고 보니 혈족 포식자랑 악식 칭호 이후로 새로운 칭호를 획득한 건 처음이구나.

암살자란 말이지. 점점 더 닌자에 가까워지는 느낌인걸.

어이쿠, 사냥감 발견.

샤사사사삭. 펄쩍! 빙글빙글 꽁꽁. 덥석!

《조건을 충족시켰습니다. 칭호 〈마물 살해자〉를 획득했습니다.》

《칭호 〈마물 살해자〉의 효과로 스킬 〈강화 LV 1〉과 〈견고 LV 1〉을 획득했습니다.》

잘 먹겠습니다.

오오? 이번에도 또 뭐라고 들렸는데?

마물 살해자? 어라, 그동안 던전 안에서 마물을 보이는 대로 다 죽이고 다녔는데? 이제 와서?

그건가? 마물을 쓰러뜨린 숫자로 칭호가 획득되는 건가?

으음.

우아?! 또 사냥감 발견!

샤사사사삭. 펄쩍! 빙글빙글 꽁꽁. 덥석!

잘 먹겠습니다.

《숙련도가 일정 수치에 도달했습니다. 스킬 〈과식 LV 1〉을 획득했습니다.》

또야? 오늘은 뭔가 굉장하구나.

아니, 그건 그렇고 과식은 대체 뭐야. 스킬 이름이 좀 그렇지 않아?

혹시 마이너스 효과를 주는 스킬은 아니겠지?

……잠깐 쉴까.

이것저것 그냥 지나쳤는데 오늘 굉장히 좀 그렇지 않았나?

그걸 그러니까 그래가지고 그렇게 됐지.

응. 진정하자.

레벨이 올랐다.

그건 좋다. 사냥을 하고 다니면 자연히 오르는 법이고 올랐다고 해서 이상할 건 없었다.

은밀 스킬도 배웠다.

그것도 좋다. 뭐, 얼마나 도움이 될지 따져보자면 없는 것보단 낫다는 정도겠지만 준다니까 받아놓자.

칭호를 획득했다.

이건 이상하지 않아? 아니, 칭호를 획득한 건 좋거든? 전혀 문제 없거든?

하지만 두 개나 연속으로 들어오는 건 대체 뭐지?

음, 그러니까.

암살자랑 마물 살해자였지. 둘 다 꽤 살벌하게 들리는 칭호인걸. 아, 내가 가지고 있는 칭호는 뭐든 멀쩡한 게 없구나. 이제 와서 꺼림칙해하는 것도 새삼스럽겠네.

그래서……, 암살자는 닌자 느낌의 칭호고…….

같이 획득한 스킬도 은밀이랑 그림자 마법인데 양쪽 다 비슷한 느낌이 드는걸.

그림자 마법이라. 이걸 쓰면 그림자 속으로 들어갈 수 있으려나? 그림자로 몸을 숨긴다든지, 암살에 유용한 마법이 있을 것 같아.

있든 없든 못 써먹지만 말이야. 왜냐면 마법 계열은 사용법을 전혀 모르겠거든!

흑흑, 설명서 플리즈.

마물 살해자 쪽은 좀 아리송한걸.

뭘까? 강화랑 견고라고 했지? 너무 애매해서 어떤 스킬인지 모르겠네.

으음, 단순하게 생각하면 스테이터스 중에서 완력이라든지 물리 공격력이나 방어력 같은 능력치를 올려주는 스킬로 봐도 되려나?

아니면 혹시 제한된 시간 동안 일시적으로 능력치를 끌어올리는 보조 스킬일 수도?

전자의 경우라면 좋겠지만 만약 후자라면 역시 사용하는 방법을 모르겠는걸. 감정과 마찬가지로 읊어봤지만 특별한 변화는 없음. 이건 결국 방치할 수밖에 없겠다.

그리고……, 마지막으로 과식?

이거 정말로 마이너스 스킬 아니겠죠?

장난이라도 여자애한테 과식이란 소리는 하면 안 되지! 하늘의 목소리(일단은)한테 가볍게 시비 걸고 싶은 심정인데 말이죠!

내가 뚱보라는 거야?! 아니야! 절대 아니라고! 그냥 먹은 다음에 좀 통통해질 뿐이야! 하룻밤 자면 스마트한 체형으로 돌아온다고! 보시라, 이 늘씬한 다리를! 툭 건드리면 부러질 것처럼 예쁜 다리! 인간은 도저히 실현 불가능한 젓가락 다리! 이걸 보고도 나한테 뚱뚱하다는 소리가 나와?! 식후가 아니면 오히려 가냘프다고!

흐읍, 흐읍.

……허무하다.

전세에서도 뚱뚱하다 소리를 들은 적은 없어서 살짝 과민 반응을 해버렸잖아.

반대로 말라깽이라든지 뼈다귀 소리는 들었지만…….

뭐, 어쨌든 오늘 하루는 무지무지 성장했는걸?

스킬이든 칭호든 이렇게 잔뜩 따낸 건 정말 처음이었고 앞으로도 이런 식으로 척척 들어왔으면 좋겠다.

응? 꿈도 크다고요? 그렇긴 하죠.

미궁 탐색은 순조로웠다.

너무나도 순조로워서 함박웃음이 터져 나올 것 같았다.

이곳 주변은 그리마의 영역인지 그리마가 잔뜩 돌아다녔다.

그리고 그리마들은 경험치를 잔뜩 가져다줬다.

얘네는 감각이 둔한 건지 기습을 하면 꼼짝도 못 하고 당해버린다.

등 뒤나 머리 위를 잡으면 승리가 판가름될 정도였다.

그리마를 자꾸자꾸 먹어치운 덕분에 마비 내성은 스킬 레벨이 3으로 올랐다.

사냥 효율을 높이기 위해서 이것저것 실험한 끝에 휴대용 거미그물이라는 물건도 개발했다.

조그만 거미집을 만들어서 들고 다니는 정도였지만 덮치기 전에 준비를 해두면 싸우는 도중에 실을 뽑아내지 않아도 되니까 상당히 편했다.

그 밖에도 옷을 만들어보거나 실을 써서 색적도 해보고 이런저런 실험을 해봤는데 전부 실패로 끝났다.

옷은 애초에 입지도 못한다. 그리고 색적 실은 못 쓸 수준은 아니었지만, 사용하면 집중력이 그쪽으로 쏠려버리는 바람에 주의력이 흐트러지면서 주객이 전도되니까 포기했다.

식재료가, 즉 그리마가 풍부했던 덕분에 이런 쓸데없는 실험도 할 수 있었다.

그리고 나는 오늘도 변함없이 그리마 사냥에 여념이 없었다. 후후, 그리마 천국이로군요!

콧노래를 흥얼거리며 탐색, 또 탐색. 뭐, 머릿속으로만 음악이 흐를 뿐이고 실제로 콧노래는 부를 수도 없지만 말이야. 그건 그렇고 나는 코가 어디에 달렸지? 음, 신경 안 쓸래.

앗? 길이 끊겼다? 근데 막다른 길은 아니잖아.

이 미로는 터무니없이 넓은 데다가 막다른 길이 전혀 없다.

지금까지 지나온 길 전부가 쭉 이어지기만 할 뿐 앞길이 가로막힌 적은 없었다.

도망칠 때는 구석에 몰릴 일이 없으니까 좋긴 하지만 모든 길이 이런 식으로 쭉 이어져 있다고 생각하면 대체 얼마나 넓은 거냐고 한숨이 쏟아졌다.

눈앞에 보이는 길도 아주 막힌 게 아니라 그냥 절벽 지형인 것 같았다.

끊어진 길의 안쪽으로 넓은 공간이 보인다.

혹시 좁다란 미로 지대를 드디어 빠져나온 걸까?

그러면 다음 지대는 어떤 곳일까? 원래 있었던 거미 지옥 같은 곳이면 사양하고 싶은데.

절벽 가장자리에 서서 아래쪽을 슬쩍 내려다봤다.

〈엘로 페렉트 LV 2, 스테이터스 감정에 실패했습니다〉

〈엘로 페렉트 LV 2, 스테이터스 감정에 실패했습니다〉

〈엘로 페렉트 LV 2, 스테이터스 감정에 실패했습니다〉

〈엘로 페렉트 LV 2, 스테이터스 감정에 실패했습니다〉

〈엘로 페렉트 LV 2, 스테이터스 감정에 실패했습니다〉

〈엘로 페렉트 LV 2, 스테이터스 감정에 실패했습니다〉 × 잔뜩.

《숙련도가 일정 수치에 도달했습니다. 스킬 〈감정 LV 4〉가 〈감정 LV 5〉로 성장했습니다.》

으갸! 머리 아파!

감정한 정보가 와장창 흘러들어 오면서 머리를 세게 얻어맞은 듯한 충격을 받았다.

으아아, 정신이 날아가는 줄 알았다. 큰일 날 뻔했네.

그렇구나. 감정을 한꺼번에 잔뜩 하면 정보량이 지나치게 많아져서 머리가 아픈 거였어.

거의 기절할 정도였으니까 상당히 위험한걸.

……거의 기절할 정도로 정보량이 많았다고?

절벽 아래를 쓱 쳐다봤다.

표현은 절벽 아래라고 했지만 겨우 1미터쯤이었다.

절벽의 바로 아래쪽에 널찍한 공간이 펼쳐져 있었다.

하지만 넓게 느껴져야 하는 공간인데도 그렇지가 않았다.

그리마가 그곳을 가득 메운 채 꾸무럭거리고 있었으니까.

흐엑?! 이게 뭐야. 뭐냐고, 대체 뭐냐고?! 어딜 봐도 모조리 그리마그리마그리마그리마그리마그리마!

으앗, 이건 진짜 기분이 안 좋아진다. 그냥 기분 나쁜 게 아니라 메슥거릴 정도로…….

어라라?

그리마 여러분, 뭘 보고 있나요? 저요? 저는 지나가던 빈털터리랍니다?

……도망치자. 나는 지금 바람이 되오리다! 몸을 돌려서 지나온 길을 또다시 질주!

쓰륵쓰륵쓰륵쓰륵쓰륵쓰륵쓰륵쓰륵!!

히이이이익?! 쫓아온다?!

잘못했어요, 제가 너무 우쭐댔어요. 그러니까 봐줘요, 진짜 무섭거든요!

노란색 스태미나 게이지가 바닥났다. 으으, 괴롭다. 하지만 지금 멈추면 죽는다!

죽지 않으려고 죽을 각오로 달리는 나!

노란 게이지 대신 빨간 게이지가 천천히 줄어들었다.

결국 나는 빨간 게이지가 절반쯤 떨어질 때까지 쉴 새 없이 달린 끝에 간신히 그리마 군단을 따돌릴 수 있었다.

으아, 죽는 줄 알았네.

S5. 두 번째 재회

나는 홀로 시간을 보내고 있었다.

스우는 어머니를 만나러 갔다.

스우와 나는 흔히 말하는 이복 남매로 당연히 스우의 어머니는 나와 피가 이어지지 않았다.

또한 스우의 어머니는 이 나라의 정비(正妃)였고 측실의 자식인 나를 좋게 생각하지 않는 듯했다.

그런 사정도 있는 관계로 스우가 어머니를 만날 때 나는 자리를 피했다.

배려하는 마음도 있었지만 내게도 가끔은 혼자만의 시간이 필요했다.

내가 방 밖으로 나가면 보통은 안나, 혹은 또 한 명의 시녀인 클레베아가 따라오지만 오늘은 둘 모두 없었다.

일부러 따돌린 것은 아니고 그저 혼자 있고 싶다며 억지를 써서 두 사람을 떼어놓았을 뿐이었다.

안나는 하프 엘프이고 마법의 달인이다.

클레베아는 전직 여기사인데 남자로 착각할 만큼 우람한 체격을 지닌 역전의 전사다.

둘 모두 나로선 도저히 따돌리지 못한다.

안나의 이야기를 들어보면 지금 내 수준으로도 마력에 한해선 안나를 뛰어넘었다고 했다. 하지만 마법을 쓰지 못하는 나로선 결국 안나를 당해낼 길이 없었다.
마법은 마력 감지와 마력 조작에 마법 스킬까지 세 가지 요소가 갖춰져야 비로소 발동시킬 수 있다.
내게는 마법 스킬이 없어서 마법을 사용하지 못한다.
마법 스킬을 익히려면 스킬 포인트를 치르든가, 혹은 감정석처럼 마법의 힘이 깃든 마도구를 써서 숙련도를 올릴 수밖에 없다.
내게는 스킬 포인트가 있지만 안나는 마법 스킬을 획득하지 말라고 못을 박아두었다.
적절한 나이가 되기 전까진 위험하다는 이유였다.
내 물리 계열 스테이터스는 또래와 비교하면 높은 편이지만 성인 전사에게는 도저히 미치지 못했다.
다시 말해서 나는 약하다.
그런 나를 성안이라고는 하지만 혼자 둘까?
답은 아니오였다.
분명히 내가 알아차리지 못했을 뿐 누군가 숨어서 호위 중일 것이다.
나는 페이를 어깨에 태우고 성안을 걸었다.
목적지는 성내의 운동장이었다.
지금은 약하지만 꾸준히 훈련하면 언젠가 강해진다.
이 세계의 스킬과 스테이터스는 거짓말을 하지 않았다.
훈련하면 훈련하는 만큼 수치로 반영된다.
일전에 스킬 사전을 보면서 카티아도 이야기했었지만 기초 스테이터스 스킬도 훈련하면 스킬 레벨이 올라갔다.
물리 계열의 기초 스테이터스 스킬을 올리려면 운동이 효율적이었다.
나는 운동장에서 근력 트레이닝과 달리기를 했다.
옆에서는 페이도 나와 마찬가지로 운동을 하고 있었다.
내 흉내를 내려는 건지 정말로 훈련을 하는 건지 수수께끼였다.
다만 페이는 똑똑하니까 분명 진지한 자세로 훈련하고 있을 것이다.
"후유."
한바탕 몸을 움직이고 나서 휴식에 들어갔다.
미리 준비해놓은 물병을 입으로 가져갔다.
페이는 물을 입에 대지 않는다.
마물의 생태에 관해선 잘 모르지만 나는 페이가 물을 마시는 모습을 본 적이 없었다.
쉬는 동안 나는 무의식중에 콧노래를 불렀다.
이 세계에는 없는 일본의 곡이었다.
카나타나 쿄야와 함께 노래방에도 갔었지.
저절로 그리움이 솟구쳤다.
『그 노래.』
그래서였을까. 문득 들린 일본어가 몹시 반갑게 들렸다.
카티아하고도 일본어로 말할 기회는 별로 없었으니까.
놀라서 주위를 둘러봤다.
하지만 일본어로 말했을 만한 사람은 아무도 없었다.
『여기야.』
목소리와 동시에 팔이 끌려갔다.
그쪽으로 고개를 돌렸더니 다름 아닌 페이가 내 팔을 살짝 깨문 채 잡아당기고 있었다.

"그럼 페이는 시노하라였구나?"

『맞아.』

놀란 가슴을 진정시킨 나는 페이, 즉 시노하라의 이야기를 듣고 있었다.

시노하라가 말하고 있다. 정확히 표현하면 말소리처럼 들리는 것이고 이건 염화 스킬의 효과였다.

스킬 사전을 봤을 때 이 스킬을 발견했고 스킬 포인트를 써서 습득했다고 한다.

『아, 앞으로도 페이라고 불러도 돼.』

"그래, 알았어."

알겠다고 대답은 했지만 뭔가 어색했다.

왜냐하면 완전히 애완동물로 취급했던 상대가 사실은 전세에서 같은 반 학생이었으니까.

어린애가 되면서 성욕 같은 건 없어진 상태라서 그런 종류의 위험한 현장은 보이지 않았지만 그래도 부끄러웠다.

『어휴, 그치만 왕자님이 설마 슌이었을 줄이야. 왠지 실망인걸.』

"너무하지 않냐?!"

거침없이 심한 소리를 해댄다.

『그렇지만 말이야. 전생하니까 새끼 용이고, 게다가 왕자님의 애완동물이고. 언젠가 사람으로 변하는 공주님 코스라고 생각할 만도 하잖아?』

“아니, 보통은 그런 생각 안 하지.”

『뭐가 어때서. 살짝 꿈 좀 꾸겠다는데.』

아무리 그래도 그건 꿈이 너무 크다.

『찬물 끼얹지 말아줄래? 이렇게 꿈이라도 꾸지 않으면 못 해먹는단 말야. 사람이 아니란 것부터가 완전 충격이거든?』

듣고 나서야 깨달았다.

그렇다. 인간으로 태어난 나조차 갓난아기였을 때는 죽도록 불안했었다.

인간이 아닌 존재로 전생해버린 시노하라는 지금까지 어떤 마음으로 살아왔을까.

감히 상상도 할 수 없었다.

“그렇구나. 맞는 말이야. 미안, 힘들었겠다.”

『뭐, 알 속에 있을 때부터 바깥 소리는 조금씩 들렸거든. 그래서 죽기 살기로 말도 익히고 그랬어.』

“아, 나도 아기였을 때 그랬어. 혹시 내가 책 읽을 때 유난히 달라붙었던 건 글자를 익히려고 그런 거야?”

『맞아, 맞아! 아휴, 실망은 했지만 친구가 있다고 생각하니까 조금 안심이 되네.』

친구라.

“페이한테는 말해도 괜찮겠다. 실은 카티아도 전생자야.”

『어? 진짜?』

“응. 오오시마 카나타.”

『엥? 오오시마는 남자잖아.』

"맞아, 그랬지. 걔는 다시 태어나면서 성별이 바뀌었어."

『진짜로? 완전 재밌겠다!』

"본인한테는 웃을 일이 아닌데 말이지."

『아, 그건 그렇겠다. 알았어, 본인 앞에선 안 웃을게.』

그 말은 조금 의외라는 생각이 들었다.

사실 나는 시노하라에게 좋은 인상을 가지고 있지 않았다.

시노하라는 전세에서 이지메에 가까운 행위를 저질렀다.

와카바라는 이름의 같은 반 학생에게.

원인은 시노하라가 좋아했던 어느 선배가 와카바를 좋아하고 있었기 때문에 벌어진 치정 싸움.

그렇지만 와카바는 선배라는 사람을 알지도 못했다.

다만 시노하라가 고백했을 때 그 선배는 와카바를 좋아한다는 이유를 들어 거절했다고 한다.

와카바는 우리 반에서, 아니, 학교 전체에서 가장 예쁜 미소녀였다.

그만큼 시샘과 질투를 많이 받았다.

그때 제일 앞장섰던 사람이 시노하라였다.

시노하라는 일부러 와카바 본인에게 들리도록 험담을 늘어놓기도 했고 와카바의 개인 물건을 숨겨놓는 등 일상적으로 골탕을 먹였다.

정작 와카바 본인은 태연한 모습으로 신경 쓰지 않았기 때문에 문제되진 않았지만 시노하라가 저지른 짓은 분명 이지메에 가까웠다.

『의외야?』

생각이 얼굴에 드러났는지 시노하라가 한마디 물었다.

"조금 의외네."

나는 솔직히 대답했다. 그러는 편이 좋을 것 같았다.

『나도 말이야, 알 속에 있는 동안 이것저것 고민했거든. 내가 인간이 아니라는 걸 일찌감치 깨달았으니까. 응, 벌을 받은 건지도 모르겠다는 생각이 들더라.』

페이는 자조하면서 그렇게 말했다.

『아무리 발버둥 쳐도 나는 애완동물이잖아? 그러니까 태어나면 주인님한테 열심히 봉사해야겠다 싶었지. 그걸로 죗값을 치르겠다는 건 아니고, 그렇게라도 해야 살아남을 수 있다는 계산도 있었지만. 무슨 이딴 벌칙 게임이 있냐고 생각했었어.』

“미안하게 됐다. 벌칙 게임 같은 놈이라서.”

『에이, 삐쳤구나? 그냥 농담이야.』

“농담으로는 안 들렸거든?”

『기분 풀어. 앞으로도 사이좋게 지내야지, 주인님.』

꾸며낸 티가 팍팍 묻어나는 목소리로 애교 부리는 페이를 보고 있자니 기가 막혀서 나는 한숨을 쉬었다.

이렇게 나는 두 번째 전생자와 재회하게 되었다.

그래, 두 번째였다.

카티아 때도 어렴풋이 그런 의혹을 품긴 했었다.

하지만 두 번째 전생자가 나타남으로써 그 의혹은 점점 확신으로 바뀌어갔다.

어쩌면 그때 우리 반에 있었던 다른 애들도 이곳으로 전생을 하지 않았을까, 라는 의혹이.

7. 진화가 왔어요

하아. 그리마 무서워. 진짜 대체 뭐냐고? 다수의 폭력이 얼마나 무서운지 뼈저리게 느껴버렸다.

어휴, 지쳤다.

순발력을 표시하는 노란색 게이지가 떨어지고도 내내 달려서인지 다리가 후들거렸다.

오늘은 이제 그만 쉬어야겠다.

다시 한번 뒤쪽을 돌아보며 그리마 군단이 안 쫓아오나 확인했다. 좋아, 없구나.

실을 둘러쳐서 간이 홈을 제작했다.

거미그물로 방벽을 만들어놓고 안심한 순간 몸에서 힘이 쭉 빠져나가는 바람에 풀썩 주저앉고 말았다.

으아, 이건 살짝 트라우마인데요.

한 마리 한 마리는 약하다지만 저렇게 잔뜩 몰려다니면 그야 무섭고말고요.

저 많은 그리마 떼거리가 파상 공격을 펼친다면 감당할 도리가 없다.

게다가 걔네들은 마비도 있거든. 한 번이라도 물리면 꼼짝도 못하고 먹잇감 신세잖아.

그다음은 온몸을 잘근잘근 깨물린 끝에 산산조각으로 떨어져 나가는 꼴을 가만히 지켜볼 뿐.

상상만 해도 무시무시했다.

그 지역에 왜 하필 그리마가 잔뜩 돌아다니는 건지 고민을 해볼 걸 그랬다.

아니, 그리마가 잔뜩 있는 이유보단 다른 마물이 없었다는 걸 이상하다고 생각해야 됐을까?

어쨌든 그리마는 단독이라면 약하다.

이렇게 만만한 먹잇감이 돌아다니는데도 다른 마물, 그러니까 다른 포식자가 없었다는 건 떠올려보면 이상한 일이었어. 마비 때문에 잡아먹기를 꺼린 것이라고 가정하면 그냥저냥 납득은 되지만 독을 가진 애들이 넘쳐나는 던전의 환경을 고려하면 근거가 조금 모자란 것 같다.

다른 마물들은 그리마가 무리를 지어 다닌다는 사실을 알고 있었던 것이다. 아니면 모른 채 발을 들였다가 먹잇감이 됐거나. 아마도 대충 이런 이유였겠지.

내 스피드로도 아슬아슬하게 도망쳐 나온 수준이었으니까 다른 마물은 끝내 도망 못 치고 당했을 것 같다. 아무리 도망쳐도 쫓아와서 깨물어버리고 마비돼서 꼼짝도 못 하는 때에 그리마 떼거리가 달라붙어서…….

흐엑, 완전 무서워.

약한 마물도 약한 대로 대책을 가지고 있다는 뜻이구나.

나 역시 순수한 전투 능력으로만 보자면 약하지만 거미집을 만들고 함정을 깔아놓으면 상위 마물도 이겨버리는걸.

약하다고 해서 방심하면 안 된다는 교훈을 얻었다.

이번 사건에서는 그걸 공부했다고 치고 넘어가야겠다.

이러니저러니 해도 결국은 무사히 살아남았고 그리마한테 이득을 많이 챙긴 것도 사실이니까.

덕분에 레벨이며 숙련도를 상당히 편하게 올렸다.

하지만 레벨 업으로 탈피를 했는데도 별로 자라질 않았는걸?

탈피는 보통 몸을 커다랗게 성장시키기 위해서 하는 거지?

레벨 업이라는 의미로는 분명 성장했을지도 모르겠지만 몸 크기는 그대로란 말이지.

태어났을 때 목격한 거대 마더 거미를 떠올리면 나도 큼지막해질 줄 알았는데…….

지금으로선 그런 조짐은 없었다.

으음, 레벨도 있는 세계이니까 진화라도 해서 커지는 걸까?

앗, 레벨 하니까 생각났다.

그러고 보니 그리마 군단을 한꺼번에 감정하고 감정 레벨이 올랐더랬지.

뜻밖의 성과라고나 할까?

우선은 항상 표시로 해놓은 내 감정 결과부터 다시 살펴봐야겠다.

그리마한테 쫓겨 다닐 때에는 차마 확인할 틈도 없었거든.

〈스몰 레서 타라텍트 LV 7, 이름 없음, 스테이터스: 약하다〉

이게 뭐야! 「스테이터스: 약하다」라고?! 완전 대충이잖아!

게다가 약하다니! 아니, 나도 알긴 알지만…….

살짝 듣기 좋게 돌려서 말해줄 수도 있잖아.

감정 결과가 약하다고 나오는 건 세계적인 기준으로 봤을 때에도 약한 녀석이라고 증명하는 거나 마찬가지잖습니까.

후유, 힘 빠진다.

아니지, 방금 막 약한 상대한테도 방심하면 안 된다고 깨달은 참이었잖아.

내게는 거미줄이 있다고.

본체는 약할지언정 내게 거미줄이 있는 한 패배라는 두 글자는 없는 것이나 마찬가지이기도 하고 아니기도 하고.

사실 종합적인 관점으로 보자면 나를 약하다고 할 순 없지 않을까?

살짝 까다로운 부분은 있지만 조건만 맞으면 강해지는 타입이라고 봐도 되겠지?

거미줄 트랩, 선수 필승을 위한 기습, 이걸로 못 움직이게 만들어 놓고 독니.

응. 내가 봐도 굉장히 치사하구나.

그런데도 정면으로 정정당당하게 싸우면 비교도 안 되게 약해지니까 재밌다.

중요한 건 자신에게 얼마나 유리한 곳에서 싸우느냐인데.

상대에게 주도권을 내주지 않고 내 강점만을 부각시킨다.

뭐, 언제나 그럴 수 있으면 아무 고생 안 하겠지만…….

어휴, 피곤하니까 잠이나 자야겠다.

잠에서 깼다.

아직 피로가 완전히 가신 건 아니었다. 그런데도 문득 눈이 뜨였다.

이건 도대체 무슨 감각일까? 잘 모르겠지만 불길한 기분이 들었다.

서둘러 몸을 일으키고 간이 홈에다가 추가로 실을 둘러쳤다.

그러다가 불길한 예감의 정체를 깨달았다.

〈엘로 배러도라드 LV 9, 스테이터스 감정에 실패했습니다〉

커다란 뱀이었다.

몸체의 굵기는 사람을 통째로 집어삼킬 만큼 커다랬고 길이도 10미터 이상은 되어 보였다.

척 봐도 강하다. 게다가 LV 9.

지금까지 본 마물의 레벨은 높아도 4가 최고였다. 그랬는데 단번에 뛰어올라서 9.

종족으로도 분명히 상위 마물. 레벨을 봐도 저쪽이 위. 정면으로 붙으면 승산은 없었다.

내심 식은땀이 멈추지 않았다. 뱀과 눈을 마주친 개구리, 아니 거미.

나는 긴장으로 굳어진 몸을 힘겹게 움직였다.

한 발 한 발 물러나면서 뱀과 거리를 벌렸다.

뱀은 가만히 보고 있지 않았다.

사이에 거미그물이 있는데도 아랑곳 않고 돌진!

당연하게도 거미줄에 걸리고 말았다. 하지만 뱀은 몸부림치면서 억지로 실을 쥐어뜯었다.

나는 몸을 돌려서 걸음아 날 살려라 도망쳤다.

거미그물의 탈출용 출입구를 지나서 간이 홈 바깥으로 도망치는 것과 동시에, 뱀이 첫 번째 거미그물을 돌파하여 지금 막 내가 빠져나온 거미그물로 돌격했다.

본능이 도망치라고 경고했지만 나는 도망치지 않았다.

나는 봤다. 뱀은 거미그물에 휘감겨 있었다.

실을 쥐어뜯으며 전진하면서도 거미줄 자체를 완전히 떨쳐버리진 못했다.

지금 뱀의 몸에는 아직도 건재한 거미그물과 우격다짐으로 돌파하면서 달라붙은 거미줄이 복잡하게 뒤엉켜 있었다.

가능해! 이곳이야말로 나의 필드!

나는 몸부림치는 뱀의 몸뚱이로 달라붙었다.

곧바로 깨무는 동시에 엉덩이로는 실을 쭉쭉 뽑아냈다.

딱딱한 비늘을 간신히 파고들어서 속살에 독니를 박아 넣는다!

뱀은 독이 스며들어 오는 고통에 몸체를 마구 뒤흔들었다.

실에 의해 구속당하고도 더더욱 격렬하게 날뛰어댔다.

내 몸도 몇 번이고 지면이나 벽에 부딪쳤지만 기합과 근성으로 물고 늘어진다!

노란색 스태미나 게이지가 줄어들고 있었다.

몸을 부딪힐 때마다 녹색 체력 게이지도 줄어들었다.

그에 더하여 실을 뽑아낼 때마다 붉은색 총합 스태미나 게이지도 줄어들었다.

붉은색 게이지가 바닥나면 아마도 더는 실을 뽑아내지 못할 것이다.

그러면 뱀이 구속 상태에서 벗어나는 건 시간문제…….

그리되기 전에 뱀을 쓰러뜨려야 했다.

나는 독니를 박은 채 그저 버티고 버티면서 쉴 새 없이 실을 뽑아냈다.

서서히 뱀의 저항이 약해져간다.

노란색 게이지는 벌써 한참 전에 바닥났고 붉은색 게이지가 10퍼

센트까지 떨어졌을 때 드디어 뱀이 움직임을 멈췄다.

약해 보인다고 방심하니까 이렇게 되는 거야!

《경험치가 일정 수치에 도달했습니다. 개체, 스몰 레서 타라텍트가 LV 7에서 LV 8로 성장했습니다.》

《각종 기초 능력치가 상승했습니다.》

《스킬 숙련도 레벨 업 보너스를 습득했습니다.》

《숙련도가 일정 수치에 도달했습니다. 스킬 〈고통 내성 LV 1〉이 〈고통 내성 LV 2〉로 성장했습니다.》

《스킬 포인트를 입수했습니다.》

《경험치가 일정 수치에 도달했습니다. 개체, 스몰 레서 타라텍트가 LV 8에서 LV 9로 성장했습니다.》

《각종 기초 능력치가 상승했습니다.》

《스킬 숙련도 레벨 업 보너스를 습득했습니다.》

《숙련도가 일정 수치에 도달했습니다. 스킬 〈독니 LV 5〉가 〈독니 LV 6〉으로 성장했습니다.》

《숙련도가 일정 수치에 도달했습니다. 스킬 〈밤눈 LV 9〉가 〈밤눈 LV 10〉으로 성장했습니다.》

《조건을 충족시켰습니다. 스킬 〈밤눈 LV 10〉에서 스킬 〈시각 영역 확장 LV 1〉이 파생되었습니다.》

《스킬 포인트를 입수했습니다.》

뭔가 왕창 쏟아졌다.

자신보다 수준 높은 상대에게 승리했을 때 경험치가 잔뜩 들어오는 건 어느 세계에서든 마찬가지인가 보다.

단번에 레벨이 둘이나 올라갔다.

확실히 뱀은 강적이었다. 정면으로 붙어서 내가 이길 가능성은 만에 하나라도 없었다.

강력한 육체. 딱딱한 비늘로 뒤덮인 방어력. 거미그물을 돌파당할 때 받았던 느낌으로 짐작하자면 스피드도 상당히 빨랐다. 어쩌면 나보다 빠를지도 모르겠다.

게다가 뱀은 독의 대명사. 분명히 이 녀석도 독을 가지고 있을 것이다.

냉정하게 말해서 이길 확률은 거미그물로 옭아매고도 간신히 50 대 50이었다.

레벨 업과 동시에 일어난 탈피로 상처는 치료됐지만 체력은 상당히 위험한 수준까지 줄어들었었다. 스태미나도 아슬아슬했으니 상당히 위험했다.

그만큼 보상도 잔뜩 들어오는 법이지.

그리마를 신나게 사냥하면서 슬슬 레벨 8로 올라갈 때라고 생각했었는데 한 번에 9까지 오를 줄은 몰랐다.

레벨 업도 기쁘지만 스킬 레벨이 올랐다는 게 더 좋았다.

고통 내성은 올라가면 어쨌든 손해는 아니고 독니는 거미줄과 함께 내 비장의 수단 중 하나였다.

독니의 레벨이 올라가면 그만큼 내 공격력도 높아진다는 거지.

사실 지금 상황에서 내 공격 수단은 거의 독니밖에 없으니까 독 내성이 높은 상대를 만나면 큰일 나잖아.

그리고 이번에 레벨 업을 하면서 제일 신경 쓰였던 것, 밤눈.

응, 듣고 보니까 가지고 있을 법한 스킬이었어.

빛이 들지도 않는 던전 안에서 살짝 어둡다는 느낌만 받고 돌아다닐 수 있었던 이유가 바로 이거였구나.

게다가 스킬 레벨이 오르면서 주변의 풍경을 또렷하게 볼 수 있었다.

아무래도 스킬 레벨은 10이 최고인 듯했다. 아니면 이렇게 잘 보이는 것을 설명할 수 없다.

뭐, 어쩌다 보니 밤눈만 레벨 10이 한계였다는 가능성도 있지만 말이야.

그리고 밤눈이 레벨 10으로 오른 보너스인지도 모르겠는데 시각 영역 확장이라는 스킬을 얻었다. 좋은 일은 맞지만 솔직히 어떤 효과인지 알 수가 없었다.

이름대로라면 시야가 넓어지지 않을까 했지만 그건 아닌 모양이었다.

이제껏 이름만 봐선 효과가 아리송한 스킬이 많이 있었는데 이것도 그런가 보다.

이럴 때 스킬을 직접 감정할 수 있다면 좋았을텐데 그건 불가능했다.

감정에는「눈에 보이는 것」밖에 감정할 수 없다는 조건이 있는 것 같았다.

스킬 정보는 전부 하늘의 목소리(일단은)가 들려주니까.

눈에 보이지 않으면 감정을 하지 못한다.

감정 결과는 내 머릿속에 표시되니까 보인다고 판단되는 듯하고…….

감정 스킬 레벨이 올라가면 스테이터스에 스킬까지 표시될 수도 있고, 그러면 스킬도 감정이 가능하게 될지도 모른다.

그때까지는 별수 없이 효과가 불분명한 스킬은 방치할 수밖에 없었다.

어디 그럼 고생해서 잡은 대물을 맛있게 먹어보실까?

일단 먹는 도중에 다른 마물한테 습격당하지 않도록 다시 새로운 간이 홈을 만들었다.

이토록 큼지막한 몸뚱이를 한 번에 전부 먹어치우는 건 역시 무리라는 생각에 뱀을 다 먹을 때까지만 이곳에서 머무르자고 마음먹었다.

그런고로 평소의 간이 홈보다 살짝 공을 들였다.

《숙련도가 일정 수치에 도달했습니다. 스킬 〈거미줄 LV 6〉이 〈거미줄 LV 7〉로 성장했습니다.》

좋은 소식은 겹쳐서 오나 보다.

줄곧 안 오르고 버티던 거미줄 레벨이 올라갔다.

뱀과 싸우던 도중 마구마구 써댄 덕분이려나?

솔직히 레벨 업의 기초 능력치 상승 이상으로 전투 능력을 향상시키는 데 공헌하는 스킬이었다.

랄라라 신 나는 기분으로 식사를 하자.

끙, 그치만 얘는 먼저 비늘부터 벗겨내야겠구나.

아무리 나라도 이따위로 딱딱한 비늘은 못 먹는다.

비늘! 빤짝빤짝 비늘! 흐아, 지친다. 예상 이상으로 피곤한 작업이었다.

딱딱한 데다가 잘 벗겨지지도 않아서 시간이 제법 걸렸다.

레벨 업으로 회복된 붉은색 스태미나 게이지가 4분의 1쯤 줄어들었다. 그만큼 중노동이었다.

하지만 이제부터는 마음 푹 놓고 식사만 하면 된다! 그런고로 잘 먹겠습니다.

으아, 쓰다. 엄청 썼다. 쓴맛은 독 때문이겠지?

이만큼 쓰면 대체 얼마나 강한 독이라는 거야? 얘한테 물렸으면 좀 위험했을지도…….

《숙련도가 일정 수치에 도달했습니다. 스킬 〈독 내성 LV 5〉가 〈독 내성 LV 6〉으로 성장했습니다.》

응. 입에는 쓰지만 스킬로는 굉장히 꿀맛이구나.

뱀을 쓰러뜨리고 나서 며칠이 흘렀다.

던전 안에 있으면 날짜 감각이 희미해지니까 시간이 어느 정도 흘렀는지는 솔직히 잘 모르겠지만 말이야.

그동안 줄곧 먹고 자기만 했다.

뱀은 먹어도 먹어도 끝이 없는 데다가 거미줄에 새로운 식량이 자꾸 걸려드는 바람에 움직이고 싶어도 움직일 수 없었다. 처음에는 잠시 휴가를 보낸다는 느낌이었지만 이건 좀 위험할지도 모르겠다.

이대로는 다시 은둔형 외톨이로 돌아가 버려!

요 며칠 동안 자꾸자꾸 해치우면서 산더미처럼 쌓여버린 사냥감 쪽으로 힐끔 시선을 돌렸다.

마이 홈에서 지내던 시절에는 사냥하고 곧바로 먹었지만 지금은 뱀을 다 먹어치우기 전까진 손을 못 대니까 일단 보관해놓는 사이에 이렇게 됐다.

뱀처럼 거미줄을 뜯어내면서 돌진하는 용맹한 마물은 없었기 때문에 쉽게 해치웠다.

개중에는 레벨이 6인 상당히 강한 마물도 있었지만 그 녀석도 지금은 산더미의 일부로 쌓여 있다.

뭐, 레벨이 높다고 해서 꼭 강하라는 법은 없으니까.

내 레벨은 9다. 레벨만 보자면 뱀이랑 호각이었다. 하지만 전투능력으로는 뱀이 압도적으로 강했다.

그뿐 아니라 레벨이 낮은 마물이라도 거미줄 없이는 못 이길 것이라는 자신감이 있었다.

짐작하건대 강함을 판단하는 데 가장 중요한 요소는 종족이 아닐까 싶다. 설령 레벨이 같을지라도 상대가 우월한 종족이라면 승산은 없지 않으려나?

극단적인 예시로 내가 아는 마물 중에서 가장 강하다고 여겨지는 거대 거미는 만약 레벨이 1이어도 나로선 이길 방도가 없었다.

레벨이 1이든 뭐든 그 거구를 상대로는 아무리 용을 써봤자 한 대 툭 맞으면 끝이다.

뱀과 나 사이에는 레벨 이상의 전력 차가 있다는 뜻이다.

하지만 뱀의 몸뚱이는 4분의 3이 나의 배 속으로 사라졌다. 그토록 커다란 몸을 4분의 3이나 먹었다고 생각해야 될까, 아니면 4분의 1이나 남았다고 생각해야 될까.

산더미처럼 쌓아놓은 마물 시체도 있으니까 아직 4분의 1이나 남았다고 하는 편이 맞을지도 모르겠다. 이만한 비축량이면 먹기 전에 썩어버릴 수도 있겠다.

뭐, 나한테는 부식 내성이 있으니까 썩은 걸 먹는다고 해서 복통이 일어나진 않겠지만……. 오히려 살짝 썩은 걸 먹어야 스킬 성장에 보탬이 되지 않을까?

맛?

이놈이고 저놈이고 독을 품고 다녀서 끔찍하게 맛없는 애들만 계속 먹었는데, 이제 와서 살짝 썩은 맛이 난다고 한들 그냥 참으면 된다.

으음.

역시 그동안 쌓아놓은 대량의 식량을 전부 소화시키지 않으면 여기서 움직일 수 없겠어.

뱀만 어떻게든 다 먹어치우면 다른 마물은 큼지막한 녀석이 없으니까 조금씩 줄일 수 있을 거야.

끙, 열심히 먹어서 없애야지. 안 그러면 정말 은둔형 외톨이로 돌아가 버리겠다.

여기도 간이 홈으로만 삼을 작정이었는데 거주 기간이 늘어나면서 저번 홈과 비슷한 규모로 커지고 있고…….

이런 생각을 하던 차에 실에서 전해지는 진동. 거미그물에 또 뭔가 걸려들었나 보다.

으헥. 또 식량이 늘어나겠어.

설마 이런 식으로 포식하느라고 곤경에 처할 줄은 상상도 못 했다.

우선 걸려든 사냥감 쪽으로 이동했다.

제법 강한 힘으로 날뛰는 걸 보면 대물이라도 걸렸으려나?

그러면 또 방구석 생활 기간이 늘어날 텐데.

되도록 쪼그만 녀석이면 좋겠다. 조금 배부른 고민이구나.

〈엘로 랜더넬 LV 3, 스테이터스 감정에 실패했습니다〉

〈엘로 랜더넬 LV 3, 스테이터스 감정에 실패했습니다〉

〈엘로 랜더넬 LV 4, 스테이터스 감정에 실패했습니다〉

걸려든 마물은 세 마리였다. 아, 저번 홈에서 지낼 때도 세 마리가 함께 걸렸던 애들이다.

이 마물은 세 마리가 한 세트인 걸까?

하지만 대물이 걸린 것보다 식량이 많아질지도 모르겠다. 주로 고기의 크기라는 의미로…….

일단 추가로 실을 뽑아서 단단히 구속해놓고 거미그물째 세 마리를 안아 들었다.

그물째로 떼어내는 건 이곳으로 오고 나서 익힌 신기술이다.

뭔가 걸릴 때마다 거미그물의 일부를 잘라내지 않아도 되니까 편리하다.

다시 새로운 그물을 설치해놓고 마물을 안아 든 채 홈의 중심으로 돌아왔다.

으으, 세 마리쯤 되면 역시 무겁구나. 귀찮아하지 말고 한 마리씩 옮길 걸 그랬다.

으랏차! 휙! 후유, 무거웠다.

몸이 좀 아플 정도인걸. 어라, HP도 살짝 줄어들었네.

제길, 이 분노의 대가는 얘네들 자신이 치르게 될 거야. 굉장히 불합리한 분노 같지만 그냥 넘어가자.

지금은 일단 덥석, 덥석, 덥석!

《경험치가 일정 수치에 도달했습니다. 개체, 스몰 레서 타라텍트가 LV 9에서 LV 10으로 성장했습니다.》

《각종 기초 능력치가 상승했습니다.》

《스킬 숙련도 레벨 업 보너스를 습득했습니다.》

《스킬 포인트를 입수했습니다.》

《조건을 충족시켰습니다. 개체, 스몰 레서 타라텍트가 진화할 수 있습니다.》

……뭣이라?

레벨 업과 동시에 뜻밖의 소식이 전해졌다.

진화라고? 그건 그러니까 그건가? 어느 포켓이 어쩌고 몬스터를 키우는 게임처럼 그런 느낌인가?

《진화 가능 후보가 복수 존재합니다. 다음 중에서 선택하십시오.》

· 레서 타라텍트

· 스몰 타라텍트

오, 오오. 저기, 잠깐만 기다려 줄래? 저스트 어 모멘트.

잘 생각하자. 이건 인생의 중요한 터닝 포인트야. 인생이 아니라 거미생이지만.

아무튼 대충 고르면 안 돼.

진화한다? 뭐, 좋은 일이지. 게임 같은 세계니까 그런 게 있어도 이상하지 않다고 치고 넘어가자. 일일이 따지고 들면 끝이 없으니까.

그건 그렇고 진화하면 어떻게 되는 거지? 뭐, 파워 업은 하겠지?

진화를 할 수 있다면 당연히 하는 게 좋다.

레서 타라텍트와 스몰 타라텍트.

이름만 들으면 별 차이는 없었다. 레서냐 스몰이냐의 차이밖에 없다.

끙, 감정을 하늘의 목소리(일단은)한테도 쓸 수 있으면 좋을 텐데. 그러면 뭐가 다른지 분명해질 텐데…….

으음. 뭐, 대충 상상은 되지만.

레서 타라텍트를 고르면 아마도 성체가 될 것 같다.

이름에서 스몰이 사라졌으니까.

반면에 스몰 타라텍트 쪽은 레서가 사라졌으니까 열등 종족에서 상위 종족으로 바뀐다는 뜻이려나?

다만 스몰은 그대로 붙어 있으니까 여전히 유충 상태일 테고…….

아마도 이렇게 정리하면 틀리지 않을 것이다.

그렇다면 무엇을 선택할지는 뻔한 일이지.

오로지 스몰 타라텍트뿐!

열등종인 채로 진화해봐야 별로 나아지진 않을 거야.

게다가 스몰 타라텍트한테는 또 한 단계 진화가 남아 있지 않을까?

스몰을 떼어내고 그냥 타라텍트로 성장하는 진화가…….

진화로 어느 정도의 변화가 일어날지 잘 모르겠지만 적어도 진화를 거듭한 쪽이 강해진다는 건 틀림없겠지.

그렇다면 진화의 횟수가 더 많은 방향을 선택하는 게 당연히 좋잖아.

혹시 레서 타라텍트도 계속 진화가 가능할지도 모르겠지만 희망적인 관측으로 그쪽을 고를 마음은 들지 않았다.

게다가 레서 타라텍트를 선택할 경우 얼마나 몸이 커다래지는지 모른다는 것도 무서웠다.

성체가 되면 아마 몸도 커다래지겠지?

진화를 선택한다고 느닷없이 커다래지는 일은 아마 없을 것 같지만 그래도 절대로 없다고 단정하진 못하니까.

여기는 그야말로 판타지 세계다. 진화합니다~ 두둥, 커다래졌다! 요런 전개도 불가능하진 않으니까 무섭다.

그런 가능성이 있는 한 함부로 선택할 순 없었다.

설마 처음에 봤던 거대 거미와 같은 크기로 커지진 않을 테지만 지금 있는 통로에서 문제없이 행동이 가능할 정도의 크기를 넘어가 버리면 곤란해진다.

전에 봤던 핀지고어트라는 마물이 그랬다. 그 마물은 사방 3미터쯤 되는 통로를 가득 메우는 거구였다.

그런 상태로는 몸을 움직이기도 힘들어 보였다.

아마도 그 마물은 원래 훨씬 넓은 장소에서 서식하는 종류일 것이다. 한 마리가 어쩌다 좁은 통로로 헤매 들어오지 않았을까 싶다.

그렇게 생각하면 거대한 몸 때문에 꼼짝 못 하게 될 가능성도 있었다.

그러니까 사이즈는 지금 이대로가 좋았다.

이것도 스몰 타라텍트를 선택하는 한 가지 이유였다.

응, 결정했어. 스몰 타라텍트로 진화할래요!

《개체, 스몰 레서 타라텍트가 스몰 타라텍트로 진화합니다.》

아, 그런가요. 그냥 바로 진화하면 되는 건가요.

하늘의 목소리(일단은)는 언제나 심드렁한 분위기인데, 이런 중요한 이벤트에서는 기분이라든지 그런 쪽도 조금은 배려해주면 좋겠다.

진화가 보통 일도, 아닌……데, 말야…….

《진화가 완료됐습니다.》

《스몰 타라텍트 종족이 되었습니다.》

《각종 기초 능력치가 상승했습니다.》

《스킬 숙련도 레벨 업 보너스를 습득했습니다.》

《숙련도가 일정 수치에 도달했습니다. 스킬 〈금기 LV 1〉이 〈금기 LV 2〉로 성장했습니다.》

《숙련도가 일정 수치에 도달했습니다. 스킬 〈외도 마법 LV 1〉이 〈외도 마법 LV 2〉로 성장했습니다.》

《숙련도가 일정 수치에 도달했습니다. 스킬 〈부식 내성 LV 1〉이 〈부식 내성 LV 2〉로 성장했습니다.》

《숙련도가 일정 수치에 도달했습니다. 스킬 〈위타천 LV 1〉이 〈위타천 LV 2〉로 성장했습니다.》

《스킬 포인트를 입수했습니다.》

으앗?! 응? 어?

내가 언제부터 자고 있었지?

아니야, 갑자기 의식이 몽롱해지다가 툭 끊어졌다는 느낌?

이건 분명히 진화의 영향이겠지?

저기요, 하늘의 목소리(일단은) 씨? 진화할 때 기절하는 거라면 먼저 말해달라고!

으응, 진화는 끝났으려나?

뭐랄까, 겉모습은 별로 바뀌지 않은 것 같은데?

앗, 감정도 중단됐구나.

좋아, 그럼 확인 차원에서 자신을 대상으로 감정해보자.

〈스몰 타라텍트 LV 1, 이름 없음, 스테이터스: 약하다〉

오! 오오, 오? 응응?

종족명이 바뀌었으니까 진화는 성공했다는 거지?

그런데 LV 1? 어, 진화하면 레벨이 내려가는 패턴이었어?

음, 설마 싶긴 한데 능력치는 안 내려갔겠지?

스테이터스는 약하다에서 변하지 않았으니까 판단이 안 된다. 그건 그렇고 여전히 약하구나…….

아무튼 무엇보다 신경 쓰이는 것은 붉은색 종합 스태미나 게이지가 거의 바닥났다는 점이었다.

그래서인가? 아까부터 묘하게 기운이 없고 무지막지하게 배가 고픈데 아마도 진화로 에너지를 다 써버린 모양이었다. 먹이를 잔뜩 비축해놔서 다행이다.

진화는 일단 성공했다고 치고 아무 때나 진화하면 정말 위험하겠구나.

기절한 데다가 배 속은 텅텅 비었다.

혹시 다음 기회가 생긴다면 준비를 철저하게 해놔야겠다. 안 그럼 큰일 날 테니까.

진화 때문에 거의 바닥난 스태미나를 회복시키려면 잔뜩 먹어야겠다.

우선은 남겨놓았던 뱀부터.

먹어치운다고 그토록 고생했던 뱀의 나머지 부분은 꿀꺽꿀꺽 단숨에 배 속으로 들어갔다.

《숙련도가 일정 수치에 도달했습니다. 스킬 〈독 내성 LV 6〉이 〈독 내성 LV 7〉로 성장했습니다.》

마침 뱀을 다 먹어치울 즈음 독 내성 스킬의 레벨이 올랐다.

요놈의 뱀 덕분에 독 내성이 2레벨이나 올렸다. 마시쩡.

진화 전에는 이만큼 먹어치우면 배가 빵빵하게 부풀어 올랐겠지만 지금은 먹자마자 이공간으로 사라지는 건 아닌지 의문이 들 정도였다. 내 배는 이상하게 느껴질 만큼 평평했다.

정말로 먹은 것들이 전부 사라진 기분이었다.

그와 반비례해서 붉은색 종합 스태미나 게이지는 쭉쭉 차올랐지만…….

뱀을 다 먹어치웠는데도 내 배는 부풀지 않았다. 부풀지도 않았고 양이 차지도 않았다. 붉은색 종합 스태미나 게이지도 가득 차려면 아직 멀었다.

다행스럽게도 지금 홈 안에는 마물 시체가 산더미처럼 쌓여 있었다. 진화 전까지는 어떻게 다 먹어야 할까 고민했을 정도의 양이었다.

아무렴, 이만한 양을 다 먹으면 블랙홀 위장도 분명히 가득 찰 거야.

그러니까 잘 먹겠습니다.

먹는다. 먹는다. 먹는다.

오로지 먹고 먹었다.

음, 전세에서 나는 입이 상당히 짧은 편이었는데 지금은 먹보 캐릭터로 활약 중이네.

지금이라면 어떤 푸드 파이터를 상대할지라도 질 리가 없소이다!

그건 그렇고 진짜 내 배는 어떻게 돼먹은 거지?

내 몸뚱이 크기보다도 훨씬 더 많이 먹었는데 자꾸자꾸 넘어가는걸?

정말로 배 속이 다른 차원으로 연결돼 있는 건 아니겠지?

고민해봤자 소용없는 건 알지만 역시 자기 몸과 관계된 일이니까 신경 쓰였다.

으아! 고민은 그만! 지금은 아무 생각 말고 정신없이 먹기만 하자!

먹는다. 먹는다. 먹는다.

먹는, 앗, 벌써 아무것도 안 남았잖아.

으엥? 내가 그 많은 식량을 전부 먹은 거야?

……먹었겠구나. 아무것도 안 남았으니까.

진짜로?

아직도 양이 덜 찼단 말이지. 붉은색 종합 스태미나도 그 정도고…….

이만큼 먹었는데도 배가 꽉 안 찼다는 거야?

진화는 정말 보통 일이 아니구나. 주로 에너지 소비 측면으로.

만약 다음 진화가 그때도 레벨 10에서 일어난다고 가정하면 레벨 9를 달성한 시점부터 준비를 해야겠는걸.

이번에는 정말 우연히 만전의 상태로 진화를 해냈다. 하지만 평소였다면 별다른 준비를 안 했을 테고 그럼 진화 과정을 이렇게 탈 없이 치르진 못했을 거다.

후유, 정말이지 그때 뱀을 해치우길 잘했어.

뱀한테서 도망쳤으면 이런 식으로 홈을 만들고 식량을 쌓아두지도 않았을 테니까.

뱀 님, 고마워요!

자, 어느 정도 회복은 했지만 내 배는 아직 가득 차지 않았다.

식량을 전부 다 소화한 지금은 계속 홈에 머무를 이유도 없어졌다.

방구석 탈출의 순간이 도래했노라!

그렇게 됐으니까 지금껏 신세를 졌던 간이 홈은 철거하고 또다시 정처 없는 여행길에 오르도록 하자.

고마웠어, 제2의 마이 홈.

원래는 잠깐 동안만 머무르려고 했는데 뜻밖의 사건을 겪으면서 꽤 오래 지내버렸어.

잘 있어라!

의기양양하게 출발했다.

우선은 먼저 배를 채워야 하니까 사냥감을 찾아보자.

그다음은 평소처럼 발길 닿는 대로 떠돌아다니게 되겠지만. 음, 가능하면 던전의 출구를 찾아내고 싶은걸.

다음에 또 진화를 해낸다면 내 몸도 커다래지겠지?

이번 진화에서는 겉모습이 전혀 바뀌지 않았는데도 이만한 여파가 일어났잖아. 진화 직후 거대화된다는 패턴도 걱정스럽지만 아주 없진 않을 것 같아.

그러면 지금 걸어가는 이 통로에서는 크기 면으로도 조금 불안할 테고…….

가능하면 더 커다란 통로를 찾아가야겠다.

가장 좋은 건 바깥으로 나가는 것이지만…….

별생각 없이 던전 안에서 커다래졌는데 알고 보니까 출구가 작아서 바깥으로 못 나가게 될 가능성도 있었다.

다만 출구까지 도착하면 그리로 출입하는 인간하고 어쩔 수 없이 마주쳐야 된다는 건데 말이지.

어쨌든 평생을 이 던전 속에서 살아가고 싶진 않거든.

태어났을 때 본 그 거대 거미는 나랑 비교하면 30미터쯤 되어 보였지. 그래선 출구를 못 지나가는 수준이 아니라 던전 안에서도 마음대로 못 돌아다니겠던걸.

이대로 순조롭게 진화하면 언젠가 그렇게 될 테니까 그 전에 바깥으로 나가야겠구나.

그나저나 그 거대 거미는 언뜻 봐도 보스 몬스터였는데 나도 언젠가 그렇게 되는 걸까?

앞으로 몇 번 더 진화하면 그렇게 되려나?

그만큼 진화하면 인간도 이길 수 있지 않을까?

뭐, 진화를 해버리면 바깥으로 못 나가지만 말이야!

살짝 기대되기도 하고 그렇게 커다래지는 건 싫기도 하고 복잡한 기분이구나.

막간. 어느 모험가의 독백

우리 모험가 팀은 미궁에서 사냥을 하고 있었다.

모험가가 미궁으로 발을 들이는 이유는 대부분 레벨 업을 위해서다.

바깥에도 마물은 있지만 이런 미궁 속은 서식하는 마물의 숫자가 더 많았다.

특히 이토록 커다란 미궁에는 고유종이 많을 뿐 아니라 그런 마물로부터 구하는 소재는 고가로 거래되기도 한다.

레벨 업을 비롯하여 앞서 언급한 소재를 채집하는 것, 이것이 모험가들이 미궁으로 잠입하는 이유였다.

“이봐. 둥지다.”

동료의 말을 듣고 나는 시선의 저편을 확인했다.

그곳에는 기하학 무늬를 그리면서 일정한 간격으로 늘어선 실이 은은하게 빛을 반사하고 있었다.

거미집이었다.

엘로 대미궁에 서식하는 마물 중 타라텍트라고 불리는 거미형 몬스터의 둥지였다.

“둥지를 만들어놓은 개체가 있는 건가?”

“그래, 불태우자고.”

타라텍트는 마물치고 약했다.

독만 조심하면 분명히 말해서 잔챙이나 다름없었다.

하지만 가끔씩 이런 식으로 집을 짓는 개체가 존재했다.

그리고 거미집은 지극히 위험했다.

강력한 점착력과 좀처럼 끊어지지 않는 견고함 때문에 일단 붙들리면 자력으로는 탈출이 어려웠다.

힘이 몹시 강한 사람이라면 빠져나올 수도 있다지만 대부분의 경우 탈출은 불가능하다는 의견이 많았다.

가장 간단한 탈출 방법은 불로 태워버리는 것.

완력으로는 도저히 처치 곤란이지만 불에는 약하기 때문에 간단하게 끊어낼 수 있었다.

동료가 횃불을 둥지로 가져다 댔다.

단번에 불이 붙었고 둥지는 한동안 계속 타올랐다.

"이봐, 보라고. 안쪽까지 타오르는데?"

"상당히 커다란 집이군그래. 설마 진화까지 한 건 아니겠지?"

동료의 그 말을 듣고 나는 불길한 예감에 휩싸였다.

마물은 때때로 진화한다.

진화한 마물은 진화 전보다 강해진다.

타라텍트종은 진화 전에는 잔챙이지만 일단 진화를 하고 나면 최악의 경우 손쓸 방도가 없어지는 때도 있었다.

하물며 집을 짓는 개체라면 말할 것도 없었다.

불길이 잦아들고 나서 폐허가 된 거미집을 탐색했다.

"이럴 수가."

"말도 안 돼."

동료들의 신음 섞인 목소리를 따라서 나도 순간적으로 위쪽을 올려다봤다. 천장밖에 안 보이지만 말이지.

그곳에는 거대한 뱀의 뼈와 비늘이 흩어져 있었다.

그 밖에도 수많은 마물의 뼈가.

이걸 겨우 한 놈이 해치웠다면 굉장히 위험했다.

거대한 뱀의 뼈는 엘로 배러도라드라는 마물이겠지.

던전의 상층에 있는 마물 중에서는 몹시 위험한 축에 들어가는 강력한 마물이었다.

"거미집을 지은 주인의 시체는 없나?"

"으음, 없나 본데."

"여기에 흔적 실이 있군. 아무래도 둥지를 떠난 것 같다만."

동료가 발견한 흔적 실을 살펴봤다. 거미형 마물이 항상 흘리고 다니는 실이었다.

이걸 쫓아가면 거미집의 주인을 찾아낼 수 있다.

"어떡할 거야?"

"추적한다."

이 녀석을 방치하는 건 몹시 위험했다.

이미 진화를 거쳤다면 못 이길지도 모르겠지만 그때는 전력으로 도망쳐서 이 소식을 바깥에 알려야 한다.

마물 도감
file.04

핀지고어트

LV.01

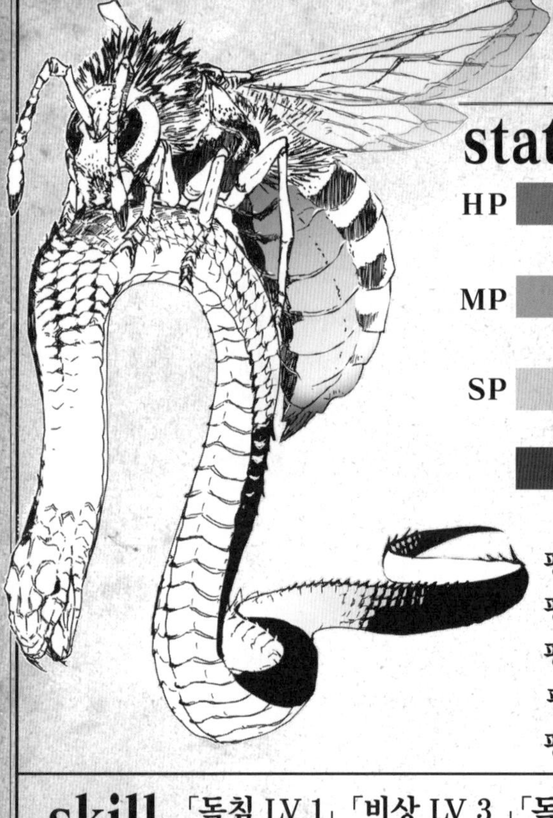

status【능력치】

HP
125 / 125

MP
55 / 55

SP
113 / 113

108 / 108

평균 공격 능력 : 60
평균 방어 능력 : 38
평균 마법 능력 : 28
평균 저항 능력 : 31
평균 속도 능력 : 68

skill
【기술】

「독침 LV 1」「비상 LV 3」「독 내성 LV 1」

통칭 벌. 후술할 여왕을 중심으로 집을 형성하고 그 집을 위해 일하는 병사. 대부분은 진화종의 통솔을 받지만 이따금 단독으로 행동하는 개체도 발견된다. 엘로 대미궁에 서식하는 개체에 한해서 밤눈 스킬을 지니고 있다.
단독일 때의 위험도는 D이지만 무리를 이루었을 때의 위험도는 규모에 따라 변동된다.

8. 떨어지다

남은 HP를 확인했다.

눈에 보이는 녹색 막대기는 절망감이 솟구칠 만큼 짧았다.

간신히 살아만 있다. 간신히 목숨만 건졌다.

여기에서 어떻게 살아남아야 하는 걸까.

모르겠다.

어째서 이렇게 됐지?

진화했어도 나는 여전히 기습에 의존하며 싸웠다.

레벨 1부터 2까지는 비교적 금방 올라갔다.

아무래도 레벨 업에 필요한 경험치가 특별히 늘어나진 않은 모양이었다.

진화도 했겠다, 레벨도 올랐겠다, 이쯤 해서 새로운 전술이라도 개발해야겠다는 생각에 스킬 포인트를 가지고 스킬을 습득했다.

스킬 포인트가 어느새 200이나 쌓여 있었던 덕분에 스킬을 두 가지 익혔다.

하나는 실부림.

이름 그대로 실을 조종하는 스킬이었다.

MP를 소비하면서 발동되고 실을 자유자재로 조종할 수 있는 멋진 스킬이었기에 거미줄을 주력으로 삼는 내게는 안성맞춤인 스킬이었다.

그렇긴 한데 레벨 1로는 거의 움직이질 않았다.

제길!

뭐, 마법처럼 사용법을 전혀 모르는 것보단 훨씬 낫기도 하고 레벨이 올라가면 분명 도움이 될 거다.

두 번째, 이쪽은 완전 꽝이었다.

기습에 의존하는 정도가 큰 내게 색적은 중요한 의미를 지닌다.

상대를 먼저 발견하는 동시에 자신이 기습당하는 사태를 방지한다는 의미로도…….

그래서 획득한 것이 탐지라는 스킬이었지만 발동시키면 끔찍한 두통에 휩싸이는 바람에 이 스킬은 반영구 봉인했다.

이런 느낌으로 나는 탐색을 계속하고 있었다.

《숙련도가 일정 수치에 도달했습니다. 스킬 〈감정 LV 5〉가 〈감정 LV 6〉으로 성장했습니다.》

감정이 왔습니다! 승리의 신호로다!

레벨 상한이 10이라고 가정하면 이제 슬슬 유용한 기능이 하나둘 등장할 시점인데!

두근두근하면서 자신의 감정 결과를 살펴봤다.

〈스몰 타라텍트 LV 2, 이름 없음

스테이터스

HP: 36/36 (녹)　　　MP: 36/36 (청)
SP: 36/36 (황)　　　　: 34/36 (적)
평균 공격 능력: 19　　평균 방어 능력: 19
평균 마법 능력: 18　　평균 저항 능력: 18
평균 속도 능력: 348 〉

…………뭣……이……라……고……?!
응? 응응? 으흥흥?!
자네는 누군가?! 내가 아는 감정 씨가 아닌데?!
내가 아는 감정 씨는 좀 더 유감이 넘쳐흐르는 못난이였단 말이다!
결단코 자네처럼 어떤 업무라도 척척 처리할 것 같은 쿨 뷰티가 아니라네!
진짜 감정 씨는 어디로 숨은 거야?!
내가 가만히 준비해놨던 「쓸모없네~」라는 대사를 못 써먹게 됐잖아?!
날이면 날마다 기대감만 부추기고는 미묘한 신기능만 추가되는 통에 결국 마지막에는 「쓸모없네~」라고 투덜대는 게 우리의 일상 아니었던가?!
대체 어쩌자고 우리의 일상을 무너뜨렸어!
말해! 말하라고!
하아, 하아, 하아!
너무나도 엄청난 일 때문에 동요해서 잠깐 넋을 놓고 말았는걸?
이럴 땐 심호흡을 하면서 다시 침착해지자. 후우, 후우, 하아. 좋아, 나는 제정신으로 돌아왔다!

으으.

감정 씨, 진화가 좀 성급하지 않아? 그동안 놀았던 만큼 몰아서 일하려고?

아니, 이거야말로 내가 감정 씨한테 바랐던 효과 중 하나지만 말이야.

뭔가 살짝 석연치 않은걸.

예를 들자면 똑같이 밑바닥이었던 중학교 친구가 고등학교 데뷔는 저 혼자 근사하게 해치웠다는 느낌이랄까?

내가 말하고도 뭔 소린지 모르겠네.

아무튼 감정의 기능이 놀랍도록 강화됐다. 지금껏 알지 못했던 내 능력치가 일목요연하게 밝혀졌다.

구체적인 수치도 보여주니까 앞으로는 여러모로 검증할 수 있겠어.

그나저나 한마디 해야겠다. 내 스테이터스, 이건 어떻게 봐도 낮은 거지?

비교 대상이 없으니까 얼마나 낮은 건지는 잘 모르겠지만 어쨌든 한 번은 레벨 10까지 올려서 진화를 했는데도 이런 수치니까.

그건 그렇다 치고 스테이터스 중에서 유난히 두드러지는 것이 바로 속도 능력이었다.

이상하잖아. 속도의 수치만 다른 능력치의 열 배를 가볍게 뛰어넘는다니, 이런 식으로 속도에만 특화될 수도 있나?

으음.

이렇게 되면 다른 마물하고 비교를 하고 싶어지잖아.

지금까지의 결과로 예측했을 때 남을 감정하는 경우는 실패할 확률이 높았지만…….

그냥 높은 게 아니라 레벨 말고 다른 정보를 감정하는 건 한 번도 성공한 적이 없었다.

하지만 스킬 레벨이 올랐으니까 성공률이 올랐을지도 모르겠다. 시도할 가치는 있다.

그런고로 마물을 찾아다니다가 쥐처럼 생긴 녀석을 간신히 발견. 좋아, 얼른 감정하자!

〈엘로 그레임 LV 2, 스테이터스 감정에 실패했습니다〉

어휴, 역시 남의 스테이터스까지 감정하긴 어려운가 봐. 어쩔 수 없지.

샤사사사삭. 펄쩍! 빙글빙글 꽁꽁. 덥석!

《숙련도가 일정 수치에 도달했습니다. 스킬 〈독니 LV 6〉이 〈독니 LV 7〉로 성장했습니다.》

오오. 독니가 왔어요, 만세!

내 스테이터스가 얼마나 빈약한지 판명됐다는 점을 고려해봤을 때 내게서 독니를 빼면 공격 수단이 거의 없다고 해도 과언이 아니었다.

처음이자 마지막 공격 수단인 독니의 레벨은 굉장히 중요합니다요.

흠, 이제 슬슬 오늘의 탐색을 멈추도록 하자.

그 자리에서 간이 홈을 만들었다.

어디 보자, 이제 안전도 확보됐으니까 쥐를 먹기로, 하지 않는다. 별로 배가 고프질 않았다. 못 먹을 정도는 아니었지만 지금 무리해서 먹기보다는 남겨뒀다가 일어난 뒤에 먹는 편이 좋겠지?

그런 관계로 오늘은 슬슬 잠이나 자야겠다. 아, 취침 전에 할 일이 있었구나.

띠용~. 구물구물. 뿅~.

별로 이상한 짓을 하는 건 아니거든? 실부림을 연습하는 거야.

실부림 연습을 하면서 깨달았는데 조종 가능한 실은 고작 한 가닥뿐이었다. 움직이는 속도는 지렁이가 꿈틀거리는 정도로 느렸고 조종되는 범위는 실에 몸이 닿아만 있다면 그런대로 넓었다. 소비 MP는 미미한 수준. 알아낸 건 이 정도였다.

일단 지금 단계로선 전투가 벌어졌을 때 전혀 도움이 안 되었다.

그러니까 이런 식으로 잠들기 전에 MP도 소비할 겸 스킬을 연습하면서 착실하게 레벨을 올리려고 한다. 지금은 별 볼 일 없는 성능이지만 레벨을 올리면 분명히 나아질 거다.

감정도 하면 잘하는 아이였으니까 실부림도 아마 레벨 6쯤 되면 유용해질 거야.

그쯤 되려면 갈 길이 멀겠지만 말이야.

레벨이 오르면 이것저것 시험하고 싶은 일이 많았다.

전에 한번 단념한 적이 있지만, 실로 방호복을 만든다든지 필살사업인[#2]처럼 써먹어보고도 싶었다. 탐지를 아예 못 쓰는 상태니까 다시 색적 실 개발에 착수해도 되겠는걸. 이것저것 꿈이 늘어나는구나.

《숙련도가 일정 수치에 도달했습니다. 스킬 〈실부림 LV 1〉이 〈실부림 LV 2〉로 성장했습니다.》

#2 필살사업인(必殺仕事人) TV아사히에서 방영된 인기 사극 드라마. 극중 억울한 사람들을 돕기 위해 악인을 해치우는 등장인물이 살해 도구로 실을 사용한다.

잡생각과 동시에 레벨 업이로다, 만세!

띠요옹~. 구물구물구물. 뾰롱~.

레벨이 오른 덕분에 움직임이 살짝 좋아졌다.

여전히 전투에 써먹을 수준은 아니었지만 1레벨 차이로 눈에 띄게 움직임이 좋아졌으니까 예상보다 빨리 제 몫을 할 수도 있겠다.

MP도 아직 여유가 많으니까 최대한 숙련도를 쌓도록 하자.

흐암. 아~ 잘 잤다.

결국 어제는 MP가 바닥나기 직전까지 안 자고 버티면서 실부림 스킬의 레벨을 3까지 끌어올렸다.

원래는 MP가 완전히 동날 때까지 연습하려고 했는데 MP가 점점 줄어듦에 따라 불길한 느낌이 들었다.

뭐가 어떻게 불길한 건지 잘 모르겠지만 MP가 바닥나면 큰일 난다는 사실을 본능적으로 깨달았기 때문에 잔량이 아슬아슬한 시점에서 그만뒀다.

연습으로 소모한 MP도 하룻밤 자니까 완전히 회복됐고…….

응. 이런 식이면 잠들기 전에 실부림 연습을 해도 문제없겠어.

잠깐, 기다려봐. 기껏 회복된 MP를 놀릴 필요는 없잖아. 기상 후 연습도 해볼까?

어차피 평소에는 MP 따위 쓰지도 않는데 시간 경과로 회복된다면 사냥을 하는 동안에도 회복된다는 뜻이잖아?

응, 그러는 편이 효율적이겠구나.

혹시 문제가 생기면 내일부터는 잠들기 직전에만 연습하도록 하

자. 뭐든 해봐야 느는 법이지.

그런고로 실부림을 또 연습했다. 아슬아슬하게 MP가 바닥나려고 하던 그때.

《숙련도가 일정 수치에 도달했습니다. 스킬 〈실부림 LV 3〉이 〈실부림 LV 4〉로 성장했습니다.》

때마침 하늘의 목소리(일단은)가 들렸다.

응, 좋아. 시작부터 순조로운걸.

MP를 거의 다 써버린지라 움직임이 얼마나 좋아졌는지 당장 확인은 못 하겠지만 레벨 4쯤 되면 어느 정도는 내가 원하는 대로 움직이지 않을까?

물론 곧바로 전투에 써먹을 순 없을 테지만 간이 홈 안에서 방호복을 만드는 실험 정도는 할 수 있겠다. 오늘 밤이 살짝 기대되는걸?

후후, 우선 아침을 먹자. 메뉴는 어제 잡아놓은 쥐였다. 그럼 잘 먹겠습니다.

음, 맛없어.

식사를 해도 MP는 변화 없음. 역시 그렇구나. 식사로는 MP가 회복되지 않았다.

그나저나 진화를 거치고 나선 무슨 일이든 잘 풀린다는 느낌인데?

바람이 불고 있어. 시대가 나를 위해 존재하는 것 같아.

후후후. 대체 무엇이 본인을 막으오리까! 흐헤헤.

지금 기세로 쭉쭉 강해지면서 미궁의 저편으로 척척 나아가자고.

이 미궁이 광대하다는 표현도 모자랄 만큼 넓다는 건 분명하니까, 출구는 장기적인 계획으로 찾아낼 수밖에 없고 말이야.

자, 오늘도 나의 찬란한 하루가 시작된다! 으헤헤.

흥흥흥~. 흥겹게 미궁 탐색을 개시.

뭐랄까, 지금의 나라면 어지간한 마물은 걸리적거리지도 않지.

어떤 적이든 이쪽에서 먼저 발견만 하면 기습으로 우위를 점하고 시작하는 셈이니까.

게다가 지금이라면 기습을 제외하고 정면으로 붙어도 싸움이 되지 않으려나?

진화하면서 상당히 강해졌고 스킬 레벨도 꽤 높은 편이고 일전에 개구리랑 정면으로 맞붙었을 때처럼 한심한 꼴을 보이진 않을 거야.

그야 확실하게 이길 수 있느냐를 따져보자면 살짝 불안하긴 하지만 그렇다고 딱히 질 것 같다는 생각도 안 들거든.

탐지는 조금 유감스러운 결과였지만 진화도 했으니까 그 정도는 별거 아니야.

내 앞에 적은 없도다! 농담 반 진담 반.

응?

뭐지, 굉장히 불길한 예감이 드는걸?

빨리 이곳을 벗어나지 않으면 위험하다는 예감이 드는데?

천천히 뒤쪽을 돌아봤다.

똑바로 뻗어 나가는 길, 그런 길의 저편으로부터 모험가풍 복장을 입은 남자들이 들이닥치고 있었다.

큰일 났다. 인간이야!

게다가 분명히 나를 목표로 달려오잖아!

아니, 그래도 진화한 나라면 어찌어찌 상대가 되지 않을까.

〈인족 LV 29, 이름: 골드, 스테이터스 감정에 실패했습니다〉

〈인족 LV 27, 이름: 버든, 스테이터스 감정에 실패했습니다〉

〈인족 LV 24, 이름: 온진, 스테이터스 감정에 실패했습니다〉

〈인족 LV 27, 이름: 조리아 주스트, 스테이터스 감정에 실패했습니다〉

〈인족 LV 22, 이름: 가이쿤, 스테이터스 감정에 실패했습니다〉

〈인족 LV 23, 이름: 레킨, 스테이터스 감정에 실패했습니다〉

꿈 깨라, 바보야!!

레벨 29는 대체 뭐야?!

내 통산 레벨이 12인데 두 배를 훌쩍 넘잖아?!

게다가 비슷한 레벨이 여섯 명이면 죽었다 깨어나도 못 이겨!

달린다!

앗, 갈림길.

오른쪽과 왼쪽. 이번에는 오른쪽으로 전진, 응?

왼쪽 통로의 저편을 힐끗 내다봤다.

〈엘로 배러도라드 LV 5, 스테이터스 감정에 실패했습니다〉

망했다?!

저번에 잡은 뱀보다 레벨은 낮지만 거미집도 없이 무작정 맞닥뜨린 상태로 뭘 어쩌라는 거야?!

으앗, 앞에는 뱀이고 뒤에는 인간?!

게다가 양쪽 모두 나를 쳐다보잖아. 이건 분명히 내가 표적이다!

도망친다! 오른쪽 통로로 도망친다! 저딴 괴물에다가 인간까지 더블 콤보라고? 못 해먹겠네!

누구야! 자기 앞에 적은 없다고 말한 바보는?! 나구나!

무슨 이런 경우가 있담!

저 뱀은 어지간한 마물 수준이 아니라 누가 봐도 보스급이잖아!

왜 흔한 마물처럼 어슬렁어슬렁 돌아다니는 거냐고?!

게다가 왜 하필 이런 타이밍에 인간이 쫓아오는 건데?!

으아아아앗!

요란한 발소리! 뭘 그리 열심히 쫓아오고 그래!

빠르다고! 어째서 내 스피드를 쫓아오는 거냐고?! 내 스피드는 348이거든?!

속도만큼은 다른 마물한테도 안 진다고 자신했는데!

그런데도 쫓아온다니 대체 뭐냐고?!

으엑?! 전방에 또 마물이 나타났다?!

〈엘로 랜더넬 LV 5, 스테이터스 감정에 실패했습니다〉

〈엘로 랜더넬 LV 4, 스테이터스 감정에 실패했습니다〉

〈엘로 랜더넬 LV 4, 스테이터스 감정에 실패했습니다〉

으에엥?! 이런 때 하필이면 세 마리 단짝 마물이 나타나는 거야?!

한 마리만 있으면 옆으로 빠져나가도 되는 건데!

세 마리가 나란히 있으면 지나갈 틈이 없잖아!

어, 어떡하지? 어떡해야 되지?! 으아아, 망설일 시간도 없드아아앗!

에잇! 죽기 아니면 살기다!

달리는 스피드를 줄이지 않고 그대로 벽을 타고 올랐다!

끄아아아아아앙! 해냈어! 해냈다고!

벽 타고 달리기 성공!

마물 세 마리를 뛰어넘었다!

뒤쪽에서 무시무시한 소리가 들려오지만 돌아보지 않는다!

겨우 마물 세 마리가 얼마나 시간을 끌어줄지 모르겠지만 그동안 나는 도망친다!

미안하구나, 지나가던 마물 세 마리. 이것도 약육강식의 업보라고 생각해줄래?

그러니까 나를 위해서 산 제물이 되어다오!

흐하하하핫!

마물 세 마리를 제물로 삼아서 무사히 살아남았다!

적어도 명복은 빌어…… 어라?

앞에 길이 없네?

자, 자자, 잠깐, 이거, 그리마 소굴이랑 같은 패턴이야?!

으아앗! 크, 큰일 났다! 속도를 너무 내서 당장은 못 멈춰!

아, 앗, 잠깐, 흐앗?!

온 힘을 다해서 뛰어든 그곳은 아무것도 없는 공중이었다.

어? 앗, 여기는 터무니없이 깊고 넓은 구멍이네요. 떨어지면 죽겠는데요.

떨어진다?! 안 돼?!

줄 없이 번지 점프를 시키려고? 농담이지?! 줄? 줄!

거미줄 컴 온!

벽면에 실을 쏘아서 달라붙었다!

좋아. 이제 살았, 퀙!

으으, 무지 아팠다.

추락은 면했지만 그 반동으로 벽면에다가 있는 힘껏 몸을 부딪치

고 말았다.

후유, 그래도 죽진 않았구나.

뱀한테 쫓겨 도망친 곳이 천 길 낭떠러지였는데 그곳에서 번지 점프까지 했다.

요즘 들어서 뭔가 잘 풀린다고 우쭐대다가 벌을 받은 걸까?

그래요, 알겠습니다. 반성할게요. 반성할 테니까 아까부터 들리는 붕붕 소리가 살짝 불길한데 어떻게 좀 해주시면 안 될까요?

〈핀지고어트 LV 4, 스테이터스 감정에 실패했습니다〉

〈핀지고어트 LV 3, 스테이터스 감정에 실패했습니다〉

〈핀지고어트 LV 5, 스테이터스 감정에 실패했습니다〉

〈핀지고어트 LV 4, 스테이터스 감정에 실패했습니다〉

벌이었다.

딱 한 번 목격한 적이 있는 거대한 벌 모양의 마물이었다. 수없이 많은 벌들이 깊은 구멍 속에서 어지럽게 날아다니고 있었다.

어, 음, 안녕하세요?

잘못했어요! 못 본 척해주세요! 여긴 보지 말아요, 제발 부탁드립니다!

덮쳐드는 벌을 피하는 방법은 하나뿐이다!

에잇!

또다시 급강하! 낙하, 하지만 나도 방금 전하곤 다르다고!

벽에 달라붙은 실에 탄력성을 부여해서 번지 점프처럼 안전하게 내려갔다.

두세 번 몸을 튕기며 내려간 다음은 벽면에 달라붙어서 다른 실을 새로 붙였다.

한 번 더 번지 점프!

그러기를 반복하면서 아래까지 내려왔다.

좋아, 지면이다!

하지만 아직 상공에는 벌이 득실득실 있었다. 지친 몸을 채찍질해서 다시 달려 나갔다.

어쨌든 이곳을 빨리 벗어나지 않으면 큰일 난다.

그렇게 판단은 했지만 실행이 한 발 늦었다.

벌이 내 등을 내리눌렀다. 그리고 등에 격통이 솟구쳤다.

꺽?!?!

아파! 찔렸다!

게다가 찔린 자리에서 몸속으로 뭔가가 흘러들어 온다! 독이다!

나로선 등에 달라붙은 적을 상대할 방법이 전혀 없었다.

아니, 딱 하나 대책을 떠올렸다.

MP가 얼마 안 남아서 불안하지만 이대로는 어차피 끝장이야!

실부림으로 움직인 실을 등 뒤로 가져가서 벌에게 갖다 붙였다. 그대로 둘러 묶어서 구속시킨다.

으랏차!

실을 꽉 붙잡고 등에 올라탄 벌을 업어치기 수법으로 둘러메쳤다.

독니를 박아주고 싶었지만 그보다도 지금은 도망이 최우선이다!

나는 벽면의 바로 근처에 있는 바위 뒤편으로 몸을 숨겼다.

여기라면 벽이랑 바위가 장애물 역할을 해주니까 벌은 커다란 몸집 때문에 침입하지 못할 것이다.

아니나 다를까 나를 쫓아오던 벌 몇 마리는 한동안 주변을 붕붕 날아다니면서 상황을 지켜보다가 결국 포기했는지 휙 사라져버렸다.

간신히 살긴 살았다.

하지만 몸이 온전하지 않았다. 직접 눈으로 보진 못하지만 내 등에는 지금 커다랗게 구멍이 뚫려 있었다.

HP도 6밖에 남지 않았다. 단 한 번의 공격으로 HP를 30이나 빼앗겼다.

놀라진 않았다. 내 방어력이 상당히 낮은 수준이라는 것은 짐작하고 있었다.

오히려 이토록 큰 부상을 당하고도 목숨을 부지하는 거미의 생명력에 감사할 일이었다.

독 내성이 높아서 다행이다.

찔린 부위로 주입된 무언가는 분명히 독이었을 것이다.

몹시 급박한 상황이었던 만큼 독이 무효화되었는지도 잘 모르겠고, 독 대미지와 벌침 대미지 중 무엇이 더 치명적이었는지도 불분명했지만 독 내성이 없었다면 벌써 죽었다.

이런 부상으로는 한동안 못 움직일 것 같았고 자연 치유로 회복 가능한 범위인지도 알 수 없었다.

그렇다면 경험치 획득 겸 식량 확보라는 의미로 방금 전 묶어서 집어 던졌던 벌을 잡아 오고 싶었다.

하지만 여기서 나가는 것은 좋은 방법이 아니었다.

실부림으로 실을 갖다 붙이고 조금씩 끌어오는 게 좋겠다.

별안간 불길한 예감이 솟구쳤다.

바위 그늘 바깥으로 조심스럽게 시선을 보냈다.

보이는 장면은 여전히 구속당한 채 버둥거리는 벌, 그리고 벌을 향해 천천히 다가가는 또 다른 마물의 움직임.

〈엘로 배러도라드 LV 5, 스테이터스 감정에 실패했습니다〉

뱀이었다. 설마 나를 쫓아온 거야?!

아니, 아니다. 레벨은 같았지만 아마도 다른 뱀인 듯했다.

큰일 났다.

내게는 보스급으로 보일 만큼 강한 뱀이 이 부근에서는 많이 돌아다닐지도 모른다.

이런 부상을 입은 상태로 들킨다면 목숨은 없다.

뱀은 천천히 벌에게 다가갔다.

그대로 벌을 가지고 가도 괜찮으니까 제발 나한테는 오지 마.

하지만 뱀은 벌에게 아무 짓도 하지 않았다.

정확하게 표현하자면 그럴 수 없었다고 해야겠다.

무시무시한 속도로 무언가가 뱀의 몸체를 찢어발겼다.

어? 내 정신이 나가버렸나?

그 무서운 뱀이 마치 종잇장처럼 맥없이 조각나다니?

튼튼한 비늘로 몸을 감싸고 굳건한 방어력을 자랑하는 뱀이?

나와 비슷한 정도로 민첩한 뱀이 이렇다 할 반응조차 못 하고?

〈지룡 아라바 LV 31, 스테이터스 감정에 실패했습니다〉

의연한 분위기가 풍겨 나왔다.

이름과 달리 형태는 늑대와 비슷했다.

대지를 짓누르는 두 쌍의 다리.

길게 자라난 꼬리.

날개는 없다.

지금 나는 위풍당당하게 거니는 용(龍)을 목격하고 있었다.

아찔했다. 거미로서 지닌 본능, 인간이 보유한 이성, 혼이 지르는 비명. 그 전부가 목소리를 한데로 모았다.

저건 안 된다. 절대로 승산이 없어. 애초에 승패를 운운할 상대가 아니야.

용의 눈으로 보자면 나는 그저 먹잇감에 지나지 않는다.

사냥조차 필요치 않다. 시야에 들어가는 순간 잡아먹힐 운명에 놓이게 된다. 그만큼 격이 다른 존재였다.

레벨이 높고 낮음은 정말 사소한 문제에 지나지 않았다.

무슨 일이 있어도 저건 안 된다.

지룡 아라바는 산산조각으로 찢겨진 뱀을 한 조각씩 천천히 씹어 먹었다.

나는 필사적으로 숨을 죽였다.

《숙련도가 일정 수치에 도달했습니다. 스킬 〈은밀 LV 1〉이 〈은밀 LV 2〉로 성장했습니다.》

시끄러워! 제발 조용히 있어! 저것한테 들리면 어떡해!

뱀을 다 먹어치운 지룡 아라바는 벌에게 눈길도 주지 않고 떠나갔다.

사, 살았다.

끝까지 내가 있는 줄을 몰랐든지, 혹은 알면서 그냥 봐줬다든지,

뭣 때문인지 잘 모르겠지만 어쨌든 살아남았다.

죽을 위기는 몇 번이고 맞닥뜨렸다. 또한 지금 이 순간에도 나는 죽어가고 있었다. 하지만 저토록 끔찍한 상대는 분명 처음이었다.

잠시만 떠올려도 오싹해졌다.

안 된다. 저런 게 돌아다니는 곳은 무슨 수를 써서라도 조속히 탈출해야 된다.

주변을 둘러봤다.

이곳은 내가 떨어진 구덩이의 바닥이었다. 직경은 100미터쯤 되어 보였다.

깊이는 더 될지도 모르겠다. 높이를 짐작하기가 어려웠다.

무리 지어 상공을 뒤덮은 벌 떼가 거대한 벽으로 보였다.

거리 때문에 감정이 작동하지 않으니 다행이었다.

안 그랬으면 저 많은 수를 감정하다가 두통으로 기절했을지도 모른다.

원래 있던 지대로 돌아가려면 득실대는 벌 떼를 뚫고 지나가야 했다.

게다가 절벽을 타고 오르면서…….

무리다.

절벽의 벽면에 달라붙은 상태로는 싸울 방도가 없다.

그런 상태로는 재빨리 움직일 수도 없고 실을 뽑아내 봐야 겨냥이 되지 않는다.

내 강점이 완벽하게 틀어막히는 필드였다.

반면에 벌 떼는 공중을 종횡무진으로 휘저을 수 있다.

승산이 없었다.

그렇다고 해서 저런 괴물이 돌아다니는 지상을 탐색하는 건 자살 행위였다.

구덩이 바닥에 몇 군데 통로가 나 있기는 했다.

어차피 죽기 아니면 살기다. 용이 떠나간 방향하고 다른 통로로 나아가 볼까?

불가능했다. 이런 중상을 입은 상태로는 꼭 그런 괴물이 아니더라도 다른 마물과 마주친 시점에서 끝장이었다.

큰일 났다. 이건 외통수일지도 모르겠다.

그리고 나는 스스로에게 물었다.

무엇을 잘못했을까.

어떻게 하면 살아남을 수 있을까.

이런 데서 죽을 순 없어.

죽고 싶지 않아.

그러니까 생각했다.

막간. 어느 모험가의 철수

"빌어먹을?!"

전방을 가로막은 엘로 배러도라드와 엘로 랜더넬을 처리했다.

마침내 목표했던 타라텍트를 찾아냈는데 뜻밖의 방해꾼이 나타났다.

마물끼리 싸우는 틈을 노려서 배러도라드는 비교적 쉽게 처리했으니 다행이었지만 제일 중요한 타라텍트를 놓치고 말았다.

"어떡하지?"

"어쩌긴 뭘 어째. 더 이상 추적은 무리라고. 철수할 수밖에."

"그렇겠지. 돌아가서 모험가 길드에 보고해야겠군."

동료의 말에 고개를 끄덕였다.

사이즈를 보건대 아직은 유체였다.

그런데도 터무니없이 재빠른 움직임으로 우리를 따돌렸다.

정말이지 심상치 않은 스피드였다.

잔챙이에 불과한 타라텍트의 스피드가 아니었다.

평범한 놈들하고는 다르다. 분명히 특이 개체였다.

유체인데도 이런 재주를 부리는데 진화해서 성체로 자라면 얼마나 강해질지 미지수였다.

그 전에 어떻게든 처리를 하지 않으면 손쓸 도리가 없어질지도 모른다.

"철수한다! 최대한 빠르게!"

내가 할 수 있는 건 이뿐이었다.

최대한 빨리 돌아가서 이 정보를 알린다.

그러면 우리보다 상위의 모험가, 경우에 따라선 나라가 움직일 수도 있다.

우리는 마지막으로 한 번 타라텍트가 사라진 방향을 쳐다보다가 그곳을 뒤로했다.

9. 거미 VS 벌

지룡이 떠나가고 한참을 기다린 다음 또다시 주변을 지나치리만큼 경계했다.

그러고도 아직 안심이 되지 않았다. 안심되진 않지만 행동을 개시해야 상황도 바꿀 수 있다.

나는 구속된 채 방치되어 있는 벌을 향해서 실부림으로 실을 뻗었다.

으윽, 등이 아프다. 하지만 실을 뽑아내는 데에는 문제없을 것 같아.

슬금슬금 신중하게 뻗어 나아가던 실이 드디어 벌에게 닿았다. 벌은 아직도 버둥거리고 있었지만 이제는 앞뒤 가릴 때가 아니었다.

또 다른 마물이 나타나서 가로채기 전에 끌어와야 한다.

실을 잡아당길 때마다 상처가 욱신거렸다.

통증이 지독하긴 했지만 HP가 더 이상 줄진 않으니까 당분간은 괜찮을 거다.

드디어 벌을 회수.

곧장 독니를 박아서 숨통을 끊어주었다.

독을 지닌 마물한테도 독니가 통하는 걸 보면 나는 독니와 독 내성 스킬 레벨이 다른 마물과 비교해도 꽤 높지 않을까?

뭐, 지금 그런 건 아무래도 좋았다.

문제는 이제부터 어떻게 하느냐였다.

솔직한 심정으로 이 구역을 탐색하는 건 자살행위라고 생각한다. 만약에 지룡 같은 괴물이 또 돌아다니고 있다면 뭘 어떻게 발악하든 내가 살아남을 가능성은 없을 테니까.

대책이 없다. 지금까지 위험한 상황을 몇 번이고 겪어왔지만 지룡만큼은 정말이지 막막할 따름이었다.

이러쿵저러쿵해도 나는 그런대로 잘 싸울 자신이 있었다.

요즘은 한동안 던전을 배회하면서 기습을 위주로 사냥했지만 내 본래 전법은 거미집을 적극 활용하는 농성전이다. 간이 홈 수준으로도 뱀을 해치웠다는 점에서 알 수 있듯이 내가 방어전을 벌이기 위해 본격적으로 실력을 발휘하면 거미그물을 돌파해서 침입할 만한 마물은 그리 많지 않을 것이다.

많지는 않을 테지만—.

지룡이라면 분명히 뚫고 들어온다. 게다가 콧노래를 부르면서 손쉽게…….

그만큼 강대한 존재였다.

실, 독니, 기습, 스피드. 내가 모든 강점을 동원해도 지룡 앞에선 잔재주에 불과했다.

어떤 잔재주도 압도적인 힘 앞에선 무너져버린다.

그런 광경을 어렵지 않게 상상할 수 있었다.

지룡은 내가 거미로 태어나 살아오면서 아무리 발악해봐야 절대로 못 이기겠다고 생각한 두 번째 마물이었다.

참고로 첫 번째는 거대 마더(파더?) 거미였다.

승산이 없다는 점이 문제이기도 했지만 그 이상으로 나보다 속도가 빠르다는 것이 커다란 문젯거리였다.

다른 마물이면 거미집을 돌파당하더라도 도망칠 순 있었다.

아마도 그때 내 뱃속은 사정없이 뒤틀릴 테지만 최종적으로는 목숨을 건지고 도망치는 셈이다.

나의 재빠른 도주 속도 덕분에 가능한 일이었다. 하지만 지룡은 보폭만 봐도 내 속도를 뛰어넘는다.

싸우면 승산이 없다. 도망칠 수단도 없다.

표적으로 찍히는 순간 모든 대책이 무용지물이었다.

이토록 얼토당토않은 존재가 있다니.

여기에 지룡이 있을 줄 알았다면 위험을 무릅쓰더라도 뱀한테 돌진하는 게 차라리 나았다.

게다가 이 구역에 지룡만 딱 한 마리 돌아다닌다는 보장도 없었다.

무섭다.

지금 나는 어떤 위기에 빠졌을 때보다 가장 죽음과 근접해 있었다. 자신에게도 아직 두려움이라는 감정이 남아 있었다는 것이 놀라울 따름이었다.

이것저것 끔찍한 경험을 하고도 긴장이나 공포를 느낀 적이 없었으니까 그런 감정은 이미 어딘가에 놓고 온 줄로만 생각했었다.

이런 처지에 놓이고 비로소 깨달았다.

지금까지 겪었던 위기는 결국 고만고만한 수준이었다. 공포를 느낄 필요조차 없었던 것이다.

감정이 메마른 게 아니라 단지 놀라고 무서워할 만한 사건이 없었을 뿐이었다.

하하.

너무 늦게 깨달았는걸. 지금처럼 꼼짝도 못 할 상황에 처하기 전에 깨달았어야지.

후회는 여기까지만 해야겠다. 살아남기 위해서 뭘 할지 생각하자.

안전 확보가 우선이다.

지룡에게는 아무 소용 없겠지만 지금 자리 잡은 바위터를 중심으로 집을 짓도록 하자.

이동을 시도할 만큼 내 상태가 좋지는 않았다.

이렇게 된 이상 자존심은 당분간 접어두고 이곳에 제3의 마이 홈을 건설한다. 그리고 가능하면 벌이나 다른 약한 마물을 유인해서 해치워야겠다.

레벨 업 다음에 이어지는 완전 회복을 목표로…….

상처를 치료하기 전에는 아무것도 할 수가 없다.

지금 상태로는 어떤 만만한 마물이 상대일지라도 툭 맞으면 죽어버린다.

자연적으로 치유되리라는 기대는 안 하는 편이 좋겠지.

이럴 줄 알았으면 HP 자동 회복 스킬을 익힐 걸 그랬다.

하지만 후회해도 바뀌는 건 없었다. 지금은 깨끗하게 포기하고 새로운 마음으로 다시 출발해야 한다.

우선은 당분간 치료를 목표로 거점을 만들어야겠다.

사실 이곳에 거점을 마련하는 것은 썩 좋은 방책이 아니었다.

거점을 만드는 행위만으로도 눈에 뜨이는 데다가 지룡 클래스의 강력한 마물에게 찍히면 끝장이다.

하지만 상처 입은 나로선 달리 취할 방도가 없었다.

당분간은 레벨 업을 목표로 삼는다.

레벨 업으로 상처가 치료되면 이딴 위험한 지대에서 어떻게 탈출할지 고민하도록 하자.

벌 군단을 돌파해서 위로 향하든가, 위험을 무릅쓰고 아래쪽을 탐색하든가. 무엇을 선택하든 지옥을 보겠는걸.

하지만 이렇게까지 최악의 구렁텅이에 빠진 지금 상황에서는 극단적으로 말하자면 사느냐 죽느냐 둘 중 하나뿐이었다.

운 좋게 살아남느냐, 운이 나빠 죽느냐.

지금 시점에서 천칭은 죽는 쪽으로 푹 기울어져 있다. 그대로 떨어져 내려가거나, 아니면 도로 끌어올리거나.

천칭을 끌어올리기 위해서라도 행동하자.

다행히 집을 짓는 데 필요한 스태미나 공급원은 확보했다.

벌은 한 놈만으로도 몸집이 상당히 커다래서 더할 나위 없이 좋은 식량이었다.

벌 한 마리의 몸에서 얻어내는 스태미나를 전부 집 만들기에 쓰도록 하자.

그다음은 내 실력과 운에 달렸다.

첫날은 최소한으로 필요한 만큼만 집을 만들고 잠들었다.

등에서 솟구치는 통증 때문에 깊이 잠들진 못했지만 잠들어 있는 동안 습격당하진 않았으니까 내심 가슴을 쓸어내렸다.

습격뿐 아니라 부상으로 죽을 가능성도 있었기 때문에 무사히 눈을 뜨고 나서는 왠지 안심되는 기분이었다.

HP를 확인했더니 잠들기 전과 변함없이 6이었다.

회복되지 않았다고 낙담해야 할까, 여기서 더 줄어들지 않았다고 안도해야 할까. 참으로 미묘한 상황이었다.

둘째 날은 집을 확장하는 데 온종일을 써버렸다.
등 쪽의 통증이 은근히 걸리적거려서 집 짓기는 생각 외로 난항이었다.
수차례 벌이 접근할 때마다 경계를 하느라고 작업을 멈췄기 때문이기도 했다.
그전과는 상황이 다르기도 했고 신경을 곤두세운 채로 하는 작업은 빠르게 기운을 갉아먹었다.
짬짬이 어제 포획한 벌을 조금씩 먹으면서 스태미나가 바닥나지 않도록 주의했다.
이런 상황에서는 무엇 하나라도 잘못되면 천칭이 단번에 죽음 쪽으로 기울어질 우려가 있었다.
특히 나는 스태미나 의존도가 높았다. 실을 뽑아낼 때나 평범하게 행동할 때도 스태미나를 필요로 했다.
그게 아니더라도 최소한 한 번쯤 싸울 스태미나는 남겨둬야 했다.
게다가 언제 또 식량을 확보할 수 있을지 모르는 상황이었으니 지구전까지 가정한다면 스태미나 관리에 신중을 기할 수밖에 없었다.
그리고 이날 깨달았는데 고통 내성의 레벨이 훌쩍 뛰어올라 있었다.
마지막으로 고통 내성의 레벨이 올랐을 때는 고작 2레벨이었다. 그래서 집을 짓는 도중 하늘의 목소리(일단은)를 듣고는 깜짝 놀랐다.

《숙련도가 일정 수치에 도달했습니다. 스킬 〈고통 내성 LV 6〉이 〈고통 내성 LV 7〉로 성장했습니다.》

이렇게 중간을 쏙 빼먹고 갑자기 7레벨이 되었으니까.

어찌 된 영문인가 고민했는데 아마도 잠든 동안 레벨이 올랐나 보다.

제대로 잠들지도 못할 지경이긴 했다. 고통 내성의 숙련도 상승 조건이 고통을 느끼는 것이라면 잠든 동안에도 숙련도가 쌓였을 가능성은 높았다.

돌이켜보면 비몽사몽간에 하늘의 목소리(일단은)가 들린 것 같기도 했다.

덕분에 깨달은 것은 고통 내성이 고통을 완화시키는 스킬이라고만 생각했었는데 그게 아니라는 사실이었다.

레벨이 7로 올랐는데도 불구하고 전혀 통증이 가시지 않아서 이상하다고 생각은 했지만 아무래도 이건 「아파도 꾹 참고 움직이게 해주는」 스킬인 듯했다.

솔직히 미묘하다.

아픈 건 변함이 없는 데다가 움직여진다고는 해도 역시 한계는 있었다.

스킬을 획득했을 때는 통증이 가시는 기분이었는데 그냥 기분만 그랬나 보다. 그 뒤로도 하루가 지나는 동안 고통 내성은 8레벨까지 올라갔다.

셋째 날.

포획한 벌은 이미 다 먹어치웠다. 집도 그런대로 확장을 마쳤으니까 본격적으로 다음 단계에 착수할 시점이었다. 즉 레벨 업을 위한 사냥.

문제는 사냥감을 어떻게 잡아들이냐였다.

벌이 근처까지 오긴 하지만 거미줄을 경계해서인지 직접 덮치진 않았다.

무작정 덤벼든다면 목적을 손쉽게 달성할 수 있겠지만 그렇게 원하는 대로만 될 리는 없었다.

일단 기회를 기다리면서 벌을 관찰했다. 가까이 접근한 벌을 은근슬쩍 도발해보기도 했지만 덤벼들진 않았다.

벌을 관찰하면서 깨달은 사실이 몇 가지 있다.

먼저 쟤들은 대여섯 마리가 하나의 부대를 형성한다는 점이었다. 부대로 나뉘어서 따로따로 행동하고 있었다.

또한 부대에는 대장이 있었다.

〈하이 핀지고어트 LV 1, 스테이터스 감정에 실패했습니다〉

하이한 핀지고어트라고 한다.

이름을 보건대 상위종, 어쩌면 진화한 개체일 것이다.

레벨도 대부분 1이니까 가능성은 높았다.

일반종에 속하는 벌도 개중에는 8이나 9레벨로 진화를 한발 앞둔 개체가 드문드문 있었으니까 진화를 거치면 부대의 대장으로 승급한다고 봐도 되겠지.

대장 벌은 평범한 벌보다 약간 색이 짙었다.

뚜렷한 차이점은 이 정도였고 크기도 형태도 판박이.

스테이터스는 감정을 실패해서 모르겠지만 상위종인 만큼 평범한 벌보단 높지 않을까?

뭐, 어차피 내 거미그물을 뚫고 들어오진 못하겠지만…….

아마 상대방도 그걸 잘 알기 때문에 거미집을 보고도 선불리 공격하지 않는 것이다. 그런 면을 보면 벌 떼는 꽤 영리할지도 모르겠다.

부대는 집단을 이룬 채 구덩이 바닥의 통로로 사라졌고 얼마간 시간이 흐른 뒤 무언가 사냥감을 잡아서 들고 돌아왔다.

저런 식으로 부대를 편성해서 효율적인 사냥을 하나 보다.

역시 머리가 좋을 것 같았다.

낙오자로 짐작되는 벌 몇 마리는 제멋대로 행동을 취하기도 하지만…….

그보단 이곳 아래에도 벌이 사냥할 마물이 있다는 건 상당히 중요한 정보였다.

근처의 마물 전부가 지룡처럼 괴물은 아니라는 뜻이다.

그걸 알아낸 것만으로도 마음에 제법 여유가 생겼다.

다만 가끔은 돌아오지 않는 부대도 있었으니까 방심할 순 없었다. 돌아오지 못하는 이유는 요컨대 역으로 사냥을 당했기 때문이다.

때때로 동료의 시체를 들고 돌아오는 부대를 보면 위험한 구역이라는 점은 틀림없었다.

나는 하루 종일 가만히 벌의 활동을 관찰했다.

이제 슬슬 자야겠다고 마음먹었을 때 하늘의 목소리(일단은)로부터 알림이 있었다.

《숙련도가 일정 수치에 도달했습니다. 스킬 〈고통 내성 LV 9〉가 〈고통 무효〉로 성장했습니다.》

《조건을 충족시켰습니다. 스킬 〈고통 무효〉로부터 스킬 〈통각 경감 LV 1〉이 파생되었습니다.》

고통 내성의 레벨이 또 올랐다.

분명히 8레벨이었는데 언제 또 9로 올라간 거지? 아마도 잠든 동안 올랐나 보다.

이름에서 레벨 표기가 사라지고 무효로 바뀌었다. 그야말로 최고 레벨까지 올라갔다는 느낌이었다.

최고 레벨까지 도달한 스킬은 밤눈에 이어서 두 번째.

밤눈은 태어났을 때부터 고레벨이었을 테니까 자력으로 레벨 10까지 성장시킨 건 고통 내성이 처음이었다.

통증에 시달린 보람이 있었다고 말하기는 미묘하지만…….

어쨌든 파생된 스킬은 통증을 덜어주는 스킬 같았다.

아니, 고통 내성도 가짜는 아니었지만 말이야.

레벨 1로는 그다지 변화가 없었다. 등에서는 여전히 통증이 자신의 존재감을 주장하고 있었다.

스킬 레벨이 올라가면 통증이 어느 정도 가실지도 모르니까 잠든 동안에 스킬 레벨이 오르기를 기대하도록 하자.

그러면 오늘은 이만, 안녕히 주무세요.

넷째 날.

스태미나가 조금씩 줄어들기 시작했으니 이제 슬슬 행동에 나서기로 마음먹었다.

목표는 낙오 벌이다. 부대를 노리면 리스크가 커진다.

아마 지지는 않으리라 생각한다. 생각은 하지만 지금은 매사에 신중하게 임할 때였다.

상대가 여럿이면 뜻밖의 사태가 일어날 가능성을 배제할 수 없으니까……. 그런 점에서 낙오 벌은 상대하기가 쉬웠다.

낙오 벌은 대장 벌의 통솔을 받지 않기 때문인지 판단력이 어중간했다.

어제 내내 관찰한 결과, 부대라면 절대로 들어가지 않을 좁은 구멍으로 비집고 들어가려는 개체도 있었다.

내가 일전에 딱 한 번 마이 홈에서 포획했던 녀석도 낙오돼서 이상한 통로를 억지로 돌아다니고 헤맨 끝에 내 집까지 다다른 것 같았다.

다만 여기에서 살다가 흘러들어 온 녀석 같지는 않다. 분명 이곳하고는 다른 곳, 내가 전에 집을 지었던 장소 근처에서도 벌이 무리를 지어 살고 있지 않았을까 싶었다.

멀리서 바라본 바 낙오 벌은 그리 영리해 보이지 않았다.

그런 이유 때문에 부대로 편성되지 못하고 어쩔 수 없이 낙오되었을지도 모르겠지만…….

아무튼 혼자 돌아다니는 개체는 도발당하면 이쪽으로 돌진해서 파고들어 올 가능성이 있다.

물론 불확실하게 운에만 의지하는 전법을 취할 작정은 아니었다.

나는 어제 개발한 신병기를 꺼내 들었다.

점착 실을 구슬 모양으로 굳혀서 한쪽 끝에다가 무게 추 삼아 부착해놓은 실, 이름하야 쿠모닝스타[#3].

#3 쿠모닝스타 거미의 일본어 표현인 쿠모와 머리 부분이 별 모양인 무기를 뜻하는 모닝스타의 합성어.

후후후. 이걸 팔심 플러스 실부림의 힘으로 공중에 있는 벌한테 냅다 던지면 된다.

아마도, 아니, 십중팔구는 안 맞을 것이다.

하지만 별로 상관없었다.

상대가 나를 적이라고 인식해준다면 충분했다.

그러고 나면 상대편이 열을 내면서 돌진해 들어오겠지.

맞으면 감사감사. 적을 끌어들이면 성공.

이제 낙오 벌이 거미집 가까이로 와주기만 하면 된다.

어제 관찰한 바로는 낙오 벌도 자주 거미집의 낌새를 살피러 왔었으니까 분명히 잘될 거야.

《숙련도가 일정 수치에 도달했습니다. 스킬 〈통각 경감 LV 2〉가 〈통각 경감 LV 3〉으로 성장했습니다.》

기다리는 도중에 통각 경감 스킬의 레벨이 올랐다.

어라? 고통 내성에 비해 레벨 업 속도가 상당히 늦는걸?

잠든 동안 5쯤으로 올라갔을 줄 알았는데 별로 안 올랐네.

하지만 어쨌든 레벨이 올라가면서 하나는 확실해졌다.

통각 경감은 틀림없이 통증을 완화시켜주는 스킬이었다.

덕분에 아팠던 등 부위가 약간 편안해졌다.

등에 난 상처는 상당히 지독했다.

첫날 응급 처치 삼아 실부림으로 상처 자리를 둘러 감으면서 느꼈는데 구멍이 정말 뻥 뚫려 있었다.

인간이었다면 무조건 죽었을 중상이다.

나는 왜 살아 있는 걸까. 거미라서? 아니면 마물이라서?

어느 쪽이든 살아 있는 것이 신기할 정도의 중상이었다.

독으로 짐작되는 뭔가가 주입되기도 했으니 소독을 겸하여 실부림으로 상처 부위를 긁어냈을 때에는 통증이 지독해서 진짜 죽는 기분이었다.

최대한 빨리 레벨 업을 하고 이 상처를 어떻게든 치료해야 한다.

이대로 상처를 방치해놓으면 조만간에 분명히 악화된다.

곪거나 괴사하거나 세포 감염 등등.

갖가지 증상이 더해지기 전에 손을 써야지.

그리고 찬스가 다가왔다.

부대에서 낙오된 한 마리가 이쪽을 향하고 있었다.

주변에 다른 벌은 없다. 다른 벌이 있으면 동료의 위기를 보고 달려올 가능성도 고려해야 했다.

그럴 우려가 없는 지금은 절호의 찬스였다.

쿠모닝스타를 붕붕 휘둘렀다.

집중, 집중.

잘 겨냥하고, 거기다!

《숙련도가 일정 수치에 도달했습니다. 스킬 〈집중 LV 1〉을 획득했습니다.》

앗, 맞았네. 그와 동시에 뭔가 스킬을 익혔다는 알림이 들렸다.

오호?

맞을 줄은 몰랐는걸. 냅다 던진 쿠모닝스타는 벌의 몸체에 그림같이 명중했다.

즉시 실부림으로 벌의 몸체에 실이 휘감기도록 움직였다.

버둥거리는 벌을 그대로 거미집 안쪽까지 친절하게 안내, 독니의 먹이로 삼았다.

응.

첫 번째 시도부터 더할 나위가 없을 정도로 성공해버렸다. 이건 좋은 징조였다.

아니, 아니야.

우쭐대면 안 돼. 그러다가 혼쭐이 난 거잖아. 앞으로도 겸손하게 행동해야지.

아무튼 첫걸음은 잘 내디뎠으니까 오랜만에 식사를 해야겠다.

그럼 잘 먹겠습니다.

우선 식량 확보는 성공했다. 벌의 몸 크기가 작진 않으니까 며칠 이대로 지내도 배를 곯지는 않을 것 같았다. 이제 스태미나를 걱정할 필요는 없어졌다.

그러면 어떻게 행동할지 선택지가 늘어난다.

그리고 내 선택은 집을 더욱더 확장하는 것이었다. 위쪽을 향해서…….

여기에서 아래쪽 구역을 탐색하러 가는 건 싫었다. 가능, 불가능의 문제가 아니었다.

싫어. 지룡 무서워. 무리.

음, 나로선 어떻게든 벽을 타고 올라가서 추락하기 전에 있었던 원래 통로로 돌아가고 싶은 마음이랄까?

그러려면 어떤 수단으로든 벌을 물리칠 필요가 있었다.

무작정 벽을 기어올랐다가는 벌의 먹이가 될 뿐이니까 뭔가 대책부터 마련해야 한다.

그래서 생각해낸 것은 거미집을 이대로 위쪽까지 뻗쳐나간다는 방안이었다.

방안이라고 해도 되나? 완전 억지 같은걸.

응, 내가 생각해도 엄청난 대작업이네. 그래도 달리 위로 돌아갈 방법이 안 떠오르니까.

물론 단점도 꽤 있다.

우선 집을 지으려면 그만큼 스태미나가 소모된다.

게다가 이번에는 평소와 달리 벽면을 위로 올라가면서 집을 지어야 했다.

요령이 다르고 경험도 없어서 스태미나가 얼마나 많이 소비될지 가늠하기가 어려웠다.

어지간히도 거창한 규모의 작업이 예상되는데, 그러면 지금 잡아놓은 벌 한 마리 가지고는 분명히 스태미나가 모자란다.

중간중간에 보급할 필요가 있었다.

게다가 꼭 보급 때문이 아니더라도 벌과 싸움을 피할 순 없을 것이다.

지금은 보고도 그냥 지나치지만 집을 위쪽으로 뻗쳐가면 머지않아 벌의 주 영역을 침입하게 되기 때문이었다.

영공 침범인 셈이지. 쟤들이 과연 그때도 잠자코 구경만 할까?

최악의 경우 공중을 날아다니는 벌 수백 마리, 까딱하면 수천 마리 규모의 대군단이 일제히 덤벼든다는 악몽 같은 상황도 배제해선 안 된다.

거미집이 아무리 탄탄해도 저만한 숫자를 상대하면서 멀쩡할 순 없었다.

또한 경계할 대상은 벌이 전부가 아니었다.

지금으로선 이 구덩이의 바닥에는 벌 말고 다른 마물은 들어오지 않는다.

예외는 처음 목격한 뱀과 지룡뿐이었다.

하지만 만약 바로 그 지룡이 훌쩍 나타난다면…….

저번에는 바위 뒤에 숨어 있었으니까 그냥 지나갔지만 집을 확장시키면 저절로 시선을 끌게 된다.

혹시 살짝이라도 지룡을 자극하면 끝장이었다.

지금도 언제 지룡이 나타날까 무서워서 흠칫흠칫하는걸.

그러므로 성공한다면 끝장나게 위험한 이곳을 완전히 탈출할 수 있는 데 반해서, 그만큼 리스크도 커다란 작전인 셈이었다.

하지만 내게는 이것 말고 다른 선택지가 없었다.

어쩌면 있을지도 모르겠지만 내 머릿속에 떠오르진 않았다.

그렇게 됐으니까 각오를 다지고 집 짓기 시작!

우선은 토대. 집을 지으려면 튼튼한 토대부터 만들어야 한다. 토대를 얼마나 잘 쌓느냐에 따라서 집의 완성도가 결정된다고 해도 과언이 아니었다.

때마침 토대로 쓰기 딱 적당한 바위가 여기에 있군!

내가 맨 처음 몸을 숨겼던 바위.

벽면에 바짝 붙어서 자리 잡은 위치도 좋았고 높이가 7미터쯤, 너비도 5미터 정도로 상당히 커다랬다.

이 바위를 토대로 삼아 조금씩 집을 확장시키도록 하자.

최근 며칠간 만들어놓은 집은 이 바위와 벽면의 사이, 그 공간을 옆으로 살짝 삐져나온 정도에 불과했다.

우선 바위의 바깥쪽과 벽 사이를 실로 둘러쳤다.

이어서 바위 꼭대기부터 벽을 향해 비스듬하게 위쪽으로 실을 갖다 붙였다.

그 실을 중심으로 바위와 벽을 이어 붙인다.

이걸로 토대는 완성이었다.

이다음은 조금씩 위쪽으로 집을 확장시키면 된다.

벌을 먹고 스태미나를 회복하면서 작업을 진행해나갔다.

도중에 몇 번쯤 벌 부대가 이쪽을 지그시 쳐다봤지만 역시 덮쳐들진 않았다.

이 정도는 아직 감시만 하고 넘어가 주는 범위였나 보다.

벌을 다 먹어치웠을 때 이날의 작업을 중단하고 잠자리에 들었다.

다섯째 날.

왠지 모르게 통증이 누그러진 기분이었다. HP는 여전히 6이었지만…….

회복이 되진 않았으니까 아마도 잠든 사이에 통각 경감 스킬이 올라갔나 보군.

통증이 적어지면 이렇게 편안했구나.

그동안도 고통 무효 덕분에 활동은 문제없었으나 역시 통증이 있고 없음은 기분 면에서도 차이가 컸다.

아니, 통증이 완전히 사라지지도 않았고 상처가 낫지도 않았지만 말이야. 어쨌든 많이 편해졌다고.

인간이었을 때는 이렇게 크게 다친 적 없었거든…….

지금까지 겪었던 가장 아픈 경험은 문 모서리에 새끼발가락을 부딪쳤을 때였지. 응, 진짜 아팠어.

하지만 등에 구멍이 뻥 뚫리는 것과는 비교도 안 되는구나.

기분이 한결 나아진 덕분에 작업도 순조롭게 진행됐다.

그러던 도중 낙오 벌이 가까이 접근했다.

하지만 부대도 제법 가까운 데 있는걸. 흠…….

이번에는 실험을 겸해서 낙오 벌을 한번 건드려볼까?

낙오 벌을 건드렸을 때 부대가 반응을 할지, 안 할지.

부대가 반응하면 거미집 깊숙이 곧바로 철수, 반응하지 않으면 그대로 쭉 가는 거고.

쿠모닝스타를 빙빙 돌렸다.

신중하게 잘 겨냥해서, 받아라!

앗, 맞았네.

어, 맞았다고? 진짜?

맞을 리 없다고 생각했는데 두 번 연속으로 명중했잖아.

나는 체력 측정에서 공 던지기를 해도 학년을 통틀어 최하위를 맴도는 결과밖에 못 냈었는데…….

아차, 놀라느라고 부대의 움직임을 깜빡 놓쳐버렸다.

부대는, 찾았다. 흠, 움직임 없음. 낙오 벌을 공격해도 역습하러

오지는 않는구나.

박정하다고 말할 수는 없으려나?

야생에서 살아가려면 이 정도 혹독함은 있어야 하는 걸까?

뭐, 어느 쪽이든 공격을 안 한다면 좋은 일이었다. 덕분에 거리끼지 않고 낙오 벌을 사냥할 수 있겠어.

포획한 벌을 희희낙락거리며 회수, 독니로 마무리했다.

낙오 벌을 몇 마리 더 사냥했을 때 문득 목소리가 들렸다.

《경험치가 일정 수치에 도달했습니다. 개체, 스몰 타라텍트가 LV 2에서 LV 3으로 성장했습니다.》

《각종 기초 능력치가 상승했습니다.》

《스킬 숙련도 레벨 업 보너스를 습득했습니다.》

《숙련도가 일정 수치에 도달했습니다. 스킬 〈강화 LV 1〉이 〈강화 LV 2〉로 성장했습니다.》

《숙련도가 일정 수치에 도달했습니다. 스킬 〈견고 LV 1〉이 〈견고 LV 2〉로 성장했습니다.》

《숙련도가 일정 수치에 도달했습니다. 스킬 〈과식 LV 1〉이 〈과식 LV 2〉로 성장했습니다.》

《스킬 포인트를 입수했습니다.》

기다리고 기다렸던 레벨 업의 순간이 왔다.

내 몸에서 껍질이 통째로 벗겨졌다.

등에 뚫린 커다란 구멍이 순식간에 아무는 과정은 뭐라 표현하지 못할 감각이었다.

《숙련도가 일정 수치에 도달했습니다. 스킬 〈HP 자동 회복 LV 1〉

을 획득했습니다.》

어? 진짜로?

오호라, 이건 예상 밖인걸.

그건 그렇고 레벨 업의 완전 회복도 자동 회복인 거야?

무지무지 기쁘지만 배부른 소리를 하자면 조금만 더 빨리 익히고 싶었는걸…….

그랬으면 이만큼 고생하지도 않았을 테고…….

아니, 그건 정말로 배부른 소리다.

지금은 어쨌든 레벨 업을 했고 생명의 위협이 떠나갔다는 것을 마냥 기뻐할 때였다.

실제로 HP가 줄어들기 시작해서 상당히 위태로웠다.

6이었던 HP가 5로 줄었을 때는 심장이 쿵 떨어지는 줄 알았지.

계속 천천히 줄어들었고 레벨 업 직전에는 3까지 줄었다.

정말 위험했다.

초조해지는 마음을 꾹 누르고 낙오 벌을 사냥하는 데 전념한 보람이 있었다.

낙오 벌 사냥은 순조롭다.

처음 예상과 달리 원거리에서 투척하는 쿠모닝스타 공격은 백발백중이었다.

깜짝 놀랐다. 이것도 거미 몸뚱이가 부리는 재주이려나?

게다가 자꾸자꾸 공격을 성공시킨 덕분인지 〈투척〉과 〈명중〉 스킬을 획득했다. 둘 모두 효과를 끌어올려 주는 스킬 같았다.

더욱이 이번 레벨 업을 하면서 스킬 레벨이 셋이나 올라갔다.

전부 효과가 아리송한 스킬이었지만 뭔가 숙련도가 쌓일 행동을 했으니까 레벨이 올라갔을 것이다. 또한 내가 깨닫지 못했을 뿐 어딘가에서 스킬의 덕을 보았을 가능성도 있었다.

스킬 레벨이 올랐다고 손해를 보진 않으니까 아마도 좋은 일이다. 과식은 살짝 불안하지만…….

집을 짓거나 낙오 벌을 사냥하면서 이리저리 쓸 일이 많았던 거미줄과 실부림도 레벨이 올랐다.

거미줄이 레벨 8이고 실부림은 레벨 5였다.

실부림은 생각 이상으로 쓸모가 많았다.

레벨 5가 되면서 조종할 때의 스피드와 정밀도가 꽤 좋아졌다. 이 스킬은 익히길 정말 잘했다.

통각 경감도 레벨 5까지 올라갔다. 덕분에 중간부터는 상당히 편했다.

통각 경감 스킬의 장점은 아픔을 느끼지 않는 건 물론이고, 아픔을 느끼지는 않지만 위험한 상태라는 느낌이 제대로 전해진다는 점이었다.

통증이라는 건 위기를 알리는 신호로서 분명한 의미를 지니고 있다.

그러한 신호가 약해지면 위기를 느끼는 감각 또한 둔해진다는 뜻이 되겠지만 이 스킬의 경우는 통증을 느끼지 않으면서도 상처의 깊이나 심각성 따위의 정보가 빠짐없이 전해졌다.

이건 감각적으로 깨닫는 정보라서 말로 표현하기가 어렵지만 상처에서 초조감이랄까, 뭐라고 해야 되지, 아무튼 통증하고는 분명히 다른 감각으로 똑똑히 전해졌다.

덕분에 통증 완화에 따른 단점이 생기진 않았다.

뭐, 아직 5레벨이라서 통증이 완전히 사라지는 것도 아니지만 말이야.

그러면 오랜만에 레벨 업도 했으니까 스테이터스가 얼마나 변화됐는지 확인해볼까?

〈스몰 타라텍트 LV 3, 이름 없음

스테이터스

HP: 38/38 (녹)	MP: 38/38 (청)
SP: 38/38 (황)	: 38/38 (적)
평균 공격 능력: 21	평균 방어 능력: 21
평균 마법 능력: 19	평균 저항 능력: 19
평균 속도 능력: 369	〉

오호, 오호라.

HP, MP, SP가 각각 2씩, 공격력과 방어력도 2씩, 마법과 저항력이 1씩 올랐구나.

그런데 속도야, 너는 뭐니? 전에는 분명히 348이었는데 21이나 올랐다고?

좀 이상하지 않아?

다른 능력치는 새싹처럼 비죽비죽 올라가는데 차이가 나도 너무 나지 않습니까요?

1레벨만큼 올라간 수치가 공격력이나 방어력 전체 수치랑 똑같다는 건 대체 어떻게 받아들여야 돼?

마법과 저항은 아예 1레벨의 상승치보다 낮은 꼴이니, 원……. 살짝 당황스럽다.

어쨌든 능력치가 심각하게 삐뚤어지긴 했지만 그냥 넘어가자. 이제 와서 뭘 새삼스럽게.

염원하던 레벨 업으로 몸도 완전히 회복됐으니 이제는 탈출을 위해 온 힘을 쏟아부을 일만 남았다.

아무래도 부상의 영향 때문에 작업이 늦어지는 건 별수 없었고 행동거지 하나하나에 신중을 기해야 됐으니까.

앞으로는 적당히 낙오 벌을 사냥하면서 스태미나를 확보하고 집을 쭉쭉 늘려나가자.

지금 집의 규모는 목표 지점의 4분의 1 정도까지 도달한 상태였다. 아직 갈 길이 멀었다.

벌도 아직은 적극적으로 나서려는 낌새가 아니었지만 언제까지 잠자코 지켜볼지는 모를 일이었다.

나중을 대비하자면 벌의 공격에 견딜 만한 강도를 유지하면서 집을 지어야 했다.

그렇긴 한데 이게 또 제법 만만치 않았다.

역시 지상에서 거미줄을 칠 때하고는 달랐다. 위로 뻗어나가면서 집을 짓다 보니, 물론 당연한 일이지만 높이가 조금씩 올라갈수록 작업 또한 점점 더 어려워졌다.

토대로 삼은 바위에다가 버팀목 역할로 세워놓은 두꺼운 실을 뻗쳐 올려야 했고, 그 버팀목을 고정시키려면 또 실로 꽁꽁 동여매서 보강을 해줘야 했다.

겨우 4분의 1인데 이 모양이었다. 더 위로 올라갈수록 작업은 훨씬 더 많이 막막해질 것이다.

그래도 어떻게든 해내야 한다.

언제 또 지룡이 훌쩍 나타날지 누가 알겠어.

그 전에 무슨 수를 써서라도 이곳을 탈출하고 싶었다.

최악의 경우는 집 짓기를 포기하고 스피드에 모든 걸 떠맡긴 채 강행 돌파를 해야 될지도 모른다.

지극히 무모한 방법이었지만 만약 이대로 있다간 무조건 죽겠다 싶을 때에는 억지로 감행할 수밖에 없다.

그렇게 되지 않도록 지금은 열심히 집을 지어야겠다.

마침내 이 순간이 왔다.

〈핀지고어트 LV 6, 스테이터스 감정에 실패했습니다〉

〈핀지고어트 LV 4, 스테이터스 감정에 실패했습니다〉

〈핀지고어트 LV 5, 스테이터스 감정에 실패했습니다〉

〈핀지고어트 LV 5, 스테이터스 감정에 실패했습니다〉

〈하이 핀지고어트 LV 1, 스테이터스 감정에 실패했습니다〉

바로 앞의 상공에 벌 부대가 하나 날아다니고 있었다.

평소의 감시와는 분위기가 눈에 띄게 달랐다. 이쪽을 적으로 간주하고 전투를 벌일 작정이었다.

집의 높이가 목표 지점까지 절반쯤 다다랐을 때였다.

그때쯤부터 벌의 낌새가 조금씩 변하는가 싶었는데 아마 상대편도 더 이상 방치할 수 없다고 결정을 내린 모양이었다.

그렇다고는 하지만 아직은 한 부대뿐.

얕보인 걸까? 아니면 얘네는 정찰 나온 선발대일까?

어쨌든 고작 부대 하나로 집을 건설한 내게 이길 생각은 버리게나.

쿠모닝스타를 쥐었다.

가로세로 촘촘하게 벽을 세웠지만 내부에서 쿠모닝스타를 집어 던질 정도의 빈틈은 남겨놓았다.

물론 몸길이가 2미터 50센티미터쯤 나가는 벌이 침입할 수 있을 만한 크기의 틈은 아니었다.

상대는 거미그물을 돌파하지 못할 테지만 이쪽은 내부에서 마음껏 공격 가능.

뭐, 저쪽도 언제든 날아서 도망칠 수 있으니까 비슷비슷하지만…….

레벨 5짜리 두 마리가 돌격했다.

흥. 두 마리가 동시에 돌격한들 내 집은 꿈쩍도 안 한다.

거미줄 스킬 레벨은 8. 저레벨이었을 때조차 경이로운 내구력을 자랑했거늘 레벨이 훌쩍 뛰어오른 지금은 비교를 불허할 정도로 견고했다.

아니나 다를까, 집의 겉면으로 몸을 부닥친 벌 두 마리는 꿈쩍도 안 하는 실에 그대로 얽혀버리고 말았다. 저 큼직한 몸으로 상당한 스피드까지 실어서 돌진 공격을 시도했는데도 불구하고 내 집은 전혀 대미지를 받지 않았다. 문자 그대로 꿈쩍 흔들리지도 않았다.

내가 집을 지으면서 사방팔방 둘러친 실은 터무니없는 내구력은 물론이고 충격을 흡수하는 고무처럼 탄성까지 지니고 있었다. 일정 이상의 부하를 받으면 실이 튕기면서 충격을 흘려보낸다.

벌의 돌진 공격은 그에 이르지도 못했다. 결국은 그저 그런 수준이었을 뿐 충격을 흘려보낼 필요도 없었다. 최대한의 공격력을 발휘하고도 실의 내구력에 제대로 된 충격조차 가하지 못한 셈이었다.

딱히 벌의 돌진 공격이 허술해서는 아니었다.

관찰하면서 알아낸 사실인데 이러니저러니 해도 벌은 꽤 강한 축이었다.

벌이 가지고 돌아오는 마물 중에는 그 난폭한 뱀까지 포함될 정도였다.

공중에서 일방적으로 가하는 공격, 독침 공격, 타고난 거구로 쏟아내는 공격.

전부 다 무시 못 할 위협이었다.

상공을 날아다니면 어지간한 공격은 닿지도 않는 까닭에 일방적으로 선제공격을 가할 수 있다.

뭐, 그래서 더더욱 대공 공격에는 취약해지는 셈이지.

쿠모닝스타가 백발백중으로 들어맞는 이유도 공중에서 공격받는 상황을 경계한 적이 없어서겠지.

설명한 대로 벌은 평범하게 싸우면 꽤 강적이다. 그렇다, 평범하게 싸우면 말이야.

내 비장의 무기, 마이 홈은 평범하지 않았다.

평범하지 않은 방어력, 평범하지 않은 구속력, 평범하지 않은 농성 전투력.

분명히 벌은 이런 전술을 본 적도 없을 거야.

거미라는 생물이 보유한 최강 최종 무기를 인간의 두뇌로 운용하고 있으니까.

돌진 공격을 시도했다가 그대로 집에 붙들린 두 마리는 방치한다.

아직 사태를 제대로 인식하지 못한 나머지 세 마리를 향해서 쿠모닝스타를 집어 던졌다.

쿠모닝스타를 피하려고도 하지 않고 가만히 얻어맞는 대장 벌.

노리려면 우선 머리부터 노리란 거지.

제대로 때려 맞힌 대장 벌의 몸체는 원심력과 낙하력을 활용해서 거미집 아래쪽으로 내동댕이쳤다.

이걸로 대장 제거는 완료.

나머지 두 마리는 대장이 당해버리자 어쩔 줄 몰라 하면서 제자리에 못 박혀 있었다.

딱 좋은 표적인데?

먼저 레벨이 높은 녀석부터 쿠모닝스타로 처리했다.

그때 마지막으로 남았던 벌이 간신히 정신을 차렸지만 그다음 취한 행동은 지나치게 허술했다.

일발 역전을 노렸던 것인지 잘은 모르겠지만 나를 목표로 돌진 공격을 감행한 것이다.

방금 두 마리가 어떻게 당했는지 못 봤던 걸까?

어쨌든 저런 식의 막무가내 공격은 물론 내 근처에도 오지 못했다. 거미그물로 격돌한 마지막 한 마리 역시 속절없이 움직임을 멈췄을 뿐.

싱거웠다.

구덩이로 떨어졌을 때는 그토록 무서웠던 벌 떼가 집을 지은 내게는 속수무책이었다.

돌진 공격을 당한 집이 꿈쩍도 하지 않았다는 점을 생각하면 벌이 얼마나 몰려오든 간에 내게는 손도 대지 못할 것이다.

집의 방어력이 그만큼 높다는 사실이 증명됐다.

벌이 지닌 공격력에 비하면 집의 방어력은 높아도 너무 높았다.

상상 속에서는 벌이 공격에 나서면 쉽사리 돌파당하진 않겠지만 수리가 필요할 정도의 대미지는 받을 것이라고 생각했는데…….

상공에는 아직도 백을 훌쩍 넘는 숫자의 벌이 어지럽게 날아다니고 있었다.

처음에는 저 많은 벌을 보고 다수의 폭력에 공포를 느꼈다. 하지만 쟤들이 뭘 어쩌든 간에 집을 뚫고 들어오지 못한다는 사실이 증명된 지금은 상황이 달라졌다.

설령 몇백, 아니, 몇천 마리가 덤벼들어도 집을 돌파하지 못하면 내게 침을 꽂아 넣을 수 없다.

이러면 탈출에 성공하는 앞날이 보이기 시작한 셈이었다.

나는 포획한 벌에게 독니를 박기 위해서 기분 좋게 행동을 개시했다.

처음 한 부대를 무난하게 격퇴한 다음부터는 벌 떼가 끊임없이 습격에 나섰다.

두 번째로 온 부대를 별 탈 없이 전멸시키는 데 성공했지만 그다음이 문제였다.

동시에 복수의 부대가 덮쳐들면서 형국이 변했다.

치사한 놈들.

아니, 벌의 입장으로 보자면 올바른 판단이지만 말야.

막상 공격받는 쪽으로선 자꾸 한꺼번에 오면 좀 그렇거든.

그야 집 안이 안전하기는 하지만, 그래도 시각적으로 압박감이 장난 아니에요.

그게 말이죠, 자나 깨나 주변에서 거대한 벌이 붕붕 날아다니는 상황은 대체 뭐라고 해야 되죠?

한숨을 쉬면서 주위를 둘러봤다. 어딜 쳐다봐도 벌, 벌, 벌.

어휴, 너희들 대체 뭐니?

이만큼 잔뜩 모여서 붕붕 날아다니면 날갯짓 소리도 그야말로 소음 공해거든?

무지무지 시끄러워. 시끄러워서 잠을 못 자.

게다가 이만한 숫자면 해치워도 일일이 다 먹을 수가 없단 말이야.

과식 스킬의 효과인지 위장이 그전보다 커진 것 같지만 그래도 한계라는 게 있잖아.

안 그래도 한 마리 한 마리가 큼지막한데 그런 애들이 네댓 마리씩 한꺼번에 잡혀 들어오는 판국이니, 원…….

덕분에 과식 스킬이 레벨 3까지 올라버렸고.

가장 곤란한 건 벌을 상대하느라 바빠서 집을 확장시키는 작업이 지지부진하다는 점이었다.

나의 첫 번째 목적은 탈출이지, 벌 사냥이 아니거든…….

그런데 벌이 쉴 새 없이 덤벼드니까 공사가 진행되질 않잖아.

이제 식량 확보는 차고 넘치도록 해놨으니까 저쪽에서 먼저 공격만 안 하면 내버려 두고 싶은데…….

뭐, 내 사정을 저쪽에서 알아줄 리 없지만 말이야.

계속 습격받더라도 어떻게든 짬을 내서 조금씩 조금씩 올라갈 수밖에 없으려나?

이렇게 경계를 당하는 상황에서 집 밖으로 나가는 건 자살행위고, 전에 한 번 속도를 믿고 강행 돌파라도 해볼까 생각했지만 역시 무리겠는걸.

아무리 내 스피드가 369에 이른다 해도 수직으로 솟구친 벽에서는 제힘을 다 발휘하지 못할 테고, 올라가다가 벌한테 붙들려서 푹 찔리는 미래가 훤히 보이는구나.

어휴, 쳇.

여기서 자꾸 우물쭈물하고 싶진 않은데…….

언제 또 지룡이 훌쩍 나타날지 모르는 거고.

지룡이, 훌쩍?

불현듯 무시무시한 오한이 엄습했다.

이게 뭐지?

위험해위험해위험해위험해위험해위험해위험해위험해!!!

보고 싶지 않아.

보고 싶지 않지만, 그래도 봐야 해.

〈지룡 아라바 LV 31, 스테이터스 감정에 실패했습니다〉

두려워했던 녀석이 나타났다.

게다가 시선은 틀림없이 내 집을 포착하고 있었다.

어, 어떡하지?

아니, 어쩔 도리가 없는걸.

대체 뭘 어떻게 하겠어.

저걸 상대로 뭘 어쩌라는 거야.

나는 제발 못 보고 지나가 달라며 기도하는 것 말고는 아무것도 하지 못했다.

그런 소망도 덧없이 허물어졌다.

지룡이 커다랗게 입을 벌린다.

용이 가진 최대의 무기는 세상 모두가 알고 있듯 브레스 공격이었다.

굉음이 울려 퍼졌다.

폭풍이 소용돌이쳤다.

파괴의 회오리가 불어닥쳤다.

무슨 일이 일어난 건지 정확하게는 알지 못했다.

모르겠지만, 이것만은 분명했다.

내 집이 토대로 삼았던 커다란 바위째로 소거됐다.

바위는 물론이고 뒤쪽의 벽까지 커다랗게 파여 나갔다.

폭심지로부터 떨어진 벽에도 또렷하게 균열이 그어졌다.

그 선을 따라서 쪼개진 암석이 쾅쾅 떨어졌다.

문자 그대로 붕괴.

내 집은 일격으로 절반 이상이 날아가 버렸다.

남아 있는 상부도 붕괴되는 벽에 휘말려 부서졌다.

나 또한 그 상부에 있었다.

아마도 브레스로 짐작되는 공격에 곧장 휩쓸리는 꼴은 피한 듯했다.

주변의 거미그물과 함께 추락했다.

아무것도 못 하고 그대로 지면을 굴렀다.

아프다.

HP가 와장창 깎여 나갔다.

하지만 아직 살아 있다.

살아는 있지만 어찌 될지 알 수 없었다.

전부 지룡의 기분에 달렸다.

나는 거미실로 짜낸 그물을 뒤덮고 있었다.

이건 차라리 운이 좋은 건지도 모르겠다.

실 뭉텅이에 가려진 내 몸은 바깥에선 보이지 않는다.

떨어지는 바위에 곧장 깔려버리지도 않았다.

이대로 계속 숨어 있으면 못 보고 지나가 줄지도 모른다.

한 줄기 희망에 의지해서 숨을 죽였다.

공포로 떨리는 몸을 간신히 억눌렀다.

《숙련도가 일정 수치에 도달했습니다. 스킬 〈공포 내성 LV 1〉을 획득했습니다.》

떨림이 약간 가라앉았다.

그래도 무섭다.

떨리는 몸을 주체하지 못했다.

무서워무서워무서워무서워무서워무서워무서워무서워!

《숙련도가 일정 수치에 도달했습니다. 스킬 〈은밀 LV 2〉가 〈은밀

LV 3〉으로 성장했습니다.》

《숙련도가 일정 수치에 도달했습니다. 스킬 〈공포 내성 LV 1〉이 〈공포 내성 LV 2〉로 성장했습니다.》

《숙련도가 일정 수치에 도달했습니다. 스킬 〈은밀 LV 3〉이 〈은밀 LV 4〉로 성장했습니다.》

《숙련도가 일정 수치에 도달했습니다. 스킬 〈공포 내성 LV 2〉가 〈공포 내성 LV 3〉으로 성장했습니다.》

《숙련도가 일정 수치에 도달했습니다. 스킬 〈HP 자동 회복 LV 1〉이 〈HP 자동 회복 LV 2〉로 성장했습니다.》

《숙련도가 일정 수치에 도달했습니다. 스킬 〈공포 내성 LV 3〉이 〈공포 내성 LV 4〉로 성장했습니다.》

《숙련도가 일정 수치에 도달했습니다. 스킬 〈은밀 LV 4〉가 〈은밀 LV 5〉로 성장했습니다.》

《숙련도가 일정 수치에 도달했습니다. 스킬 〈공포 내성 LV 4〉가 〈공포 내성 LV 5〉로 성장했습니다.》

언제까지 그렇게 몸을 떨고 있었을까. 하늘의 목소리(일단은)가 내 의식을 현실로 되돌려놓았다.

어쩌면 떨고 있는 동안 단숨에 성장한 공포 내성 덕분일지도 모르겠다.

어느 정도의 시간을 숨어 있었는지 가늠이 되지 않았다.

스킬 레벨이 잔뜩 올라간 걸 보면 상당히 오랫동안 숨을 죽이고 있었나 보다.

스테미나의 감소 정도로 시간을 짐작할 수도 있을 것 같았지만 어떤 이유인지 스테미나가 줄지 않았다.

나는 실부림으로 몸에 달라붙은 실을 떼어냈다.

천천히 실 뭉텅이 밖으로 기어 나왔다.

지룡은 더 이상 보이지 않는다.

나는 살았다.

S6. 훈련

나는 카티아와 함께 널브러져 있었다.

방금 전까지 둘이서 스킬 레벨을 올리기 위해 운동장에서 땀을 흘렸기 때문이었다.

음, 아니, 정확하게는 페이를 포함해서 둘하고 한 마리구나.

지금은 운동을 마치고 꽃이 보이는 정원에서 이렇게 휴식을 취하는 중이었다.

"아아, 힘들어. 마력 관련 능력치는 꽤 올랐지만 신체 능력은 별로 안 높으니까 말이지."

오늘은 스우가 없는 덕분에 카티아는 일본어로 말했다.

"그렇긴 하지. 하지만 그래도 전세보다는 운동 신경도 꽤 괜찮고, 훈련을 하면 하는 만큼 착실히 성장한다는 게 좋잖아."

"맞아, 그건 동감이야. 학교에 다닐 때는 마라톤 대회를 대체 왜 하냐고 생각했었는데, 여기에서는 달리면 달리는 만큼 지구력이 올라가잖냐."

스킬도 그렇지만 이 세계에서는 훈련을 하면 하는 만큼 스테이터스가 성장했다.

레벨 업을 하지 못하는 지금 상황에서는 스테이터스를 올리려면 착실하게 훈련하는 수밖에 없었다.

하지만 착실히 훈련하면 확실하게 강해질 수 있다.

힘든 훈련을 하면서도 흘린 땀방울 전부가 피가 되고 살이 된다고 생각하면 의욕이 샘솟기 마련이었다.

『여자애가 됐어도 속은 남자애구나. 나는 그렇게 아득바득 훈련하고 싶지 않아.』

"말은 그러면서도 훈련하잖아."

『싫어도 해야 된단 말이야.』

"뭣 때문에?"

『그게 말이야, 내가 아직 알 속에 있을 때였거든? 게다가 그리 성장하지 않았을 때의 기억 같은데. 있잖아, 나 죽을 뻔했었어.』

"뭐? 그런 소리는 처음 듣는데?"

『그야 그렇겠지. 말 안 했는걸.』

"어쩌다가 그랬어?"

『그게, 내가 엘로 대미궁인가 하는 던전에 있다가 나온 건 알지? 그때 있었던 일인데 말이야, 나 정말로 큰일 났었어. 세상에, 거미형 마물의 집으로 흘러들어 갔다가 잡아먹힐 뻔했다더라.』

"진짜냐?!"

『진짜야. 다행히 그 거미형 마물은 힘이 약한 종족이었는지 껍질을 못 깨고 그냥 방치했었다나 봐.』

"으아, 그야말로 위기일발이었네."

"까딱 잘못됐으면 태어나기도 전에 죽어버렸다는 건가?"

『응. 이 세계는 일본이랑 달라서 덜컥 죽어버리는 일도 드물지 않으니까 평소에 노력해서 강해져야 돼. 게다가 나는 진화도 해야 된단 말이야.』

진화. 그것은 마물이 레벨 등의 조건을 충족시켰을 때 발생한다.

진화하면 스테이터스가 상승하고 겉모습이 바뀌는 경우도 많았다.

『안나 씨가 말했잖니? 나는 지금 이대로 진화를 하지 못하면 10년 정도 있다가 죽어버린다고…….』

페이의 지금 종족은 엘로 코리프트라는 마물인데 수명이 짧았다.

수명을 연장시키려면 진화를 해야 된다. 그리고 진화를 하려면 다른 마물을 쓰러뜨려서 레벨을 올려야 한다.

마물을 쓰러뜨리려면 그에 걸맞은 실력이 필요했다.

페이에게는 우리와 달리 강해져야 하는 명확한 이유가 있었다. 그래서 우리가 훈련을 할 때면 이렇게 자발적으로 참가하곤 했다.

"어때? 좀 올랐냐?"

"순발력, 지구력, 강화, 견고, 질주. 전부 레벨 8까지 올랐군."

나는 손에 든 감정석으로 자신의 스테이터스를 확인했다.

이것은 카티아가 속한 공작가에서 보유하는 레벨 9짜리 감정석이었다.

어떤 나라에서는 국보로 지정될 만한 귀중품이지만 카티아는 아무렇지도 않게 공작가 바깥으로 들고 나왔다.

공작가가 너무 허술하지 않느냐는 생각에 조금 찜찜했지만 편리하니까 고맙게 써야겠다.

"역시 너, 스킬 레벨 오르는 속도가 빠르잖아. 이게 재능의 차이인가?"

카티아가 분한 기색으로 투덜거렸다.

실제로 똑같이 땀을 흘렸는데도 나와 카티아는 스킬 레벨 업 속도가 달랐다.

이 세계에서는 노력을 하면 누구나 그만큼 강해질 수 있지만 속도는 제각각이다.

그것을 두고 재능의 차이라고 일컬었다.

"나도 공작가에서는 역대 최고의 천재 소리를 듣는데 말이다. 그런 내가 이렇게까지 뒤처지는 건 대체 뭐냐고. 무슨 치트라도 쓴 거냐?"

『나한테도 그 재능 조금만 나눠줄래?』

원망스럽게 쳐다보는 카티아와 페이의 시선을 외면했다.

나한테 그런 소리를 한들 뭘 어떻게 해줄 수도 없는데.

카티아도 페이도 스킬은 순조롭게 성장 중이지만 내게 미치진 못했다.

무슨 까닭인지 페이한테는 화염 내성과 석화 내성 스킬이 있어서 오히려 부러웠는데 말이야.

하지만 이 말을 했다간 화낼테니 가만히 있어야겠다.

"그러고 보니 너 말이다, 스킬 포인트는 써봤냐?"

"아니, 쓰려다가 못 쓴 적은 있었는데 결국은 다 놔뒀어."

『앗, 나도 그랬어. 뭐랄까, 정말 꼭 필요할 때를 위해서 간직하고 싶어지더라.』

스킬 포인트는 소비함으로써 새로운 스킬을 익히거나 숙련도를 올릴 수 있는 포인트를 가리키는 말이었다.

보통은 포인트 없이 태어나는 데 반해서 나와 카티아와 페이는 전생 특전인지, 태어날 때부터 스킬 포인트를 가지고 있었다.

"잔고가 10만 포인트? 치트도 모자라 부르주아 자식일세."

"내가 뭘 잘못했다고?!"

아니, 정말 어쩌다 보니까 쓸 기회를 놓쳐버렸을 뿐이다.

처음에는 마법 스킬을 배워볼까 생각했었는데 안나가 마법은 사용하지 말라고 당부하는 바람에 그만뒀다.

안나도 설마 나한테 스킬 포인트가 있을 줄은 생각도 못 했겠지만, 그렇다고 말도 없이 스킬을 배우는 건 어쩐지 배신하는 것 같아서 하지 못했다.

그 이후로는 스킬 포인트를 사용할 마음이 들지 않았었다.

"그럼 카티아랑 페이는 써본 거야?"

『나는 염화로 100포인트 쓴 게 전부야.』

"카티아는?"

"……딱 1000포인트."

카티아는 분명 5만 포인트를 가지고 있었다.

먼저 얘기를 꺼낸 만큼 틀림없이 잔뜩 써댔을 줄 알았는데 거의 사용하지 않았다.

"뭘 배웠는데?"

"……묵비권을 행사한다."

"응? 왜 그래, 괜찮으니까 말해봐."

"……절대로 웃지 마라?"

"안 웃을 테니까 말하라고."

『괜찮아. 깔깔 웃어줄 준비 다 됐어.』

"뭘 또 준비까지 하냐?! 어휴, 알았어. 감정이야."

장담한 대로 웃지는 않았지만 내 얼굴에서는 얼떨떨함이 고스란히 묻어났을 것이다.

무의식중에 페이와 마주 보면서 고개를 갸웃거렸다.

감정이라면 습득해선 안 되는 스킬의 대명사였다.

그런 스킬을 어떤 이유로 습득한 건지 도리어 신경 쓰였다.

"감정을 왜 익혔는데?"

"전생했으면 싹 다 감정부터 하는 게 소설의 정석이잖냐. 또 뭐냐, 이세계에서 정보 수집이 좀 힘들어? 그러니까 소설 같은 데서도 그때부터 감정 무쌍을 찍는 거지. 나도 그걸 본받으려고……."

"아니, 그래도 말이야. 감정은 꽝 스킬의 선두 주자잖아. 그걸 알면서 왜 하필 감정을 익힌 거야?"

"거참, 답답하네! 내가 감정을 배운 건 아무것도 모르는 갓난아기 때였다고! 막 전생해서 깜깜무식이었다니까? 그럼 당연히 정보가 절실하지 않겠냐? 그래서 감정 스킬을 떠올렸는데 때마침 신언이 들리네? 이쯤 되면 얼떨결에 배울 만도 하잖아!"

일단은 납득이 되는 사연이었다.

확실히 갓난아기였을 때는 나 역시 영문을 알 수가 없어서 몹시 불안에 시달렸던 기억이 난다.

주변 사람들이 대화를 나누면 말을 못 알아듣는 만큼 괜히 더 속을 태웠었다.

그런 상황에서 일본어로 말을 건네는 신언이 들려오면 의지하고 싶을 것이다.

"아무튼 간에 감정은 역시 꽝이었어?"

"그래, 이런 꽝이 없더라. 레벨 낮을 땐 전혀 쓸모가 없지, 쓸 때마다 두통이 나지, 게다가 한 번 감정한 대상은 한참 기다려야 다시 숙련도를 주니까 레벨 업도 까다롭다고. 틈날 때마다 꽤 열심히 올렸는데 아직도 레벨이 4밖에 안 됐다니까? 이제는 반쯤 포기했어."

듣기만 해도 힘이 쭉 빠지는 기분이었다.

나는 감정석을 손에 든 채 스킬 포인트 항목을 다시 감정했다.

그러자 습득 가능한 스킬의 목록이 필요한 포인트와 함께 표시됐다.

그중 감정은 어디에 있으려나, 찾았다.

"음, 나는 감정 100포인트로 익힐 수 있네."

"어? 진짜?"

100포인트는 스킬을 습득할 수 있는 최저 포인트였다.

100포인트로 습득이 가능한 스킬은 그만큼 효과가 낮은 스킬이거나 대단히 상성이 좋은 스킬이거나 둘 중 하나였다.

감정은 카티아가 1000포인트를 썼다는 데서 알 수 있듯 효과가 떨어진다고 보긴 어려웠다.

저레벨일 때는 확실히 별 효과가 없지만 고레벨로 올라서면 상당히 유용한 스킬이다.

그렇다면 나는 감정하고 상성이 무척 좋다는 뜻이었다.

나는 꽤 망설인 끝에 감정을 습득했다.

소지 포인트가 99900으로 줄어들었다.

"감정 배웠어."

"어? 진짜?"

카티아가 방금 전과 완전히 똑같이 되물었다.

"후회해도 난 모른다?"

"뭐, 그때 가서 후회하면 되지. 포인트도 잔뜩 있는데."

『~~충동구~~매 좋아하는 남자는 인기 없다더라.』

음, 나머지 포인트는 꼭 필요할 때를 위해서 잘 아껴놓자.

10. 하층 공략

살아남았다.

나는 꾸밈없이 기쁨을 음미했다. 살아 있다고. 그야말로 가슴 벅차는 순간이었다.

그러나 한편으로는 절망을 앞에 두고 천천히 마음을 좀먹히고 있었다.

이제 어떡하지?

집은 파괴됐다. 철두철미하게 파괴당했다.

힐끗, 브레스로 짐작되는 공격이 적중한 자리를 쳐다봤다.

이전과는 달리 벽면에 거대한 크레이터가 생겨났다.

하하.

참 이상하구나.

왜 벽에 크레이터가 생기는 걸까?

크레이터는 운석처럼 거대한 뭔가가 지면으로 충돌하면서 생기는 거잖아?

수직으로 솟은 벽에 왜 그런 게 생겼을까?

게다가 이따만한 바위를 관통했는데 뭐가 저리 커?

참 이상하구나.

아무런 방비도 없이 우두커니 있는데 벌이 덤벼들지 않는다. 재들도 지룡을 보고 겁을 집어먹었나 보다. 그만큼 끔찍한 존재이긴 하지. 당연히 무서웠을 거야. 나도 무서운걸.

정말 앞으로 어떡하지?

벌을 돌파해서 원래 있던 통로로 돌아갈 순 있다.

단 지룡을 무시했을 때의 이야기지만…….

이번에는 운 좋게 살아남았다.

하지만 또 한 번 같은 일이 일어나면 그때는 절대로 살아남지 못할 것이다.

지룡의 행동에서는 내 집을 거슬리는 대상으로 인식하고 있다는 낌새가 분명하게 묻어났다.

즉 또다시 집을 지으려고 했다간 지룡의 눈 밖에 날 가능성이 높은 셈이다.

그러니까 집을 지을 순 없었다.

아니, 무서워서 엄두가 나지 않는다.

이미 내 마음은 푹 꺾여버렸다.

지룡의 역린을 건드릴만한 행동을 하고 싶진 않았다.

설령 전부 다 나만의 착각일 뿐, 지룡이 내 집을 파괴한 것은 사실 별다른 의미가 없었다 할지라도…….

그만큼 거대한 존재였다. 살짝 거슬렸다는 이유만으로 공격했을 가능성이 없지는 않았다.

하지만 연약한 내게는 어느 쪽이든 마찬가지의 결과였다.

지룡과 마주치면 죽는다. 그게 전부다.

나는 두 번에 걸친 위기를 회피하는 데 성공했다.

두 번이나 행운이 따랐다.

하지만 행운이 전부였다고 생각하진 않는다.

지룡은 분명 압도적인 존재이지만 내가 숨어 있었다는 사실은 알아차리지 못한 것이 아닐까?

아마도 맞을 거다. 맞았으면 좋겠다. 아니, 맞아야 한다. 그렇지 않으면 의지할 수단이 아예 사라진다.

내가 살아남을 유일한 방법.

죽을힘을 다해 숨어 다니면서 어떻게든 지룡의 생활권 밖으로 탈출한다. 그게 전부였다.

믿을 것이라고는 은밀 스킬뿐.

획득했을 때는 별 도움이 안 되겠다고만 생각했는데 지금은 하나뿐인 구명줄이었다.

스킬 레벨은 5. 솔직히 불안감이 적지 않았다. 그래도 할 수밖에 없다.

나는 결의를 다졌다.

지면을 관찰한다. 지룡의 발자국이 당당하게 남아 있었다. 지룡의 발자국이 향한 곳을 바라봤다.

외길로 뻗은 커다란 통로가 보였다. 저리로 가면 지룡이 있다. 생각만 해도 긴장됐다.

나는 지룡이 향한 통로와 반대 방향으로 나아갔다.

당연했다. 무슨 꼴을 당하려고 지룡을 따라가겠어.

지금 가는 길이 어디로 이어지는지도 알지 못했다.

사실은 어떻게든 정신을 추스르고 다시 절벽을 기어오르는 방법이 더 좋지 않겠느냐는 생각을 했었다.

그래도 역시 무리였다.

논리가 아니라 마음에 거부당했다.

천천히 신중하게 몸을 숨기면서 나아간다. 궁극의 위장 아이템인 골판지 상자가 있으면 좋을 텐데.

후유. 조금은 기분이 진정된 것 같아.

그러고 보니 추락했을 때 HP가 상당히 깎였는데 지금은 전부 회복됐구나.

HP 자동 회복 덕분이겠네.

탐지 대신 여기에다가 스킬 포인트를 쓸 걸 그랬다.

뭐, 결국은 자력으로 습득했으니까 다행이지만 말이야.

방금 전에는 마음에 별로 여유가 없어서 확인을 못 했는데 어느 정도의 속도로 회복되는 걸까?

물론 스킬 레벨이 낮으니까 아주 빠르게 회복되진 않겠지만 자잘한 부상은 그냥 내버려 둬도 괜찮겠구나.

맞아, 또 신경 쓰이는 것이 있었지. 붉은색 종합 스태미나, 즉 SP가 줄어들지 않았다.

어째서일까?

지금까지는 이런 적이 없었다. 뭔가 조건을 충족시켰으니까 안 줄었겠지만 그게 뭔지 잘 모르겠다.

설마 싶긴 하지만 실제로는 줄었는데도 버그 때문에 표시로만 안 줄어든 것처럼 보이는 건 아니겠지?

좀 싫다. 스태미나가 갑자기 바닥나서 못 움직이면 어쩌라고…….

응? 물론 감정 씨는 믿어. 하면 잘하는 아이라고 믿고 있는걸? 믿긴 하지만 지금까지 저지른 짓을 생각하면……. 정말로 믿는다니까?

그나저나 지금쯤이면 감정도 스킬 레벨이 오를 때가 됐는데.

저번에 오르고 많은 시간이 흘렀고 감정은 계속 사용했다.

6으로 올랐을 때 보여준 대활약을 떠올리면 다음 레벨 업에도 기대감이 생긴다.

이제 슬슬 스킬 정보라든지 표시해주면 굉장히 고마울 텐데 말이야.

스킬 효과를 모른 채로 지내는 것도 꽤 답답해졌거든.

게다가 효과를 정확히 알면 지금의 상황을 뒤집어놓을 방책이 나올지도 모르잖아.

기대감이 조금 지나친 것 같지만 조금이라도 지금 상황을 호전시켜주면 좋겠다.

이런 절망적인 상황에서 탈출하려면 조금이라도 플러스 요소가 필요했다.

혹시 적의 위치 정보를 알려주는 스킬은 없으려나?

그런 스킬이 있으면 지룡의 위치를 계속 확인하면서 이동할 텐데.

탐지를 쓸 수 있으면 좋겠지만 별 도움이 안 되고…….

지도도 갖고 싶었다.

이 길이 정말 안전한 장소로 이어지는지도 알 수가 없다.

어쩌면 훨씬 위험한 지대로 덜컥 진입할 가능성도 있었다.

그럼 죽으려나?

아무튼 지금은 내 악운을 믿을 수밖에 없겠네.

제발 이 길이 지금보다 안전한 장소로 이어져 있기를…….

지금 나아가고 있는 길은 상당히 넓었다.

뭐, 몸길이가 2미터 50센티미터나 되는 벌이 자유롭게 날아다니고, 몸길이가 5미터는 넘을 것 같은 거대 사마귀가 종횡무진 휘젓고 돌아다닐 만큼 넓었다.

〈엘로 그래시가드 LV 7, 스테이터스 감정에 실패했습니다〉

거대 사마귀는 벌이 떼 지어 몰려들자 양손의 낫으로 반격했다. 평범한 사마귀와 달리 팔이 여섯 개나 달려서 마치 아수라 같았다.

벌은 공중 공격을 시도했지만 낫의 공격 범위 안쪽으로는 좀처럼 파고들지 못한 까닭에 전황은 교착 상태였다.

나는 양쪽의 전투를 바위 그늘에 숨어서 관찰했다. 둘 다 숨어 있는 나를 알아차린 낌새는 없었다.

은밀 스킬은 내 예상보다 뛰어난 효과를 발휘해주었다.

몰래 지켜보면서 이번에도 감정을 했다.

〈엘로 그래시가드: 엘로 대미궁 하층에 서식하는 사마귀형 마물. 낫으로 구사하는 강력한 물리 공격이 특기다〉

앗, 벌 한 마리가 낫에 두 동강 났다.

우아, 일격으로 두 동강이라니 엄청나게 예리하구나.

저렇게 예리하면 내 거미줄까지 잘라낼지도 모르겠는걸.

뭐, 내가 있는 줄은 모르는 것 같으니까 살그머니 쓱 지나치도록 하자.

그건 그렇고 감정 결과에 또 무시 못 할 단어가 나왔다.

〈엘로 대미궁 하층: 엘로 대미궁의 중층과 최하층 사이에 위치하는 지대. 강력한 마물이 다수 서식한다〉

와, 그렇구나. 여긴 하층이구나. 여기서 더 아래가 있구나.

강력한 마물이 잔뜩 있구나. ……알고 싶지 않았다.

그나저나 이곳이 최하층일 것이라고 생각했는데 더 아래가 있는 듯했다.

최하층은 어떤 곳이려나? 아무리 생각해도 초강력한 마물이 북적거리는 광경밖에 떠오르지 않았다.

어쨌든 간에 세계 최대 미궁의 최하층이잖아.

던전은 원래 아래로 내려가면 갈수록 적이 강해지는 법이고, 지금 있는 하층을 강력한 마물이 가득한 장소로 본다면 딱히 잘못된 상상은 아닐 것 같다.

지룡 클래스의 괴물이 아무 데서나 굴러다닌다든가? 상상만 해도 오싹오싹했다.

그건 그렇고 기분이 참 묘하다.

짐작이긴 한데 내가 원래 있었던 곳은 아마도 상층이었겠지?

인간이 드나들기도 했으니까 지상하고 이어져 있었을 거야.

그렇다면 출구가 의외로 가까운 데 있었을지도?

끙, 지금은 어느 쪽이든 상관없겠구나.

어차피 하층부터 탈출을 해야 되는 상황이니까.

하층을 탈출해도 중층이 사이에 있고 말이야.

애초에 이 길이 중층으로 이어지기는 하는지도 모르고. 최하층에 가는 건 사양하고 싶은데.

앗, 또 벌이 한 마리 당했다. 이래선 벌이 지겠는걸?

사마귀 꽤 세구나. 어쩌면 뱀보다 훨씬 세지 않을까?

이상한걸. 내 머릿속에서는 뱀이 분명히 보스 캐릭터였는데 말이야.

지룡이랑 비교하면 한참 모자라긴 하지만 사마귀도 제법 강하지 않아?

내가 매겨놓은 뱀의 랭킹이 급격하게 폭락해버렸다.

어쩌면 혹시 뱀도 하층에서는 별로 강한 축에 못 든다든지?

뭐, 벌써 결론 내리기는 이르겠지?

사마귀가 유독 강한 놈일지도 모르고…….

그렇게 생각하던 시기가 저에게도 있었습니다.

세 번째 벌을 두 동강 냈을 때 사마귀에게 예기치 못한 사태가 일어났다.

느닷없이 나타난 거대 거미가 이빨로 사마귀의 몸체를 물어뜯었다.

저기요? 내가 뭘 본 거죠?

〈그레이터 타라텍트 LV 18, 스테이터스 감정에 실패했습니다〉

오호, 나의 초진화 형태다.

진짜로?

〈그레이터 타라텍트: 거미형 마물 타라텍트종의 진화 형태. 육식을 하며 이빨에 강력한 독을 지니고 있다〉

오오. 나도 계속 진화하면 저렇게 되는 거야?

처음에 봤던 초거대 거미, 그러니까 마이 마더랑 비교하면 꽤 조그맣지만 그래도 몸길이가 10미터쯤 될 것 같았다.

사마귀가 작아 보인다.

그건 그렇고 사마귀를 실도 안 쓰고 대뜸 깨물어서 죽인 거지?

물리 능력이 너무 높은 거 아니야? 내 능력치는 아직 21밖에 안 되는데?

몇 번을 진화해야 저렇게 되는 거냐고.

일단은 들키기 전에 살금살금 후퇴. 저런 건 뭔 수를 써도 못 이겨.

응, 그래도 분명하게 깨달았다.

하층은 위험해.

뭐가 위험하냐고? 보이는 거 전부 다!

진짜로 목숨이 은밀 하나에 달린 상황인걸.

내가 경솔했던 걸까? 그대로 벌이 날아다니는 절벽을 강행 돌파하는 편이 좋았으려나?

그래도 지룡처럼 속수무책으로 벌벌 떨게 만드는 위기감을 지금으로선 못 느꼈단 말이지.

게다가 벌이 사냥해서 들고 왔던 마물들도 분명 있을 테니까 마냥 비관할 일은 아니야.

사마귀랑 왕거미는 강해 보였지만 다른 마물이라면 의외로 상대할 수 있지 않을까?

뭐, 만만한 마물을 발견하면 식량을 확보하고 그 밖에는 은밀에 의지해서 이동해야겠다.

지금으로선 붉은색 종합 스태미나 게이지가 여전히 줄지 않았다.

이 표기를 믿는다면 안달할 필요는 없을 테니 사냥할 만한지 차분하게 가늠한 다음 행동하자.

괜한 짓 하다가 지룡 클래스의 위험한 마물을 끌어들이고 싶진 않으니까.

살금살금 이동.

다른 마물의 난투 따위를 관전하면서도 쓸데없이 휘말리면 끔찍이라는 마음가짐으로 부리나케 도망쳤다.

으으, 하층 진짜 장난 아니야. 엄청 세다고 생각했던 사마귀, 개가 여기선 잘해봐야 중간급인걸.

사마귀를 물어 죽였던 왕거미라든지 날개 달린 사자라든지 뱀의 진화형으로 짐작되는 왕뱀이라든지 이곳은 그야말로 챔피언급 몬스터의 보물 창고랍니다.

나는 망했어.

그런 놈들한테 들키지 않으려고 열심히 숨어 다닌 덕분인지 지금까지는 발견당하지 않고 어찌어찌 버텼다.

뭐, 들켰다간 끝장이니까.

그래서 잠잘 시간도 아끼며 이동 중이었는데, 역시 주야장천 이동만 해서 그런지 한동안 줄지 않았던 붉은색 총합 스태미나 게이지가 줄어들기 시작했다.

그간 무슨 이유로 안 줄어들은 건지 결국은 못 알아냈지만 마침내 시간 제한이 제시된 셈이었다. 이제부터 38이라는 수치가 떨어지기 전에 식사를 해야 된다.

그렇지만 내 전투력으로 해치울 만한 표적이 없어서 그날은 이만 잠자리에 들었다.

솔직히 말하련다. 거의 한숨도 못 잤다.

지금까지는 잠들 때마다 간이 홈을 짓곤 했지만 괜히 눈에 띄고 싶지 않았기 때문에 태어나서 처음으로 홈 없이 잠들었다.

하지만 두려움에 차서 눈을 감아봤자 편안한 수면은 어림도 없는 일이었다.

아직은 견딜 수 있지만 이대로 계속 수면 부족에 시달리다간 조만간에 뭔가 저지를 것 같았다.

뭐, 전세에서는 평균 수면 시간이 네 시간이었으니까 얼마쯤은 더 버티겠지만…….

아무튼 수면 문제는 그렇다고 쳐도 문제는 식사였다.

결코 만만치 않은 몬스터 하우스 안에서 어떻게든 식사거리를 조달해야 됐으니까.

그래서 마음을 단단히 먹고 사냥에 나서려 했는데 식사 문제는 의외로 쉽게 해결될 것 같다.

왜냐면 간단하게 잡을 수 있는 식량을 발견했거든.

이상하다고 생각했었어. 여기에서 사는 마물은 무지무지 세잖아? 근데 무지무지 센 마물들 틈바구니에서 상층에도 있는 비교적 약한 마물이 살아간단 말이지.

뱀도 그중 하나였고. 뱀을 약하다고 말하는 날이 올 줄은 몰랐지만…….

사정은 대충 이러이러하고 요컨대 약한 마물은 도대체 뭘 먹으면서 사는지 궁금해졌다는 거지.

약하면 잡아먹힐 뿐이고 잡아먹을 수가 없잖아? 약육강식의 세계는 그런 구조니까.

지금까지 겪은 이 던전의 분위기가 정말 꼭 그랬고…….

그런데 얘네들은 의외로 여기저기서 곧잘 눈에 뜨인단 말이야.

벌도 이렇게 약한 마물을 위주로 사냥했겠지?

그래서 약한 마물들을 관찰한 결과 얘네들한테 공통점이 하나 있다는 것을 깨달았다.

모두 독을 가지고 있었다.

관점이 바뀌면 세상이 바뀐다고 했던가? 나는 태어날 때부터 독 내성을 가지고 있었으니까 딱히 신경 안 쓰고 잡아먹었지만 보통은 중독될까 봐 안 먹겠구나.

얘네들이 비록 약하지만 독을 가지고 있어서인지 독 내성을 가진 마물이 아니면 굳이 먹으려고 하질 않았다.

그렇다면 혹시 나를 발견하고도 비슷한 이유로 그냥 지나쳐줄지도 모르겠다.

물론 안 들키는 것이 역시 제일이니까 이대로 숨어서 다니겠지만.

아무튼 약한 마물이 과연 무엇을 먹는지 살펴본 결과 두 가지 부류를 주식으로 삼고 있음을 알아냈다.

하나는 또 다른 약한 마물.

이게 주식이다. 약한 녀석은 약한 녀석들끼리 먹고 먹히는 셈이었다.

나도 주변에 강한 마물이 없을 때 기회가 생기면 기습으로 해치워볼까 싶었다.

또 하나, 굶어 죽기 직전까지 몰린 약한 마물이 죽기 아니면 까무러치기로 잡아먹는 것.

〈엘로 게레이슈 LV 3, 스테이터스 감정에 실패했습니다〉

이 녀석의 겉모습은 까만 납작궁이 벌레였다.

다만 느껴지는 이미지가 벌레라기보단 우렁이였다. 이동할 때도 미궁의 벽에 달라붙어서 천천히 기어 다닌다. 움직임을 보면 완전

우렁이였다. 우렁이 벌레라고 불러야지.

던전 하층에는 우렁이 벌레가 잔뜩 있었다.

벽으로 시야를 돌리면 한 마리는 꼭 보인다. 그만큼 잔뜩 있었다.

이렇게 잔뜩 있는데 마물 여러분은 어째서 안 먹는 걸까요? 저 녀석을 먹어본 적이 없었던 나는 어리석게도 그런 생각을 떠올리고 말았는데…….

그래, 어리석었다.

나는 좀 더 각오를 단단히 다지고 나서 얘네들을 상대해야 됐다. 백번을 후회해도 모자라다.

얘네들을 먹는 건 정말이지 최후의 수단이라는 사실을 먹고 나서야 깨달았다.

그랬다, 나는 이 녀석을 먹었다. 먹고 말았다.

실로 벽에서 떼어내고는 독니를 박아 단숨에 숨을 끊어버린 까닭에 이 녀석의 진정한 두려움을 알지 못했다.

잘 먹겠습니다, 라고 태평스러운 말이나 늘어놓은 과거의 자신을 혼내주고 싶다.

넋이 나가버릴 정도로 맛이 없었다.

응, 저세상에서도 이딴 건 안 먹겠다.

거미로 전생하고 나서 이제껏 별별 이상한 괴식을 많이 먹어봤지만 이건 아니야. 얼마나 맛이 없었으면 HP가 깎여 나갔을까. 세상에 다시없는 맛이었다.

저건 절대로 식량이 아니구나.

무슨 이유인지 부식 내성이 올라가기도 했고 상식적으로 생각해도 먹으면 안 될 것 같아.

음식을 남기지 않겠다는 신념이 아니었다면 절대로 다 먹지 않았다.

그런 이유로 식량을 구하려고 들자면 바로 구할 순 있었다. 끔찍한 고통이 동반되지만…….

뭐, 굶어 죽기랑 죽도록 맛없는 식사랑 뭐가 더 싫냐고 묻는다면 그야 죽고 싶진 않다고 대답하겠지.

정말로 긴급한 상황이 닥친다면 그때 또 우렁이 벌레를 먹도록 하자.

……되도록이면 그런 일이 없기를 기도할 뿐이다.

정신을 가다듬고 이동 개시.

상층의 미로 지대는 갈림길이 엄청나게 많았는데 이 통로는 계속 외길이었다.

헤맬 일이 없어서 좋긴 하지만 통로가 혹시 최하층으로 이어져 있으면 어떡하지? 다시 돌아올 수 있을까?

으으, 불길한 상상은 하지 말아야겠다.

분명히 중층으로 연결됐을 거야! 그렇다고 믿자!

자, 이제 붉은색 게이지도 살짝 줄어들었다.

저번에는 우렁이 벌레를 먹었지만 그건 정말 최종 수단으로만 남겨놓고 싶다.

지금도 벽을 살펴보면 몇 마리가 어슬렁거리고 있지만 별로 먹고 싶은 생각은 안 들었다.

그럴 만도 하지, 이토록 맛이 없으면 아무리 마물이라도 먹기가 싫을 거야.

그런 관계로 아직 게이지에 여유가 있는 동안에 어떻게든 평범한 식사거리를 조달하고 싶은데.

독을 지닌 마물이 평범한 건지 따지진 말자고…….

뭐, 나는 독이 있든 말든 상관없이 잡아먹기도 했고, 이제 와서 뭘 신경 쓰나 싶기도 하고, 꼭 맛있는 것만 먹겠다는 것도 아니고, ……컵라면이 그립구나.

뭐, 아무튼. 전방 이상 무! 후방 이상 무! 주위에 위험종 없음! 그래, 좋았어.

〈엘로 랜더넬 LV 8, 스테이터스 감정에 실패했습니다〉

〈엘로 랜더넬 LV 7, 스테이터스 감정에 실패했습니다〉

〈엘로 랜더넬 LV 7, 스테이터스 감정에 실패했습니다〉

눈앞에 보이는 것은 세 마리가 단짝으로 몰려다니는 마물.

얘네는 정말 언제 어디서나 세 마리구나.

하지만 하층이라서 그런지 레벨이 제법 높았다.

10레벨에서 진화한다고 치면 8레벨인 녀석은 조만간에 진화를 할지도 모르겠다.

뭐, 그런 미래를 맞이하지는 못할 테지만…….

나는 들키지 않도록 조심조심 배후로 돌아갔다.

그리고 여기에서 등장하는 신병기, 투망!

응? 이름이 너무 뻔하다고?

뭐, 어때. 나라고 매번 이름 짓는 것에 공들일 순 없다고.

쿠모닝스타는 떠올린 순간에 나 스스로도 히죽 웃었지만 말이야.

매번 그만한 퀄리티를 유지하기는 힘들지 않겠어?

그렇게 됐으니까 일단은 투망, 간닷~!

평범한 투망이라고 생각하지 마시라. 이 신병기는, 으음, 역시 이름이 없으니까 허전한걸. 앗, 설명?

예예, 이 녀석은 말이죠. 던진 직후에는 한 덩어리로 날아가지만 표적 근처에 도달한 순간 거미그물이 쫙 펼쳐져서 대상을 둘러싸 버린다는 말씀!

거미그물의 섬세한 만듦새에 더하여 실부림의 정교한 활용으로 실현시키는 꿈의 콤보일지어다!

마물 3형제는 이렇다 할 저항도 못 하고 그물에 뒤덮였다.

으하하. 대어로구나!

남은 건 평소처럼 독니로 마무리. 좋아요, 덥석!

《조건을 충족시켰습니다. 칭호 〈독술사〉를 획득했습니다.》

《칭호 〈독술사〉의 효과로 스킬 〈독 합성 LV 1〉과 〈독 마법 LV 1〉을 획득했습니다.》

오? 오오? 왔어요! 칭호가 왔습니다! 독이라고요? 독이군요!

그래서 스킬은 뭔가요? 독 합성에 독 마법이군!

독 마법은 저번에도 그랬고 이번에도 그렇듯이 사용법을 모르겠으니까 방치.

마법의 밑거름이 또 늘어났구려.

독 합성 쪽은 이것도 어떤 효과인지 아무래도 좀 아리송한걸?

독을 합성한다? 독을 만든다는 뜻일까? 그치만 나는 거미니까 저절로 독이 만들어지는데.

아차, 이럴 때가 아니었지.

스킬 검증은 나중에 해도 된다.

일단은 나머지 두 마리한테도 독니를 박고 후딱 끝장을 내줘야겠다.

그렇게 됐으니까 독니로 덥석, 덥석.

《숙련도가 일정 수치에 도달했습니다. 스킬 〈독니 LV 7〉이 〈독니 LV 8〉로 성장했습니다.》

오? 오오? 오오오? 오늘은 독맛 좀 보는 날인가요? 좋구나, 좋아.

레벨 10이 최고라고 가정한다면 레벨 8은 꽤 맹독이겠지?

벌도 독을 지니고 있는 것 같았지만 독니가 제법 잘 들었으니까 말이야.

칭호를 얻은 것보다도 이게 더 기쁜걸.

좋아. 숨을 끊어놓은 마물 세 마리를 바위 뒤쪽으로 운반했다.

으윽, 내 빈약한 능력치로 세 마리 한꺼번에 옮기려니까 힘들구나. 한 마리씩 옮기면 한결 편했을 텐데.

응? 전에도 비슷한 짓을 했던가?

그때도 한 마리씩 옮길 걸 그랬다고 후회하지 않았나?

으응? 나는 몰라! 그런 과거는 모른다고! 절대로 내 기억력이 유감스러운 게 아니야! 그런 과거는 없었어! 알았지?! 좋아.

우선은 식사를 하면서 독 합성 스킬을 잠깐 시험해볼까?

그렇다고는 해도 사용법을 모르니까 적당히 읊어보는 정도밖에 할 게 없지만…….

그러니까 속삭이고 기도하고 읊어라. 독 합성!

와, 읊으니까 정말로 뭔가 나왔다.

감정했을 때처럼 머릿속에 화상이 표시되는 느낌이었다.

〈독 합성 메뉴〉〈약한 독〉〈거미독 LV 8〉

이게 뭐지?

아, 그래도 표시가 됐으니까 감정도 먹히겠구나.

〈독 합성 메뉴: 독을 합성할 수 있다〉

〈약한 독: 대단히 미약한 독〉

〈거미독 LV 8: 거미가 분비하는 치사성 독. LV 8은 대단히 강력하다〉

흠. 거미독은 내가 타고난 독인가?

아마도 짐작이지만 독 합성 레벨 1만 가지고 만들 수 있는 건 약한 독이겠지?

시험 삼아서 약한 독을 선택했다.

내 눈앞에 물방울이 떠올랐다가 똑 떨어져 지면에 웅덩이를 만들었다.

아이고, 이건 그릇이나 병을 준비 안 하면 망하는 패턴? 일단 웅덩이도 감정했다.

〈약한 독이 고인 웅덩이〉

응. 약한 독이 맞구나. 그렇구나.

요컨대 독 합성은 재료 따위를 필요로 하지 않고도 독을 만들어내는 스킬이구나.

인간이었다면 상당히 편리하겠지만 나는 거미잖아.

잘 사용하면 쓸모가 있을지도?

으음. 공짜로 독을 생산할 수 있는 건 확실히 대단한데.

앗, 잠깐만, 기다려봐?

MP가 줄었잖아. 공짜가 아니었네.

아휴, 스킬의 유용성이 단번에 미묘해졌다.

레벨이 오르면 합성 가능한 독의 종류라든지 아마도 늘어나겠지만 이미 거미독이라는 강력한 독을 만들 수 있으니까 말이지. 그다지 매력적이질 않네.

하지만 어쨌든 사용이 되니까 좋다. 마법 계열 스킬이 전멸 상태인 점을 생각하면 완전 쓸모 있잖아?

S7. 제2왕자

앞쪽에서 스우와 클레베아가 연습용 검을 쥐고 대치하고 있었다.

조그만 체격을 살려서 지면을 미끄러지며 급습하는 스우의 검을 클레베아는 손쉽게 튕겨냈다.

그 이후로도 스우는 과감한 공격을 시도했지만 클레베아의 적절한 방어에 완전히 저지당했다.

조그마한 스우가 힘으로 밀어붙이는 검술을 구사하는 데 반해서 여성임에도 우람한 체격을 지닌 클레베아는 물 흐르듯이 유려한 검술을 선보였다.

외모와 움직임에서 느껴지는 인상이 각각 정반대였다.

스우도 결코 약한 축은 아니었지만 실전 경험이 풍부한 클레베아를 상대로는 아무래도 미숙해 보였다.

그도 그럴 것이 클레베아는 「검의 재능」의 상위 스킬인 「검의 천재」를 7레벨까지 습득했다.

스우의 「검의 재능」은 6레벨. 단순 계산으로도 11레벨의 차이가 있다.

둘 사이에는 메울 수 없는 차이가 존재했다.

그런데도 단숨에 승부가 나지 않는 이유는 순전히 능력치 때문이었다.

스우는 마투법과 기투법 양쪽을 동시에 발동시키고 있었다.

MP와 SP를 소비해서 능력치를 끌어올리는 스킬인데, MP의 양이 방대한 스우가 마투법을 사용하면 올라가는 능력치의 수치도 장난이 아니었다.

요즘 들어선 신체 능력 계열의 능력치도 상당히 올라간 덕에 능력치 면으로 보자면 스우가 우위에 있었다.

물론 클레베아도 핸디캡으로 기투법을 사용하지 않고 있으니, 전력을 발휘한다면 단번에 형세가 기울어진다.

그렇지만 기투법을 쓰지 않아도 클레베아가 이길 것이다.

능력치로 앞선다 한들 그 차이는 근소했고 그간 쌓아온 기본기는 격차가 심했다.

스우에게 역전의 돌파구는 없었다.

내 예상대로 스우는 공격을 거듭하다가 지친 빈틈에 카운터를 맞고 패배했다.

검 면에 몸을 가격당하고 지면으로 거꾸러진다.

그러자 근처에서 대기하던 안나가 바로 달려와서 스우에게 회복마법을 걸어주었다.

회복된 스우는 옷에 묻은 흙을 털어내고 일어나며 분한 얼굴로 말했다.

“졌어.”

“어린 나이에도 이만한 실력을 발휘하시는데 저 같은 건 금세 추월하실 겁니다. 공주님의 재능은 정말 훌륭하군요.”

“위로는 필요 없어.”

삐죽거리는 스우의 곁으로 다가가려고 하는데 바로 옆에서 박수소리가 울렸다.

“아니, 위로가 아니라 본심으로 하는 말일걸? 그만큼 좋은 실력이었어.”

나는 물론이고 그 자리에 있던 모두가 경악해서 눈이 휘둥그레졌다.

나와 스우는 그렇다 쳐도 클레베아나 안나조차 그가 있는 줄 모르고 있었다.

특히 나는 옆으로 다가올 때까지 기척을 전혀 못 느꼈다.

“율리우스 형님!”

“하하, 놀랐느냐?”

그 남자, 제2왕자이자 나와 같은 어머니를 둔 친형제, 율리우스 형님은 장난을 성공시킨 악동처럼 활짝 웃었다.

“언제 돌아오셨습니까?”

“바로 어제였다. 날이 바뀌기 전에 잠시라도 얼굴을 비추고 싶긴 했다만 아버님과 형님을 만나 뵙다 보니까 시간이 나질 않더구나.”

나하고 제법 터울이 있는 율리우스 형님은 이미 오래전부터 국외에서 다방면으로 활동 중이었다.

그래서 이렇게 본국으로 돌아오는 건 드문 일이었다.

“스우는 잠깐 못 보는 동안에 많이 늘었어. 매번 놀란다만 실력이 쑥쑥 좋아지는구나.”

스우를 보면서 다정하게 말을 건네는 율리우스 형님.

하지만 정작 스우는 칭찬을 듣고도 뚱한 표정만 지을 뿐 대답이 없었다. 스우는 아무래도 율리우스 형님이 거북한 모양이었다.

내 입장으로는 율리우스 형님이 다른 두 형에 비해서 친근감도 들고 좋은데 말이지.

무엇보다도 나는 율리우스 형님을 존경하고 있었다.

존경하는 형님과 귀여운 여동생이 데면데면한 사이라는 건 솔직히 싫었다.

"스우. 형님께서 칭찬해주시면 인사 정도는 해야지?"

"하하. 괜찮다. 스우도 한창 예민할 나이잖느냐."

다 짐작한다는 듯이 중재하는 율리우스 형님.

전세를 포함하면 내 나이가 더 많을 텐데 율리우스 형님에게는 정신 연령으로도 당해낼 수가 없을 것 같다.

"그건 그렇고, 슌은 얼마나 늘었을지 모르겠군. 오랜만에 대련이나 해보겠느냐?"

"정말입니까?! 저야말로 부탁드립니다!"

율리우스 형님이 대련 상대가 되어주신다니. 반갑기 그지없는 제안이었다.

"잠시만 빌리도록 하지."

"그, 그러십시오."

율리우스 형님은 위축돼서 말을 더듬는 클레베아로부터 연습용 검을 넘겨받았다.

클레베아가 이토록 긴장하는 상대는 거의 없었다.

뭐, 율리우스 형님 앞에서는 어쩔 수 없겠지만.

"좋아. 언제든지 덤벼라. 전력을 다해도 된다."

"네!"

나는 그 즉시 마투법과 기투법을 발동시켰다.

율리우스 형님을 상대하면서 실력을 숨길 필요는 없었다.

가진 힘을 모조리 쏟아붓겠다.
날카롭게 파고들어 가서 사선을 그리며 베어 올렸다.
그 공격을 형님은 한 손만으로 별 어려움 없이 막아낸다.
전력으로 휘두른 일검이 한쪽 손으로 쥔 검에 척 막혀버리고 말았다.
하지만 예상대로였다. 형님이 겨우 이런 수준의 검격으로 흔들린다는 건 말도 안 된다.
나는 곧바로 검을 회수해서 다음 공격을 시도했다.
그것도 역시 막혀버린다.
즐거웠다.
전력을 쏟아붓는데 스치지도 않는다.
아무리 빠르게 검을 휘둘러도, 아무리 힘을 집중시켜도, 어떤 기교를 부려도 율리우스 형님에게는 전혀 소용이 없다.
무엇을 어떻게 하면 형님의 검을 넘어설 수 있을지 상상도 되지 않았다.
그만큼 아득하게 높은 경지에 있는 사람과 검을 마주하고 있었다.
정말이지 즐거웠다.
하지만 어떤 시간이든 마음으로는 한없이 이어지기를 바란들 결국 끝이 다가온다.
마투법과 기투법을 발동시키는 것도 이제는 한계였다.
숨을 몰아쉬면서 무릎을 굽혔다.
"응. 슌의 검은 무척 올곧아서 나마저 기분이 좋아지는구나. 끝없이 성장하는 슌의 재능하고 똑같아."
"대, 련…… 감사, 합…… 니다."

헐레벌떡하면서 감사의 뜻을 전했다.

나는 아예 녹초가 됐는데도 율리우스 형님은 호흡조차 흐트러지지 않았다.

역시 대단하다.

역시 용사다.

세계에서 제일 강한 인간.

언젠가 이 사람과 나란히 설 날이 올까?

이 세계에서 내가 가진 꿈 하나, 그건 이 사람과 나란히 서는 것.

지금은 아직 한참 모자라지만 언젠가는 반드시 율리우스 형님의 등 뒤를 지킬 수 있는 실력자가 되고 싶다.

그것이 나의 목표였다.

막간. 용사와 부왕

"드세요. 부디에 지방의 토주(土酒)입니다."

"오오, 그건 마셔본 적이 없단다. 맛이 어떨지 기대되는군."

청결하지만 서류나 이런저런 잡동사니로 너저분한 실내.

아버지의 집무실을 방문한 나는 선물로 가져온 약주를 막 건네드린 참이었다.

아버지는 술을 몹시 즐긴다. 평소 혼자서 업무를 볼 때에도 살짝살짝 술을 마신다는 건 거의 공공연한 비밀이었다.

그래서 나는 귀국할 때마다 귀한 술을 선물로 지참했다.

국왕이라는 입장상 선뜻 나라 밖으로 떠나지 못하는 아버지에게는 더할 나위 없이 기꺼운 선물이었다.

그리고 선물로 가져온 술을 이렇게 둘이서 대작하는 것이 귀국 후의 약속처럼 굳어졌다.

"아버님, 업무는 괜찮으십니까?"

"아무렴, 문제없다. 혹여 문제가 일어난들 그만큼 자는 시간을 줄이면 되는 게지. 오랜만에 돌아온 아들과 보내는 시간이 업무 따위보다 훨씬 중요하고말고."

아버지의 대답을 들으니 쓴웃음밖에 나오지 않았다.

그렇게 대뜸 단정해도 될 만큼 국왕의 업무가 사소하진 않을 텐데.

"게다가 사일리스의 일솜씨도 제 궤도에 들어섰거든. 만에 하나 내게 무슨 일이 있을지라도 나라는 안녕할 것이니라."

"아버님, 형님이 우수한 건 인정하겠습니다만 아직 우리나라는 아버님을 필요로 합니다. 그러니 불길한 말씀은 하지 마십시오."

본인이 잘못했다면서 멋쩍게 사과하는 아버지를 바라보며 살며시 한숨지었다.

아버지는 선반에 숨겨놓은 잔을 둘 가지고 와서 거기에 술을 따랐다.

"흐음. 독특한 향이로구나."

"그렇습니다. 저도 향이 마음에 들어서 구입했습니다. 분명 흡족하실 겁니다."

싱그러운 향내가 실내로 들어찼다.

나와 아버지는 잔을 마주 대고 가만히 입가로 가져갔다.

"오오, 참으로 부드럽게 넘어가는구나. 이런 술이면 얼마든지 마실 수 있겠어."

"그 지방에서는 여성에게도 인기라더군요. 과일을 곁들여 마시면 풍미가 더욱 깊어진다고 합니다. 그러니 이것도 드셔보시지요."

미리 준비한 과일을 내밀었다. 아버지는 과일 조각을 입으로 가져가 집어넣고는 다시 술을 들이켰다.

"맛있군. 평소에는 강한 술만 마셨는데 가끔은 이런 맛도 나쁘지 않구나."

"그렇죠?"

이번에도 마음에 들어 하시는 것 같아서 다행이었다.

이번에 가져온 술이 독한 술을 즐기는 아버지의 입맛에도 맞을지 조금 불안했었지만 아무래도 기우로 그친 모양이다.

한동안 둘이서 조용이 술을 마셨다.

그러다가 문득 낮에 있었던 일이 떠올라 미소가 지어졌다.

"왜 웃는 게냐?"

"아뇨, 낮에 슌하고 스우가 훈련을 한다길래 보고 왔는데 말입니다. 그때를 떠올리고 있었습니다."

용사인 나조차 혀를 내두를 수밖에 없을 만큼 훌륭한 재능을 보여준 남동생과 여동생 두 사람.

슌과 대련을 하면서 느꼈지만 여유로운 척하는 것이 몹시 고생스러웠다.

괜히 허세를 부린다고 한 손으로 상대하지는 말 걸 그랬다.

다음번 대련 때는 평범하게 양손으로 상대하도록 하자.

"흐음, 율리우스 네 눈으로 보면 두 아이는 어떠했더냐?"

"무서울 정도의 재능을 가지고 있습니다. 특히 슌이 그렇지요. 조금만 더 빨리 태어났다면 용사라는 칭호를 받은 사람은 제가 아니라 슌이었을지도 모르겠습니다."

한 점 거짓도 없는 판단이었다.

실제로 재능이라는 의미로는 나 따위보다 슌과 스우가 월등하게 뛰어났다.

지금의 내가 두 사람보다 강할 수 있는 이유는 오로지 용사라는 칭호에 포함된 스테이터스 강화 효과 덕분이었다.

만약 용사의 칭호가 없었다면 머지않아 추월당했겠지.

둘은 그만큼 뛰어난 재능을 가졌다.

어쩌면 용사의 칭호를 지닌 나조차 따라잡고 결국에는 뛰어넘을지도 모르겠다.

그랬다간 형으로서도 오라비로서도 체면이 구겨질 테니 좀 봐줬으면 좋겠군.

특히 슌은 나를 존경하는 것 같은데, 그런 동생한테 실망 어린 눈초리라도 받았다가는 엄청난 충격을 받을 것이다.

이건 심각한 사태였다. 동생들에게 지지 않도록 맹훈련을 해야겠다. 꼭 그러도록 하자.

"혼자서 뭘 그리 끙끙대는 것이냐?"

"하하, 연장자의 위엄을 지키는 것도 쉬운 일이 아니군요."

그러고 보니 슌도 스우한테는 위엄을 갖추려는 듯 보였다.

그건 성공했다.

실제로 스우는 슌에게 찰싹 붙어 다니고 있고 나한테까지 질투를 할 정도였으니까.

나이가 차면 슌바라기도 좀 덜해지겠지만「내가 오빠를 얼마나 좋아하는데! 뺏어 갔다간 가만 안 둬요!」라는 듯 뾰로통하는 여동생은 상당히 귀여웠다.

"두 아이에게는 미안한 마음뿐이다."

아버지의 얼굴에 씁쓸한 빛이 어렸다.

두 동생이 태어난 시기는 마침 선대 용사님이 타계한 직후였다.

동시에 내가 용사의 칭호를 이어받은 때이기도 했다.

행방이 묘연했고 활동상도 수수께끼였던 선대 용사님의 갑작스러운 죽음.

새로이 용사가 된 나. 급격하게 활발해진 마족의 동향.

그러한 사태를 연달아 맞닥뜨린 아버지에게는 두 동생을 돌아볼 틈이 없었다.

아버지는 가족을 소중히 여기며 아끼는 분이지만 그 이전에 국왕이었기 때문이다.

나라의 안녕을 우선시할 수밖에…….

그럼에도 아버지는 못내 마음에 걸리는 모양이었다.

"별수 없었지 않습니까. 그때는 많은 사건이 연속해서 발생했기에 어쩔 도리가 없었습니다."

"하지만 그 아이들은 아직도 나를 어려워한단다. 내게는 그것이 명확한 답이라고만 여겨지는구나."

"걱정 마십시오. 시간이 흐르면 분명 이해해줄 겁니다."

"그러면 좋겠다만."

아버지는 슬픔 어린 표정으로 술을 들이켰다.

"솔직히 말하자면 왕이라는 내 처지가 지긋지긋해질 때가 있단다. 두 아이 때문만은 아니다. 율리우스, 너 역시 그렇다. 아들인 네게 용사의 사명을 짊어지게 하고 싶지 않단 말이다. 하지만 왕으로서는 너에게 가라고 말할 수밖에 없구나. 왕으로서는 올바르지만 아버지로서는 실격이다."

무거운, 정말이지 무거운 한숨과 함께 아버지는 담아놓았던 감정을 토해냈다.

"아버님. 저는 제가 용사라는 것을 자랑스럽게 여깁니다. 그러니 그런 말씀은 말아주십시오. 무엇보다도 제게서 용사라는 이름표를 떼면 아무것도 남는 게 없지 않습니까."

"당치 않은 소리를 하는구나."

“그렇지 않습니다. 형님처럼 정치에 관여할 소양도 없는 데다가 레스톤처럼 자신의 뜻대로 관철시킬 신념도 없습니다. 하물며 누님처럼 다른 나라로 출가할 수도 없지요. 제가 할 수 있는 일이라고는 용사로서 백성을 위해, 인족을 위해 검을 휘두르는 것뿐입니다. 그러니 아버님께서는 염려하지 마십시오. 저는 저를 위해서 가능한 일을 있는 힘껏 할 뿐이니까요.”

“레스톤 그 녀석은 그저 자기 좋을 대로만 살고 있다고 해야 하지 않겠느냐?”

“틀린 말씀은 아니군요.”

아버지와 둘이서 피식 웃음 지었다.

아버지, 제가 보기에 당신은 충분히 위대한 아버지입니다.

그러니까 아버지께 도움이 되기 위해서라도 저는 용사로서 살아가겠습니다.

11. 하층은 계속 공략 중

하층의 위험한 외길을 계속 나아간 끝에 드디어, 드디어 도착했습니다!

갈림길! 길?

음.

내 눈앞에는 그저 휑뎅그렁한 공간이 펼쳐져 있었다.

아, 그거다. 길이 갈라졌다고 하기에는 좀 그렇고, 길이 넓어졌달까, 길이 사라졌다고 해야 되려나?

얼마나 넓냐고? 밤눈 덕분에 캄캄한 어둠 속을 훤히 꿰뚫어 보는 내 시력으로도 끝이 보이지 않을 정도라면 믿겠어?

끙. 이래선 어디로 가야 할지 모르겠잖아.

이제까지는 외길만 쭉 걸어온지라 헤맬 일이 전혀 없었지만, 아무것도 없이 그저 넓기만 한 공간으로 들어서니까 몹시 막막했다.

예를 들자면 길 없는 사막으로 돌진하는 느낌이랄까?

어느 방향으로 나아가야 할지를 모른다는 게 은근히 겁나는걸.

전에 이런 말을 들었거든. 똑같은 풍경만 끝없이 이어지는 곳을 계속 걸어가다 보면 무의식중에 커다랗게 호를 그리면서 나아가게 되고, 최종적으로는 원래 있던 장소로 돌아와 버린다고…….

지금은 거미의 신체 구조상 그럴 일은 없으리라고 생각하지만 도대체 어느 방향으로 이동해야 될지 전혀 감이 안 잡혔다.

이정표로 삼을 만한 건 여기저기 흩어져 있는 바위기둥 정도구나.

그래 봐야 겉모양은 거기서 거기니까 이정표로 삼기에는 특징이 좀 부족했다.

우렁이 벌레는 여기저기 널려 있으니 최악의 경우에도 배를 곯진 않겠지만 혹시 헤매더라도 헤매고 있다는 사실을 모를 것 같은데.

뭐, 이럴 때는 미궁 공략의 정석대로 벽을 따라 이동하도록 하자.

지금까지처럼 오른쪽 벽면을 따라 이동.

그나저나 진짜 넓구나. 넓어도 이렇게 넓을 수가 있는 건가? 게다가 위쪽으로도 굉장한걸.

바위기둥이 떠받치고 있는 천장은 높이가 100미터쯤 될 것 같았다.

올려다보면 고개가 뻐근해지는 높이.

덕분에 던전의 내부인데도 폐쇄감은 없었다.

뭐라고 해야 되려나, 바위투성이 풍경에서 대자연의 웅대함이 느껴진달까?

이런 공간의 안쪽을 걷다 보면 자신이 얼마나 조그마한 존재인가를 똑똑히 깨닫게 된다.

전세에서 세계의 비경(秘境)인지 뭔지를 주제로 한 텔레비전 방송을 본 적이 있었다.

솔직히 그때는 대체 뭐가 대단하냐고 생각했을 뿐 딱히 감동을 느끼진 않았었다.

화면 너머로 존재하는 아름다운 경관도 내게는 결국 아무런 관계가 없는 다른 세상의 이야기였다.

감동 따위 찾아볼 수 없었다. 내가 발견한 것은 무관심뿐.

그런 방송을 왜 계속 봤는지도 잘 모르겠다.

하지만 나는 지금 이곳에 있다. 이곳이야말로 내가 사는 세계였다.

무관계하지 않다. 무관심할 수도 없었다.

자신이 살아가는 장소에서 감동을 느낀다고? 인간이었을 적에는 상상도 못 했을 거야.

그리고 마이 홈이라고 이름 붙인 집에서 계속 틀어박힌 채 살았어도 경험하지 못했을 것이다.

그런 의미로는 나를 바깥 세계로 끌어내준 방화범 인간한테 감사해야 될지도 모르겠는걸.

앗, 지금 떠올리니까 또 화가 난다.

방금 말 취소. 그딴 놈한테 뭘 감사하라는 거야. 다음에 만나면 실로 빙글빙글 말아서 던전 안을 여기저기 끌고 다니다가 마지막에는 독니로 콱 물어주겠어.

어휴, 나쁜 기억을 떠올려버렸네.

이럴 때는 다시금 던전의 웅대한 광경을 바라보면서 마음을 치유하도록 하자.

〈버글러그래치 LV 14, 스테이터스 감정에 실패했습니다〉

느릿느릿 나타난 거대 마물.

잰 또 뭘까? 전체적인 분위기는 게으름뱅이 같은 느낌이고 살짝 둔하다는 인상도 느껴지지만 정작 주둥이가 모든 것을 망쳐버렸다.

악어처럼 거대한 주둥이다. 그리로 들쭉날쭉한 이빨이 잔뜩 튀어나왔다.

원숭이 같은 몸체에 저런 흉악한 주둥이가 달려 있는 모습은 엄청나게 부자연스러웠고 또한 흉악하게 보였다.

난 치유받고 싶었다고!

응, 그렇지. 여긴 던전이잖아. 대자연이 아니야. 여긴 위험. 오케이? 예스, 접수 완료.

상황이 바뀌었으니 들키지 않도록 기척을 죽이면서 도주 개시.

어찌어찌 안 들키고 도망쳤다.

그래서 말인데, 살짝 뭐랄까 좀 하기 싫은 상상을 해버렸는데, 있잖아.

이 휑뎅그렁한 공간 말이야. 설마 최하층은 아니겠지?

어떤 기준으로 층이 바뀌는 건진 잘 모르겠지만 외길을 쭉 지나온 끝에 이렇게 마냥 넓기만 한 공간이 나왔으면 층이 바뀌었다고 해도 이상할 것이 없다는 생각이 들거든.

쭉 뻗어 나가는 외길이어서 내려간다는 감각은 별로 안 느껴졌지만 혹시 내가 알아차리지 못할 만큼 완만하게 경사져 있었을지도 모르겠다.

그렇게 생각하면 가능성이 좀 있을지도?

아니, 아니야. 분명히 아닐 거야.

그냥 어쩌다 보니 넓은 데로 나와서 그래.

응. 아니면 반대로 중층으로 올라왔을 수도 있는걸. 응, 그렇다고 치자.

맞아, 여기는 분명히 중층일 거야.

깜짝 놀랐네. 무서운 하층 지대를 드디어 빠져나왔구나.

〈버글러그래치 LV 8, 스테이터스 감정에 실패했습니다〉

〈버글러그래치 LV 4, 스테이터스 감정에 실패했습니다〉

〈버글러그래치 LV 11, 스테이터스 감정에 실패했습니다〉

저런 애들이 돌아다니는데 여기가 중층이라고?

나는 투명 인간. 앗, 거미였다.

아무튼 기척을 지우자. 그대로 살며시 빠져나가자.

충분히 거리를 벌리고 나서, 그러고 보니 마물을 감정하지 않았음을 뒤늦게 떠올렸다.

〈버글러그래치: 거대한 턱을 가지고 있는 기형 마물. 무리 지어 행동하며 집단으로 사냥감을 습격한다〉

아하~. 저렇게 세 보이는데 게다가 몰려다니는구나~. 못 이기겠네~.

응.

여기가 중층이라는 가설은 없었던 걸로 해야겠다. 이래선 중층 난이도가 아니란 말이다!

어휴, 정말로 최하층은 아니기만을 기도해야겠는걸.

벽면을 따라 살금살금 이동.

요전에 마물을 세 마리 잡아먹고 나서 또 붉은색 스테미나 게이지가 안 줄어들게 됐다.

으응? 확실히 양이 좀 많긴 했으니까 한 마리를 다 먹었을 때 거의 최대치까지 회복됐었지만…….

가능성을 추려보자면 과식 스킬이 원인이려나?

과식한 만큼 나머지는 저장이 된다든지?

확실히 이 현상은 과식 스킬을 익힌 다음부터 일어났었지.

그렇게 생각하면 아주 엇나간 상상은 아닐 것 같아.

《숙련도가 일정 수치에 도달했습니다. 스킬 〈감정 LV 6〉이 〈감정 LV 7〉로 성장했습니다.》

오? 오오? 오오오?! 감정이 왔어요! 감정 씨가 왔습니다! 승리의 신호로다!

저번에 엄청난 성장을 이룩한 만큼 요번에도 무지무지 기대되거든?

괜찮은 거지? 이래놓고 나중에 「그럼 그렇지~. 감정 씨는 이래야지~」 이런 말 나오게 하면 삐칠 거야?

올라갈 대로 올라간 내 눈높이를 제대로 맞춰줄 거지?

아예 뛰어넘어도 되니까, 믿는다?

자, 그러면 감정 결과는 뭐라고 나오셨을까?!

〈스몰 타라텍트 LV 3, 이름 없음

스테이터스

HP: 38/38 (녹)　　MP: 38/38 (청)

SP: 38/38 (황)　　: 38/38 (적)

평균 공격 능력: 21　　평균 방어 능력: 21

평균 마법 능력: 19　　평균 저항 능력: 19

평균 속도 능력: 369

스킬

「HP 자동 회복 LV 2」　「독니 LV 8」　「독 합성 LV 1」

「거미줄 LV 8」	「실부림 LV 5」	「투척 LV 1」
「집중 LV 1」	「명중 LV 1」	「감정 LV 7」
「탐지 LV 3」	「은밀 LV 5」	「외도 마법 LV 2」
「그림자 마법 LV 1」	「독 마법 LV 1」	「과식 LV 3」
「밤눈 LV 10」	「시각 영역 확장 LV 1」	「독 내성 LV 7」
「마비 내성 LV 3」	「석화 내성 LV 2」	「산 내성 LV 3」
「부식 내성 LV 3」	「공포 내성 LV 5」	「고통 무효」
「통각 경감 LV 5」	「강화 LV 2」	「견고 LV 2」
「위타천 LV 2」	「금기 LV 2」	「n%I=W」 〉

응? 진짜야? 정말로? 잘못 본 거 아니지?

오, 오오, 오오오, 우오오오오오오옷?!

스킬이 왔어요!

진짜로 감정 씨 완전 굿 잡! 올라간 내 눈높이를 정말로 뛰어넘었어!

이얏호! 내 삶에 봄날이 왔도다!

감정 씨, 당신 진짜 대단해! 고마워. 정말정말 고마워!

이제야, 이제야 마침내 효과를 알지 못했던 스킬도 이중 감정으로 정체를 밝힐 수 있겠어!

무, 엇, 부, 터, 살, 펴, 볼, 까, 요~?

좋아, 우선은 방금 생각하고 있었던 과식부터 시작하자.

〈과식: 식사를 한계를 넘어서 섭취 가능케 해준다. 또한 그만큼 스태미나를 여유분으로 저장해놓을 수 있다. 다만 그만큼 몸이 비대해진다. 레벨이 올라가면 저장 가능한 양이 늘어난다〉

오, 오오. 오호라. 거의 예상했던 그대로인걸.

요컨대 초과해서 먹은 양만큼 스태미나가 안 줄어들게 되는 스킬이었구나.

그나저나 몸이 비대해진다고? 나 혹시 살쪘나? 별로 느껴지지 않는데.

혹시 거미라서 티가 안 나는 걸까?

인간이었다면 커다란 단점이 있는 스킬이었을지도?

다음은 이걸 한번 볼까.

〈강화: 스킬 레벨만큼 평균 공격 능력을 올려준다〉

흠, 그랬구나. 단순한 능력치 강화 스킬이었구나.

앗, 그러고 보니 레벨 업을 하면서 이 스킬도 레벨이 올랐었지.

틀림없이 레벨 업으로 공격력이 2 올라간 것이라고 생각했는데 그중 1은 이 스킬 덕분이었구나.

그렇다면 혹시?

〈견고: 스킬 레벨만큼 평균 방어 능력을 올려준다〉

역시 이 스킬은 강화의 방어력 버전이었군.

흐음, 솔직히 효과는 낮은 편이지만 내 잡몹 능력치를 조금이라도 끌어올려 주겠다는데 고맙게 생각해야지.

척척 감정해보자!

다음은, 처음 보는 스킬인걸.

레벨이 2인 것을 보면 언젠가 레벨이 올랐을 텐데 하늘의 목소리(일단은)를 깜빡 못 들은 적이 있었나?

〈위타천: 스킬 레벨×100만큼 평균 속도 능력을 올려준다. 또한 레

벨 업 시에 스킬 레벨×10만큼 성장 보너스를 부여한다〉

엥? 앗, 어, 흐아?

그랬구나, 속도만 이상하게 빠른 건 이 스킬 덕분이었구나. 이제야 알았네.

꿰에에에에에에에엣?!

으악, 이 사기 스킬은 대체 뭔가요?

속도가 빠른 이유는 그냥 종족 특성인 줄로만 알았는데 사실은 이것 때문이었어?

오오. 위타천이라. 설마, 혹시, 어쩌면, 이게 바로 소문으로나 듣던 전생 특전이라는 걸까?

오오! 진짜인가요?! 하느님, 완전 멋지세요!

태어난 순간부터 레어 스킬을 가지고 있었다니 전생 특전 완전 꿀맛이에요!

게임에서도 멋으로 위타천이라고 불렸던 게 아니었구나!

우히히! 이러면 살짝 흥분되잖아!

그럼 본 적이 없는 또 하나의 스킬은 뭘까?

〈n%I=W: 감정 불가능〉

응? 감정 불가능? 왜요?

아이코, 모처럼 판을 벌여놓고 이러는 건 좀 아니잖소.

뭐, 이름만 봐도 왠지 버그 같다는 느낌이니까.

살짝 마음에 안 들긴 하지만 감정이 안 된다면 더 신경 써봐야 소용없겠지.

그냥 마이너스 스킬만 아니면 좋겠다.

다시 기운을 내서 다른 스킬을 감정해보자.

〈금기: 금기를 범한 자가 얻는 스킬. 결코 올리지 말지어다〉

와~ 이번에는 또 무지무지 의미심장한 소리로 사람, 아니, 거미를 헷갈리게 만드네.

그래도 분위기를 보면 마이너스 효과라든지 저주밖에 떠오르질 않는걸.

나도 필요 없거든? 딱히 올리고 싶지도 않거든? 그나저나 이건 또 언제 2레벨이 된 거야…….

짐작도 안 간다. 살짝 흥분했었는데 도로 침울해졌다.

〈HP 자동 회복: HP가 시간 경과에 따라 서서히 회복된다. 자연적으로 회복되지 않는 부상도 회복 가능〉

〈독니: 이빨을 이용한 공격에 독 속성을 부여한다〉

〈독 합성: MP를 소비해서 독을 제작, 커스터마이즈한다. 합성 가능한 독은 레벨에 따라 다르다. LV 1: 약한 독〉

〈거미줄: 거미형 생물이 보유하는 특수 스킬. 커스터마이즈 가능한 실을 뽑아낸다. 커스터마이즈 항목: 점성, 신축성, 탄력성, 질감, 강도, 굵기〉

〈실부림: 실을 원하는 대로 조종할 수 있다〉

〈투척: 무언가를 투척할 때 위력과 명중률을 높여준다〉

〈집중: 집중력을 높여준다〉

〈명중: 온갖 상황과 경우에 대응하여 명중률을 높여준다〉

〈감정: 대상의 정보를 읽어낸다〉

〈탐지: 감지 계통 전체를 통합한 스킬. 상세: 마력 감지, 술식 감지,

물질 감지, 기척 감지, 위험 감지, 동태 감지, 열 감지, 반응 감지, 공간 감지〉

〈은밀: 기척을 숨긴다〉

〈밤눈: 빛이 없어도 시각 기관이 제 기능을 하게 해준다〉

〈시각 영역 확장: 가시 광역(可視光域)을 넓힌다〉

〈독 내성: 독 속성에 대하여 방어 능력을 증가시킨다〉

〈마비 내성: 마비 속성에 대하여 방어 능력을 증가시킨다〉

〈석화 내성: 석화 속성에 대하여 방어 능력을 증가시킨다〉

〈산 내성: 산 속성에 대하여 방어 능력을 증가시킨다〉

〈부식 내성: 부식 속성에 대하여 방어 능력을 증가시킨다〉

〈공포 내성: 공포를 잘 느끼지 않게 된다〉

〈고통 무효: 고통으로 인한 신체 및 정신의 능력 제한을 무효화시킨다〉

〈통각 경감: 통각을 경감시킨다. 위험 신호는 유지된다〉

나머지 스킬도 얼추 감정했다.

대부분 예상대로의 결과가 나왔지만 새롭게 발견한 사실도 몇 가지 있었다.

우선 시각 영역 확장 스킬의 정체가 밝혀졌다. 이건 적외선이나 자외선이 보이게 된다는 뜻일까?

하지만 지금으로선 그런 건 안 보이는데 말이지. 혹시 레벨이 1이라서 거의 안 보이는 건가? 이런 이유가 아니면 던전 안에는 적외선도 자외선도 없다는 걸까?

뭐, 안 보인다고 해서 곤란하지도 않으니까 별로 상관없으려나.

그리고 내성 계열의 스킬을 살펴보면서 알아낸 건데 조금 무서운 사실이 밝혀졌다.

내성 스킬 대부분은 이름 그대로의 효과를 가지고 있었지만 딱 하나 이름과 실제 효과가 일치하지 않는 스킬이 있었다.

〈부식 속성: 죽음의 붕괴를 관장하는 속성〉

뭐야, 이거, 무서워.

틀림없이 썩은 걸 먹어도 괜찮게 해주는 내성이라고 생각했었는데 알고 보니 부식은 정말이지 묘한 속성이었다.

우렁이 벌레를 먹고 이 내성이 올라갔으니까 걔도 이 속성을 가지고 있었다는 뜻이겠지?

으아, 어쩐지 저세상에서도 안 먹겠다고 할 만큼 맛이 끔찍하더라.

응. 우렁이 벌레를 먹는 건 최후의 수단으로만 남겨놓자.

자, 마지막이네.

이번 감정 결과에 따라서 내 앞날이 커다랗게 바뀔 것이다.

즉, 마법 3종의 감정.

지금까지 사용법을 전혀 알 수 없었던 까닭에 부득이하게 방치했던 스킬. 사용법을 알아낸다면 분명히 큰 역할을 해줄 스킬. 어쩌면 나는 스스로를 마법사라고 소개하면서 다니게 될지도 모른다.

좋아. 감정 씨, 잘 부탁드려요!

〈외도 마법: 혼을 직접적으로 해치는 마법. 사용 가능한 마법은 레벨에 따라 달라진다. LV 1: 불쾌, LV 2: 환통〉

〈그림자 마법: 그림자를 다루는 하위 어둠 마법. 사용 가능한 마법은 레벨에 따라 달라진다. LV 1: 흑영〉

〈독 마법: 독을 다루는 마법. 사용 가능한 마법은 레벨에 따라 달라진다. LV 1: 독수〉

오? 오옹? 으음. 미묘한걸.

아니, 아무것도 몰랐을 때와 비교하면 굉장히 발전하긴 했지만 역시 사용법은 잘 모르겠다.

외도 마법은 요점만 보자면 정신 공격 계열의 마법이라는 뜻이려나?

그림자와 독은 문자 그대로의 의미일 테고…….

그리고 레벨 1로 사용이 가능하다고 짐작되는 주문이 적혀 있었다.

적혀는 있지만 어떻게 쓰라는 거지?

역시 감정이랑 비슷한 느낌으로 읊으면 되는 걸까?

좋아. 그러면「불쾌」!

……아무 일도 안 일어나네.

아니야. 대상이 없으니까 그런 걸지도 모르잖아. 다른 것도 시험해보자.

「흑영」!

……아무 일도 안 일어나네.

「독수」!

……아무 일도 안 일어나네.

MP도 안 줄었고. 불발이라기보단 아예 발동이 안 됐구나.

이게 뭐냐고. 끙, 조금은 기대했는데 말이지. 역시 꽝인가?

아니, 잠깐만? 감정으로 마법을 조사하면 힌트 정도는 나오지 않을까?

〈마법: 마력을 스킬로 변화시켜서 현상으로 확립시킨 것〉

응, 답이 없네. 아아~ 마법을 써먹으려면 아직도 멀었나 봐.

쳇, 마법 소녀 매지컬 거미양이라고 소개할 날이 오려면 아직도 멀고 멀구나.

좋다 말았잖아.

뭐, 써먹진 못하겠지만 마법 주문의 상세 정보도 하나하나 감정해 보자.

〈불쾌: 혼에 직접적으로 불쾌감을 심어놓는다〉

〈환통: 혼에 직접적으로 환통을 심어놓는다〉

〈흑영: 그림자가 짙어진다〉

〈독수: 접촉한 대상에 독 속성 공격을 가한다〉

불쾌는 이름 그대로의 효과였다. 아마도 정신 공격 같다. 환통도 불쾌랑 비슷한 효과 같은걸.

독수는 레벨 1로 익히는 마법치고는 강해 보이지만 역시 레벨 1짜리니까 뭔가 함정이 있을 것 같아.

흑영은 이름 그대로의 효과였지만 대체 뭐에 쓰라는 거람?

음, 좀 더 레벨이 높은 그림자 마법과 조합해서 쓰는 건가?

그러면 이거 달랑 하나로는 써먹을 데가 없겠네.

뭐, 어차피 사용법을 모르는데 못 써먹는 건 마찬가지고.

바위 그늘로 피해서 숨을 죽였다.

〈엘로 더즈내치 LV 23

스테이터스

HP: 786/818 (녹)　　MP: 335/335 (청)

SP: 779/779 (황)   : 723/781 (적)

스테이터스 감정에 실패했습니다 〉

녀석은 내가 있는 바위에서 조금 떨어진 곳을 천천히 나아가고 있었다.

저건 또 뭘까? 어떻게 표현하면 좋을까. 커다란 생선에 손발이 달린, 으음, 조금 다른데. 이런 느낌으로 정체가 불분명한 수수께끼 생물이었다.

뭐, 수수께끼 생물의 정체 따위는 아무래도 상관없거든?

아니, 물론 관심이 아예 없는 건 아니야. 들키면 위험하니까 말이지.

하지만 그런 것보다 중요한 일이 있다고!

그래요, 감정 씨가 또 해냈답니다! 적의 스테이터스가 보여요!

보이는 건 HP랑 MP랑 SP뿐이지만 그래도 굉장하지 않아?

성공률도 별로 높진 않거든. 서너 번에 한 번 정도밖에 성공을 못하지만 그래도 상대의 스테이터스 일부가 보인다는 건 의미가 크지.

HP, MP, SP의 대략적인 수치만으로도 상대가 얼마나 강한지 짐작할 수 있으니까.

이런 식으로 수치가 심각하게 차이 나는 녀석은 상대하면 안 된다. 작전명, 목숨을 소중하게.

바로 옆을 지나가는 수수께끼 생물도 상대하면 안 되는 패턴이었다.

왜냐하면 수치가 진짜 말도 안 되거든.

HP 818은 대체 뭐야? 나를 스무 번 죽이고도 더 때릴 수 있는데요?

인플레이션이 좀 심하지 않아?

저런 얼간이 같은 얼굴로 이런 수치라니. 수수께끼 생물이 이 정도면 지룡은 HP가 네 자릿수는 되겠지?

살려줘~.

요 며칠 사이에 깨달은 사실인데 레벨이 10을 넘은 마물은 모두 강하다.

레벨 10으로도 진화 단계에 이르지 못하는 이른바 상급 마물이기 때문이라고 생각한다.

그래서 레벨 10 미만의 마물과 마주쳐도 방심하면 안 된다. 같은 종족으로 레벨 10을 넘긴 녀석을 본 적이 있다면 기본적으로 철저하게 도망쳐야 된다는 거지.

반대로 아무리 찾아도 레벨 10을 넘는 개체가 없는 마물은 대부분 약했다.

다만 충격이었던 점은 내가 평소에 사냥하고 다녔던 잔챙이마저도 나보다 훨씬 수치가 높다는 사실이었다. 개중에는 HP가 세 자릿수를 넘는 녀석도 있었고…….

말도 안 돼~. 네가 그렇게 강했다고~? 이런 느낌이랄까.

그야 정면으로 싸우면 승산이 없는걸.

기습에 전부를 걸자. 그렇게 결심한 순간이었다, 끙.

그러고 보면 잔챙이라고 부르고는 있지만 나보다도 격은 위였단 셈이지.

그리고 나보다 격이 높은 마물을 어려움 없이 행동 불능으로 빠뜨리는 거미줄은 상당히 강력한 스킬이라는 생각이 들었다.

거미줄이 없었으면 지금쯤 나는 살아 있지도 못했을 거야.

능력치는 중요하지만 스킬도 중요하다는 말씀.

그런 만큼 상대의 스킬도 가능한 한 빨리 읽어낼 수 있게 되면 좋겠다.

스킬까지 알아내면 싸움이 상당히 유리해질 테니까.

나는 스킬을 빼면 속도밖에 내세울 게 없지만 말이야.

거미줄에는 불로 대응하고 독니는 해독약으로 무효화시킨다거나 그러면 내게는 승산이 없는걸.

으아아. 위험하잖아. 스킬 대책 진짜 위험해. 단단히 준비를 갖추고 오면 꼼짝없이 죽어야 되잖아!

뭐, 마물한테 그런 지혜가 있진 않겠지만…….

그렇지 않았으면 나같이 빈약한 몬스터가 살아남기는 더더욱 쉽지 않았을 거다.

역시 지혜는 중요하구나. 인간의 최대 무기라고 일컬어질 만해.

살금살금. 오른쪽, 이상 무! 왼쪽, 이상 무! 전방, 표적 발견!

〈엘로 코호코로 LV 7

스테이터스

HP: 67/89 (녹)　　　MP: 21/21 (청)

SP: 79/79 (황)　　　　: 54/85 (적)

스테이터스 감정에 실패했습니다 〉

전방에 보이는 것은 공벌레처럼 생긴 커다란 마물.

몸은 공벌레인데 머리는 쥐다. 포유류인지 곤충류인지 분명히 해줬으면 좋겠다.

아르마딜로처럼 보이기도 하지만 척 봐도 징그러우니까 공벌레라고 부를래.

습성도 공벌레라면 몸을 동그랗게 말아서 방어력을 강화할 수도 있으려나?

전에 거북이 마물이랑 붙었을 때도 등딱지 안으로 숨어버리는 바람에 고생깨나 했지.

뭐, 내 실에 걸리면 동그래지기도 전에 꽁꽁 묶여버리지 말입니다.

그런고로 투망 스탠바이!

으랏차! 명중!

그다음은 실부림으로 영차, 이영차.

《조건을 충족시켰습니다. 칭호 〈실 술사〉를 획득했습니다.》

《칭호 〈실 술사〉의 효과로 스킬 〈실부림 LV 1〉과 〈참사 LV 1〉을 획득했습니다.》

《〈실부림 LV 1〉이 〈실부림 LV 5〉에 통합되었습니다.》

《숙련도가 일정 수치에 도달했습니다. 스킬 〈실부림 LV 5〉가 〈실부림 LV 6〉으로 성장했습니다.》

오? 오오? 칭호가 왔습니다!

실 술사라고? 중2의 마음을 자극하는 이름이오만?

저기, 공벌레야? 너한테 신경 쓸 틈이 없어졌으니까 후딱 끝내도 될까?

괜찮지? 안 돼? 안 되면 안 되는데.

그런 관계로 독니, 또 독니. 바위 그늘로 옮겨서, 영차.

어디 보자, 방금 획득한 칭호부터 빨리 확인해볼까.

실 술사, 획득 조건은 역시 실을 마구 써야 하는 거겠지?

으응? 그러면 조금 더 빨리 칭호를 획득했어야 하지 않나?

뭔가 조건이 다를지도 모르겠네. 뭐, 이미 얻은 칭호의 획득 조건을 따진다 한들 무슨 소용이 있겠어.

중요한 건 칭호가 쓸모 있는지 없는지 아니겠어요?

그리고 확신이 들었다. 이번 칭호는 쓸모 있을 거야.

아니, 뭐, 그게 말이지. 실부림 레벨을 올려줬으니까 제 몫은 이미 충분히 해줬어.

실부림은 날이 갈수록 중요도가 높아지고 있는 만큼 레벨이 올라간 건 굉장히 기쁘다고.

이것만으로도 이 칭호의 가치는 충분한 셈이지.

하지만 내 흥미가 다른 하나의 스킬로 쏠려버렸네.

참사(斬絲).

어때, 얼핏 들어도 중2의 마음을 설레게 하는 단어라고 생각하지 않아?

이거 결국은 그거잖아?

실로 적을 싹둑싹둑할 수 있다는 거지?

마, 말도 안 돼! 보이지 않는 참격이라고?! 대체 뭐냐?!

이런 전개도 가능하다는 말이지?

으핫, 좋구나~. 정말 좋은걸~.

뭐, 그런 중2의 설렘은 별개로 치더라도 전력을 상당히 올려줄 것 같아.

지금까지 나는 공격 수단이라고 해봐야 독니가 전부였는걸.

공격 수단이 드디어 한 가지 늘어났구나.

게다가 나의 메인 웨펀 격인 실을 무기로 쓸 수 있다는데 무슨 말이 더 필요하겠어.

아차, 아직 감정도 안 했고 실험도 안 한 상황에서 미리 기뻐하면 안 되지.

우선은 감정부터—.

〈참사: 실에 베기 속성을 부여한다〉

음. 이름 그대로의 효과구나. 막상 뜬금없는 효과라도 나오면 어쩌나 싶었는데.

일단 걱정거리 하나는 사라졌다.

다음 문제는 거미줄에 적용이 가능하냐는 점과 제대로 발동시킬 수 있느냐는 점, 그리고 레벨 1로 어느 정도의 효과가 있느냐 라는 점이려나.

이럴 때 유용한 것이 방금 해치운 공벌레랍니다! 자, 실험체가 되어주실까요!

우선은 거미줄을 뽑아냈다.

맨 처음은 강도를 최대로 하고 점착성은 제로로 했다.

공벌레 시체를 향해 실을 휘두르면서 참사라고 읊는다.

오, 감각적으로는 제대로 발동한 것 같은데?

실은 공벌레의 몸에 닿았다가 튕겨 나갔다.

쳇. 역시 레벨 1로는 대단한 위력이 나오지 않는구나.

아, 그래도 흠집이 살짝 생기긴 했어. 레벨 1로 이 정도면 충분하지 않을까?

지금까지의 레벨 1짜리 스킬들은 있으나 마나가 대부분이었고,

레벨 1로 딱딱한 공벌레한테 흠집을 낼 정도면 성능은 상당히 좋은 것 같아.

그러고 보니 소비는 어떻지? MP라든지 줄었으려나? 음, MP는 안 줄었구나.

SP는…… 과식의 영향으로 안 줄어드니까 잘 모르겠는걸.

하지만 독 합성을 떠올려보면 아마도 줄어들 것이다.

그렇다면 눈에 보이는 붉은색 게이지가 1도 줄지 않았지만 내부적으로는 조금 줄어들었을 것 같은데…….

보통 때에는 얼마나 소비하는 건지 잘 모르겠지만 가성비가 나쁘진 않다는 느낌이야.

게다가 앞으로도 과식을 활용해서 붉은색 스태미나 게이지는 여유분을 챙길 테니까 괜찮지 않으려나?

다음은 실에 점착성을 부여해봤다.

방금 전과 마찬가지로 공벌레를 공격.

응? 으응. 발동은 잘됐지만 흠집이 생기진 않았네.

뭐, 이렇게 되는 건 예상대로였다.

거미줄을 가지고 이것저것 실험하면서 커스터마이즈 가능한 항목에도 제한이 있다는 사실은 이미 알고 있었다.

가령 점착성을 최대로 늘리면 탄력성을 부여하기가 어려워진다.

불가능하진 않지만 효과가 약해졌다.

점착성과 예리함을 양립시키는 건 불가능하지는 않겠지만 현실적이라고 할 순 없겠지.

그래도 참사는 무척 좋은 스킬이었다. 나하고 상성이 대단히 좋다.

스킬 레벨을 냉큼 올려주고 싶었다.

그렇게 됐으니 공벌레 군?

이미 죽어버린 자네를 거듭 괴롭히는 것 같아 미안하네만 스킬 레벨 올리기에 도움을 좀 주시겠는가?

나는 공벌레한테 쉴 새 없이 참사를 후려갈겼다.

참사의 스킬 레벨은 공벌레를 마구마구 괴롭힌 끝에 3까지 올라갔다.

사실은 더 많이 올려놓고 싶었지만 공벌레가 모자이크 없이는 표현할 수 없는 상태가 되어버려서 어쩔 수 없었다.

레벨 3으로도 대단한 흠집을 내진 못했지만 낙숫물이 댓돌을 뚫는다고들 하잖아.

공벌레 군, 자네의 희생은 아마도 어쩌면 분명히 잊지 못할 것 같기도 하다는 마음이 안 들진 않는군.

물론 그다음은 감사히 잘 먹었습니다. 언제나 그랬듯이 맛은 없었지만…….

뒤늦게 떠올린 생각인데 꼭 공벌레를 대상으로 연습할 필요는 없었단 말이지.

여기저기 널린 바위 중에서 하나 골라잡으면 됐는데.

어머나, 나도 참. 공벌레는 괜히 당한 거야?

아니, 그렇진 않아. 오히려 내게 도움이 됐으니까 분명히 저세상에서 울며 기뻐하고 있을 거야.

응? 악당이라고? 무슨 소리인지 모르겠는걸~.

퍼뜩 누군가의 기척을 느끼고 시선을 돌렸다.

〈아노그래치 LV 8, 스테이터스 감정에 실패했습니다〉

처음으로 보는 마물이었다. 1미터 정도의 크기에 원숭이처럼 생겼다.

스테이터스 감정도 실패했고 가능하면 지나쳐 보내고 싶었지만 완전히 들켜버린 탓에 그러기는 불가능했다. 아니, 애초에 저 원숭이의 눈빛을 보면 그냥 보내줄 생각이 없는 것 같아.

원숭이가 달음박질쳤다. 이쪽을 향해 똑바로 돌진하는데 스피드가 상당히 빠르다.

황급히 거미줄을 날려서 반격했다. 그러자 원숭이는 옆으로 스텝을 밟으며 회피했다.

스텝? 회피?

어안이 벙벙해진 틈에 원숭이가 거리를 좁히고 달려들었다.

또다시 거미줄을 날렸지만 이번에도 가볍게 피해버린다.

눈앞으로 닥쳐든 원숭이가 팔을 높이 쳐들었다.

엉덩이에 매달린 거미줄을 재빨리 떼어내고 닥쳐오는 원숭이의 팔을 피했다.

저런 가는 팔에서 나왔다고는 상상도 되지 않을 만큼, 커다란 바람 가르는 소리가 눈앞에서 울려 퍼진다.

안 돼. 이건 제대로 맞으면 한 방에 무조건 저세상이야.

스테이터스 면으로 보자면 대처가 불가능하진 않을 부류였지만 잘 생각해보면 상층 수준의 마물이어도 정면으로 상대했을 때 위험했거든…….

원숭이는 첫 번째 공격이 허공을 갈랐는데도 포기하지 않고 다짜

고짜 팔을 휘둘러댔다.

움직임은 볼썽사나웠고 세련되지도 않았지만 일격필살의 위력을 지닌 공격이 연속으로 날아든다는 건 그것만으로 공포였다.

나는 프로 복서가 아니라서 초보자의 펀치도 무섭단 말야!

꺄악! 마음속으로 비명을 지르면서 필사적으로 피했다.

《숙련도가 일정 수치에 도달했습니다. 스킬 〈회피 LV 1〉을 획득했습니다.》

죽을힘을 다해 피한 보람이 있었는지 새로운 스킬을 획득했다.

동시에 아무리 팔을 휘둘러도 공격이 맞질 않아서 속이 끓었는지 원숭이는 이제껏 이상으로 거창한 공격을 시도하려고 했다.

기회다!

큼지막하게 원을 그리는 펀치를 피하고 과도한 동작으로 경직된 팔에다가 거미줄을 갖다 붙였다.

푸하하하! 이리된 이상 네놈도 끝장이다! 어떠냐, 분하냐?!

잉?

병마개가 뻥 날아가는 느낌으로 내 몸이 번쩍 날아올랐다.

으엑?!

원숭이가 팔에 달라붙은 거미줄째로 나를 냅다 던지려고 하는 참이었다.

큰일 났다!

당장 거미줄을 몸에서 떼어냈다. 예상대로 원숭이는 거미줄을 지면으로 세차게 내리쳤다.

조금만 늦게 떼어냈으면 내 몸은 지면에 내동댕이쳐졌을 것이다.

하지만 그런 신세는 아슬아슬하게 피했다.

게다가 거미줄이 지면에 달라붙으면서 원숭이는 더 이상 움직일 수 없게 되었다.

공중에서 자세를 가다듬고 화려하게 착지. 10점!

하늘로 날려 가긴 했지만 다행히 고도가 아주 높진 않았던 덕에 낙하 대미지도 거의 없었다.

거의 원숭이의 자폭이나 다름없는 나의 승리였다.

원숭이한테 추가로 실을 둘러 감아서 꼼짝도 못 하게 만들어놓은 다음 평소처럼 독니로 마무리했다.

마지막 순간 원숭이가 심상치 않은 눈빛으로 쏘아보면서 고함을 질렀지만 더 이상은 저항하지 못하고 숨이 끊어졌다.

《경험치가 일정 수치에 도달했습니다. 개체, 스몰 타라텍트가 LV 3에서 LV 4로 성장했습니다.》

《각종 기초 능력치가 상승했습니다.》

《스킬 숙련도 레벨 업 보너스를 습득했습니다.》

《숙련도가 일정 수치에 도달했습니다. 스킬 〈집중 LV 1〉이 〈집중 LV 2〉로 성장했습니다.》

《숙련도가 일정 수치에 도달했습니다. 스킬 〈투척 LV 1〉이 〈투척 LV 2〉로 성장했습니다.》

《숙련도가 일정 수치에 도달했습니다. 스킬 〈명중 LV 1〉이 〈명중 LV 2〉로 성장했습니다.》

《스킬 포인트를 입수했습니다.》

원숭이를 쓰러뜨리고 레벨이 오르면서 단번에 세 개나 스킬 레벨이 올랐다.

전부 다 쓸모 있는 스킬인 까닭에 제법 기뻤다.

레벨이 올라도 역시 속도를 제외한 다른 능력치는 낮았다.

위타천이 없었다면 속도도 낮았을 테고 그랬을 경우에는 내가 내세울 만한 건 실밖에 없게 된다.

위타천 만만세라고나 할까?

단번에 이것저것 올라가서 기쁘지만 마냥 느긋하게 굴면 좋지 않겠지.

원숭이 말고도 근처에 다른 마물이 없다는 보장은 아무도 안 해주는걸.

일단 원숭이는 잘 먹겠습니다.

으음. 얘는 독이 없네. 쓴맛이 안 나. 하지만 특유의 노린내 때문에 역시 맛은 없어.

전세의 소고기랑 돼지고기는 위대했구나.

스태미나가 가득 찼어도 과식 스킬 덕분에 남길 필요가 없어서 좋았다.

과식도 처음 봤을 때는 단어의 뉘앙스 때문에 마이너스 효과가 있진 않을까 꽤 경계했는데 의외로 쓸모가 좋은 스킬이었다.

전에도 언급했지만 나는 스태미나 의존도가 꽤 높았다.

실을 뽑아낼 때도 달릴 때도 스태미나를 소비한다.

그래서 스태미나를 추가로 저장할 수 있는 과식 스킬은 나하고 상성이 좋았다.

마법을 쓸 수 있다면 스태미나로 치중된 부담도 조금은 줄어들겠지만 승능을 찾으려고 해도 우물조차 어디 있는지 모르니 어쩔 수 없었다.

그건 그렇다 치고 이 원숭이는 강했다.

요즘은 거의 기습에만 의존했으니까 이렇게 제대로 한판 붙은 건 오랜만이었다.

역시 하층의 마물은 무섭다. 원숭이는 개중에서도 스테이터스 면으로 보면 약한 축일 테지만, 그럼에도 불구하고 이렇게 아슬아슬한 승부를 벌여야 했으니까.

자, 그럼 원숭이도 다 먹었겠다, 후다닥 이동하자.

마물 도감

file.05

버글러그래치

LV.01

status 【능력치】

HP 600 / 600

MP 100 / 100

SP 588 / 588

564 / 564

평균 공격 능력 : 559

평균 방어 능력 : 531

평균 마법 능력 : 97

평균 저항 능력 : 106

평균 속도 능력 : 548

skill 【기술】

「투척 LV 6」「명중 LV 6」「입체 기동 LV 6」「연계 LV 6」「과식 LV 1」「휴식 LV 1」

통칭 거대 원숭이. 거대한 악어와 비슷한 형태의 주둥이를 가진 아노그래치의 진화 형태. 가끔씩 수많은 아노그래치 무리에 섞여서 다닐 때도 있지만 상호 간에 연계를 하지는 않는다. 하위종에 속하는 아노그래치는 동료를 해친 존재에 대하여 죽을 때까지 공격을 반복하는「복수」라는 특수한 스킬을 가지고 있는 데 반해, 버글러그래치로 진화하면「복수」와「노여움」 스킬을 잃어버린다. 종을 보존하기 위해서 스킬이 사라진 것이라고 추측하는 가설이 나왔지만 진위는 불명. 개체의 위험도는 B에 가까운 C.

S8. 엘프 여자애

아버지의 부름을 받았다.

게다가 나와 카티아가 둘이 함께.

대체 무슨 까닭인지 페이도 데리고 오라고 했다.

어떤 용건인지 알 수가 없어서 셋이 고개를 갸웃거렸다.

“그냥 혹시나 싶은데 말이다, 약혼 얘기가 아닐까?”

“응? 누가 약혼하는데?”

“그러니까, 나하고 너하고.”

카티아의 뜬금없는 소리에 뭐라고 답해야 할지 모르겠다.

“그게 무슨 말이야.”

『뭐야? 너 혹시 BL에 취미 붙였니?』

“뭐, 우리는 당연히 무슨 소리냐고 하겠지. 근데 주위에서 보면 어떻겠어? 같은 나이에 집안끼리도 가까운 남녀. 게다가 본인들도 사이가 좋아 보인다. 그러면 일찌감치 약혼시키자는 얘기가 나와도 이상할 건 없잖냐?”

듣고 보니까 아주 억지스러운 말도 아니었다.

나는 왕족이고 카티아도 유서 깊은 공작가의 영애다.

신분이며 격이 맞기는 했다.

“그런데 너는 그래도 괜찮은 거야?”

“괜찮을 리 없잖아. 남자랑 결혼이라니 상상만 해도 끔찍하다고. 하지만 언젠가는 겪어야 할 일이니까 적어도 각오는 해야 되지 않겠냐?"

"너 의외로 착실하게 고민했구나?"

"당연하지. 아무튼 나도 어디서 굴러먹다 온지도 모르는 개뼈다귀보다 네가 약혼자라면 차라리 편해지거든. 내 형편도 잘 알아줄 테고, 체면이 살짝 구겨지겠지만 여차하면 둘이 합의해서 약혼을 파기할 수도 있고."

그런 방법도 있었군.

이제까지는 약혼자에 대해 생각한 적도 없었지만 나도 왕족의 일원인 만큼 언제 그런 이야기가 나와도 이상한 일은 아니었다.

그렇다면 서로를 이성으로 의식할 수 없는 카티아는 약혼자로서 오히려 적합한 상대일지도 모르겠다.

단 한 가지를 제외하고…….

"그나저나 너 말이다, 스우는 어쩔 거야?"

"아."

그렇다.

여동생 스우는 내게 접근하는 녀석을 용서하지 않는다.

심지어는 페이마저도 스우에게는 평범한 애완동물로만 보일 텐데 가끔씩 살벌한 눈초리로 쏘아볼 때가 있을 정도였다.

여동생아, 생물학적으로 암컷이면 인간이 아니더라도 질투하는 거니? 한번 진지하게 대화를 나눠보고 싶다.

그리고 진지한 대화의 장에서 당연한 소리를 왜 하느냐는 식으로 아무렇지도 않게 되물을 것 같아서 살짝 무서웠다.

카티아에게는 요즘 들어 조금씩 경계심을 풀어내고 있지만 나와 약혼한다는 이야기가 나돌기라도 하면 뭐라고 반응할지 짐작도 안 간다.

“어쩌면 걔가 나를 죽여버릴 수도 있어.”

“에이, 설마 그런 짓까지 하겠냐.”

“……충분히 하고도 남을 것 같은데 말이다.”

『곱게 죽여주면 다행이지 않을까?』

스우가 살짝 무서운 아이로 자라긴 했지만 그 정도는 아니라고 생각한다.

이러저러하는 사이에 대합실 안으로 한 사람의 남성과 또 한 사람, 조그만 여자아이가 들어왔다.

나와 카티아와 페이는 안으로 들어온 두 사람을 보고 입을 헤벌렸다.

두 사람의 귀가 인간보다 길었기 때문이었다.

“처음 뵙겠소이다. 금번에 엘프의 친선 대사로서 귀국에 신세를 지게 된 포티머스 하이페너스라고 하오. 두 분을 불러들인 것도 나라오. 모쪼록 잘 부탁드리겠소.”

남자 엘프, 포티머스는 담담한 어조로 자기소개를 했다.

엘프를 만나는 건 처음이었다.

엘프가 있다는 사실은 알고 있었지만 이렇게 실제로 마주하니까 역시 이곳은 이세계였구나, 라는 실감이 와 닿았다.

“흐음, 가지고 있군그래.”

포티머스가 웃음 지었을 때 뭔가 거북한 느낌이 들었다.

“오카, 여기 두 사람과 한 마리는 가지고 있다. 이제부터는 네가 맡도록 해라.”

"넵, 그럼요. 알겠습니다~."

"그러면 나는 이만 실례하겠소."

"수고하셨어요~."

포티머스는 그대로 방에서 척척 나가버렸다.

남겨진 나와 카티아는 멍하니 쳐다보는 것이 전부였다.

이쪽은 자기소개를 할 틈도 주지 않고 순식간에 떠나가 버렸다.

뭘 어쩌면 좋을지 알 수 없어서 홀로 남은 조그만 여자아이에게로 시선을 돌렸다.

"흠흠~, 그러면 자기소개를 하겠습니다~. 지금 이름은 필리메스 하이페너스랍니다~. 앞으로 잘 지내봐요~."

카티아와 둘이서 얼굴을 마주 봤다.

이런 조그만 여자애가 느닷없이 자기소개를 하는데, 뭘 어쩌라는 건지 알 수가 없었다.

"선생님은 말이죠, 상대가 자기소개를 하면 자신도 이름을 알려주는 게 예의라고 생각하거든요~. 여러분 의견은 어떤가요~?"

"실례했습니다. 본국의 제4왕자, 슈레인 재건 애너레이트라고 합니다."

"애너발드 공작가의 장녀, 카르나티아 세리 애너발드라고 합니다."

여자아이의 재촉을 듣고 서둘러서 자기소개를 했다.

"응응. 왕자님에다가 공작 영애군요~. 좋은걸~. 끝내준당~."

나는 문득 몸을 굳혔다.

아까부터 묘하게 말꼬리를 늘어뜨리는 버릇도 그렇고, 언동을 보고 있으면 저절로 아는 사람이 떠올랐다.

옆에 있던 카티아도 마찬가지였는지 눈이 휘둥그레졌다.

"설마 오카 쌤?!"

"제대로 선생님이라고 불러야죠? 하지만 정답이랍니다~!"

엘프 소녀는 전세에서 우리의 담임이었던 오카 쌤, 오카자키 카나미 선생님이었다.

오카 쌤이라는 애칭으로 불렸던 선생님은 상당히 유감스러운 사람이었다.

학생 시절에 푹 빠진 만화 캐릭터의 말버릇을 흉내 내다가 그것이 입에 찰싹 달라붙었다든가—.

전국 시대 만화의 영향을 받아 역사학으로 유명한 대학으로 진학했다든가—.

역(逆) 히카루 겐지 계획을 세우고 학교의 교사가 되었다든가—.

상당히 유감스러운 선생님이었다.

다만 그런 유감스러움이 오히려 학생한테 먹혀든 덕에 인기가 좋았다.

"그런데요, 저기서 동물 흉내를 내고 있는 쪽은 자기소개를 안 할 건가요~?"

『어?! 들킨 거야?』

"전부 다 들켰거든요~. 아니면 왜 일부러 불러왔겠어요~. 미리 알아차렸어야죠~."

페이가 굉장히 껄끄럽다는 표정을 지었다.

수업 태도가 좋지 않았던 페이는 수업 중 선생님한테 자주 벌을 받았으니까 말이지.

살짝 거북할 수도 있겠다.

『으으, 페일룬이에요.』

"네, 참 잘했어요~."

선생님이 잘했다, 잘했다고 페이의 머리를 쓰다듬었다.

페이는 망연한 표정으로 선생님의 손길을 가만히 받아들이고 있었다.

"그나저나 선생님은 왜 이 나라로 오신 건가요?"

"당연히 너희 셋이 있다는 걸 알았기 때문이죠~. 꽤 유명한 이야기랍니다~? 애너레이트 왕국에 터무니없는 천재가 몇 명이나 태어났다고 말예요~."

우리는 오랜만에 재회한 은사에게 일본어로 말을 건넸다.

이미 전세의 이름도 가르쳐드렸다.

카티아의 이름을 들은 순간에는 눈이 휘둥그레지면서 곧이어 「끝내준당~」이라고 괴상한 감상을 내뱉었지만…….

"저희를 만나러 이곳까지 오셨다고요?"

"맞아요, 그렇답니다~."

『있잖아, 여기 둘의 위치를 알아낸 건 이해가 되거든. 그런데 나는 어떻게 알고 온 거야? 애완동물로 지냈으니까 별로 눈에 띄는 행동은 안 했을 텐데?』

"자기가 얼마나 특이한지도 모르고 있었군요~. 소문이 자자하거든요~? 천재 왕자가 기르는 애완동물도 천재라고요~."

『어? 정말?』

"그렇답니다~. 평범한 마물이 조교 스킬도 가지고 있지 않은 인간의 말을 고분고분 따른다고요~. 게다가 같이 훈련까지 한다는데, 얘기할 필요도 없죠. 절대로 평범한 마물일 수가 없으니까요~."

『아, 그건 그렇겠네. 실수했는걸.』

성내의 소식이 바깥으로 새어 나간다는 건 별로 바람직하지 않지만 본래 발 없는 말이 천 리를 가는 법이다.

"뭐, 목적은 이게 전부는 아니지만요~. 선생님은 이래 봬도 선생님이거든요~. 역시 학생들의 안부 정도는 확인해야 된다고 생각했어요~. 뭐~ 다른 세상으로 전생한 시점부터 안부 운운할 상황이 아니게 됐지만요~."

말은 농담조였지만 훌륭한 마음씨라고 생각했다.

나만 봐도 이 세계에서 살아가는 것 말고는 다른 데로 주의를 돌리지 못했다.

우리 반의 다른 친구들이 있을지도 모르겠다고 추측은 했지만 찾아다니겠다는 생각조차 하지 않았다.

"이 세계는 일본과 달라서 위험하잖아요~. 보호하려면 빨리 해주는 게 좋거든요~."

저런 생각도 미처 한 적이 없었다.

마물이 실제로 돌아다니는 세상이다. 조금만 멀리 내다봤다면 당연히 깨달았을 텐데도 나는 자신이 안전하니까 다른 반 친구도 안전할 것이라고 제멋대로 믿고 있었다.

페이가 죽을 뻔했다는 이야기를 들었으면서도 어딘가 머나먼 곳에서 벌어진 일로 생각하고 있었다.

"그러면 선생님은 저희를 보호하러 온 건가요?"

"꼭 그런 건 아니랍니다~. 셋은 입장이 단순하질 않으니까 보호 어쩌고 해도 호락호락 내줄 리 없으니까요~. 기본적으로 당사자가 희망하는 경우에만 엘프 마을에서 보호하고 있답니다~."

"그 말씀은 혹시 이미 몇 사람은 찾아냈다는 건가요?"

"맞아요~. 엘프 마을에 열한 명, 접촉에 성공한 다른 학생들은 여기 셋을 포함해서 여섯 명이에요~. 그리고 둘 정도는 소재 확인을 마쳤으니까 나중에 만나러 갈 거예요~."

우리 반에는 스물다섯 명의 학생이 있었다.

결론적으로 아직 여섯 명은 행방이 묘연하다는 뜻이었다.

하지만 반대로 말하자면 겨우 여섯 명을 제외하면 모든 학생의 행방을 확인했다는 뜻이었다.

이토록 광대한 세계에서 그만한 수의 학생을 수소문한다는 건 과연 얼마나 힘든 일이었을까.

"선생님은, 저희를 위해서, 그렇게까지 열심히……."

"선생님의 본분 아니겠어요~? 게다가 학생들 대부분은 인족의 영역에서 인족으로 발견됐거든요~. 막 엄청나게 고생하고 그러진 않았답니다~."

『대부분은 인족…….』

페이는 선생님의 말을 듣고 충격을 받았나 보다.

힘내라고밖에 해줄 말이 없었다.

선생님은 별일 아니라는 듯이 말씀하셨지만 상당한 노력을 기울였다는 건 분명했다.

나는 다시 한번 선생님에게 고개를 숙였다.

"어머~ 쌓인 이야기도 많겠지만요~. 선생님도 이제 곧 이 나라의 학교에 입학할 거예요~. 그때 또 잔뜩 이야기 나누도록 해요~."

나와 카티아도 머지않아 그 학교를 다닐 예정이었다.

애완동물 반입도 일단은 가능해서 페이도 데리고 가기로 했다.

새로운 생활이 바로 곁으로 다가와 있었다.

12. 지상 100미터의 공방전

아, 졸려. 이제 슬슬 졸음기가 위험한 지경이었다.

간이 홈 없는 노숙이 몸을 이토록 무겁게 만들 줄이야.

조금 더 버틸 순 있겠지만 이제는 본격적으로 숙면을 취할 방법을 궁리하지 않으면 큰일 날지도…….

그렇지만 애초에 아무 데서나 숙면을 취할 수 있었다면 수면 부족에 시달리면서까지 탐색을 강행하지도 않았을 거야.

그야 여기까지 왔으면 지룡이 쫓아오진 않겠지만 그 대신 여기저기에 강적이 득실거리는 상황이란 말이지.

간이 홈 수준으로는 돌파를 막을 수가 없어.

그렇다고 해서 견고한 홈을 만드는 건 말이 안 되고…….

나는 여기에 눌러앉고 싶지 않거든. 한시라도 빨리 탈출하고 싶은걸.

그러니까 만드는 데 시간이 걸리는 홈은 탈락.

그러면 역시 간이 홈을 지어야겠지만 간이 홈 수준으로 여기 근방에 서식하는 마물에게도 효과가 있을지 불분명했다. 이렇게 다시 처음으로 되돌아간다.

어떡하지, 졸린 머리를 쥐어짜면서 고민했습니다.

간이 홈으로도 방식을 달리하면 괜찮지 않을까?

예를 들면 근처 적당한 곳에다가 만드는 것이 아니라 눈에 잘 뜨이지 않는 장소에 숨겨서 짓는다든지.

끙, 말하기는 쉽지. 이곳 근방은 바위가 제법 울퉁불퉁한 지형이지만 그렇다고 해서 마냥 안심하고 숨을 만한 장소도 아니거든.

어라, 잠깐만? 꼭 숨어야 하는 건 아니잖아?

결국은 다른 마물이 손을 뻗치지 못하면 되는 거잖아?

그러면 좋은 장소가 있지.

나는 재빨리 그곳으로 향했다. 그곳, 벽을 쭉 올라간 끝에 도착한 천장으로…….

우아~. 높다~. 무셔~. 이런 데서 잠이 오려나?

어쨌든 여기 사는 마물 중에서 벽을 타거나 하늘을 나는 녀석은 아직 못 봤거든.

아, 우렁이 벌레는 예외.

벌도 얼마 전 휑한 공간으로 들어서고부터는 안 보였으니까. 천장과 벽면의 모서리에다가 간이 홈을 건설한 다음 그 안에서 잠들면 안전하겠다는 생각이 드는걸.

방침도 정해졌겠다, 얼른 집을 지어볼까요!

우아, 진짜 높구나. 지상 100미터 정도면 고층 빌딩으로 몇 층짜리지?

떨어지면 무조건 죽겠네.

뭐, 구명줄이 있으니까 떨어지진 않겠지만 그래도 고공 작업을 하다 보면 저절로 겁이 나는걸. 일해라, 공포 내성.

《숙련도가 일정 수치에 도달했습니다. 스킬 〈공포 내성 LV 5〉가 〈공포 내성 LV 6〉으로 성장했습니다.》

죄송합니다. 제가 건방진 소리를 했어요.

알겠으니까 이렇게 절묘한 타이밍으로 레벨 업 하지 말란 말이야.

어휴, 깜짝 놀랐네.

응, 일단 짜임새는 완성.

으음. 하지만 이래가지고는 밖에서 훤히 보이잖아?

지룡의 브레스 같은 원거리 공격을 먹었다간 한 방에 쓱싹당하지 않을까?

역시 살짝 숨겨놔야겠는데.

근처에 굴러다니는 바위를 어떻게든 써먹을 방법은 없을까?

일단 지상으로 내려왔다. 바위를 쳐다본다. 으음. 그냥 쓰기에는 너무 커.

가공할 방법이 있으면 좋을 텐데. 참사로 베면 베일까?

바위에 실을 동여매고 참사 발동. 끌어당겼다. 응, 살짝 베이긴 했지만 안 되겠네.

톱처럼 슬근슬근 움직이면 혹시 잘릴까? 와, 조금씩이지만 잘린다, 잘려.

《숙련도가 일정 수치에 도달했습니다. 스킬 〈참사 LV 3〉이 〈참사 LV 4〉로 성장했습니다.》

도중에 스킬 레벨이 올라서 작업 효율이 좋아졌다.

좋아, 얇게 썰어낸 바위 채가 완성됐어요.

이걸 집의 표면에 갖다 붙여서 위장하자.

바위에 실을 단단히 붙였다.

그러고는 지상 100미터의 집까지 실을 가지고 올라간다.

좋아, 이제는 실을 잡아당기기만 하면 돼.

영차! 무, 무거워! 으그그그극. 큭, 체중을 실어서 당기는 거야.

이영차!

《숙련도가 일정 수치에 도달했습니다. 스킬 〈강화 LV 2〉가 〈강화 LV 3〉으로 성장했습니다.》

도중에 강화 스킬의 레벨이 올라갔다. 올라갔지만 그래도 무거웠다.

이거, 순발력도 지구력도 장난 아니게 소모되는데? 엄청 힘들어!

《숙련도가 일정 수치에 도달했습니다. 스킬 〈순발력 LV 1〉을 획득했습니다.》

《숙련도가 일정 수치에 도달했습니다. 스킬 〈지구력 LV 1〉을 획득했습니다.》

뭔가 스킬을 획득했다. 하지만 지금은 확인할 겨를이 없어!

이영차, 당긴다!

헉헉, 헥헥.

드디어 바위를 끝까지 끌어올렸다.

우아, 지금 보니까 스태미나가 과식으로 저장한 양을 다 쓰고 줄어들었네.

어쩐지 힘들다 했어.

어라, 이상한데? 나는 편하게 잠들겠다고 간편한 방법을 떠올린 건데 왜 이런 중노동에 땀을 빼고 있지?

으응? 깊이 생각하면 지는 거야. 응.

열심히 땀을 흘린 보람이 있었다. 집에다가 갖다 붙인 바위가 딱 좋은 느낌으로 내 모습을 감춰준다.

이제 잠깐만 손을 움직여서 침상을 만들면—.

완성!

후후. 천국이 따로 없구나.

아아, 역시 실의 안쪽에 있으면 마음이 진정되는걸. 바로 이거지. 역시 이게 없으면 마음 놓고 잠들 수가 없어.

앗, 잠들기 전에 새로 획득한 스킬의 효과를 확인해놔야겠다.

〈순발력: 스킬 레벨만큼 SP(순발력)를 올려준다〉

〈지구력: 스킬 레벨만큼 SP(지구력)를 올려준다〉

그렇군, 강화나 견고의 SP 버전이었어.

각각 40씩이었던 내 SP가 41로 늘어났다. 스태미나는 중요하니까 제법 쓸 만한 스킬이다.

좋아. 스킬 확인도 마쳤겠다, 중노동으로 지쳤으니까, 잘래!

오랜만에 푹 잠들 것 같아. 오늘은 잠꾸러기 모드다.

그럼 나는 이만, 안녕히 주무세요.

으아~ 잘 잤다. 응. 정말 실컷 잤구나.

그런데 뭘까?

아예 정신줄 놓고 잠에 빠질 예정이었는데 불현듯 눈이 뜨였다는 느낌인데?

으응? 온몸의 털이 곤두서는 이 감각. 위험할지도…….

바위 판 너머로 빼꼼히 얼굴을 내밀고 아래를 살펴봤다.

〈아노그래치 LV 6, 스테이터스 감정에 실패했습니다〉

〈아노그래치 LV 3, 스테이터스 감정에 실패했습니다〉

〈아노그래치 LV 8

스테이터스

HP: 165/168 (녹)　　MP: 38/38 (청)

SP: 127/127 (황)　　: 109/118 (적)

스테이터스 감정에 실패했습니다 〉

〈아노그래치 LV 5, 스테이터스 감정에 실패했습니다〉…….

아래쪽에 원숭이 무리가 포진하고 있었다. 대강 세어봐도 쉰 마리쯤 된다.

뭐라고요? 거짓말이죠?

게다가 쟤네들은 이쪽을 분명하게 인식하고 있었다.

어째서?!

바위 위장은 완벽했을 텐데……. 나도 바깥쪽에서 봤으니까 잘 안다.

언뜻 봐선 벽이 살짝 튀어나온 것으로 보일 뿐이었다.

그런데 어째서?!

가능성이 있다면 요전에 쓰러뜨렸던 같은 종족의 원숭이 때문일까?

그 녀석이 뭔가를 했나? 특수한 냄새라든지? 모르겠다.

어쨌든 현실 속에서 원숭이들은 이렇게 몰려들었고, 또한 나를 주시하고 있었다.

당장이라도 벽을 타고 올라올 기세였다. 아니, 벌써 발을 딛고 기어올랐다.

으으, 큰일 났어!

수직으로 솟은 벽을 기어오르려면 아무리 원숭이라도 고전을 면할 수 없었는지 오르는 속도는 상당히 느렸다.

아마도 여기까지 다다르려면 몇 분은 걸릴 것이다.

그동안 나도 뭐든 행동을 취해야 했다.

이런 때는 천장을 따라 도망치는 것이 제일이겠지?

저 많은 원숭이와 맞붙어 싸우는 건 당연히 무리였다.

좋아, 결정했으면 빨리 도망치자.

어라? 천장의 색깔이 중간부터 바뀌는데? 뭐야?! 왜 이렇게 미끈거려?!

실도 거의 달라붙질 않잖아?! 말도 안 돼…….

천장은 벽에서 1, 2미터쯤 떨어진 지점부터 암석의 질이 달라졌다.

내 다리는커녕 점착력을 최대로 해서 뽑아낸 실조차 거의 달라붙질 못하는 매끈매끈한 바위로…….

이래선 천장을 이동해 도망치는 방법은 불가능했다.

그렇다면 벽을 따라 옆으로 도망칠 수밖에…….

아마 재네도 쫓아오겠지만 그때부터는 근성 승부다.

좋아, 가야겠…… 퍽! 으엥?! 뭐지, 뭐야?! 돌?!

으앗, 재네들이 돌을 집어 던진 거야?!

그보다 지상에서 여기까지 거리가 얼만데 저게 닿는 거야?!

으앗, 또 던진다?!

황급히 바위 안쪽으로 대피했다. 뒤늦게 내가 있던 곳으로 돌이 날아들었다.

아무래도 높이가 상당한 만큼 지상에서 이리로 날아온 돌은 별반 위력이 없었다.

하지만 수직으로 벽에 달라붙은 상태에서 맞았다면 아마도 떨어졌겠지?

내가 있던 곳을 정확히 맞힌 명중률을 보건대 투척이나 명중, 어쩌면 양쪽 스킬을 모두 가지고 있을 것 같네.

오싹오싹 불길한 예감이 들었다.

이래선 도망칠 길이 없다. 어떡하지? 아니야, 이제 남은 길은 하나뿐. 요격할 수밖에.

다행히 간이 홈이긴 해도 이곳에는 거점이 있다.

원숭이 떼가 도착하기 전에 최대한 이곳을 강화하고 격퇴할 수밖에 없다.

똑같이 벽에 달라붙은 상태로 벌이는 싸움이지만 벌하고는 달리 이번에는 상대편한테도 딱히 유리한 지형이 아니었다.

오히려 미리 만들어놓은 간이 홈을 발판 겸 요새로 활용할 수 있으니까 나한테 더 유리했다.

할 수밖에 없다.

우선은 실을 흩뿌렸다. 그리고 실부림으로 벽에다가 갖다 붙였다.

단순하지만 이렇게 해두면 벽을 오르기가 어려워진다.

던져대는 돌을 피해야 됐기 때문에 작업 진척이 더뎠다.

이러저러하는 동안에 벽을 타는 원숭이들의 제1진이 벽의 중간쯤까지 올라오고 말았다.

위험하다. 예상보다 벽을 타는 속도가 빨랐다.

지금 뿌려놓은 실의 양 가지고는 원숭이 전부의 발을 묶어두기는 무리였다.

어떡하지?

맞아, 이쪽에서 상대를 공격할 만한 수단이 뭔가 없을까?

투척에다가 명중도 있으니까 뭔가 던질 물건을 찾아내면 좋을 텐데…….

그렇지, 던지는 건 아니지만 떨어뜨릴 건 있었다!

바위 너머로 얼굴을 내밀고 독 합성을 발동시켰다.

물론 약한 독을 만들어내진 않는다. 내가 이제껏 거미로 살면서 갈고닦아온 강력한 독, 거미독이다.

내 눈앞으로 방울지면서 나타난 거미독이 중력에 이끌려 그대로 떨어졌다. 벽을 기어오르던 원숭이로서는 딱히 피할 방법이 없었다.

안면에 제대로 명중. 원숭이는 몸부림치면서 추락했다.

이건 먹힌다!

재빨리 소비 MP를 확인했다. 소비된 MP는 겨우 1. 즉 최대 마흔 발이나 날릴 수 있다. 실부림으로 써야 할 몫을 고려하면 스물다섯 발 정도일까.

전부 명중한다면 대략 절반의 원숭이를 탈락시킬 수 있다!

곧바로 두 번째 거미독을 떨어뜨렸다. 역시 명중했고 원숭이는 아래로 추락했다.

부지런히 떨어뜨리자. 이런 건 떨굴 수 있을 때 떨궈야 한다.

《숙련도가 일정 수치에 도달했습니다. 스킬 〈독 합성 LV 1〉이 〈독 합성 LV 2〉로 성장했습니다.》

스킬 레벨이 올랐지만 확인은 나중으로 미뤄야겠다.

어차피 추가된 독보다 거미독이 강할 테니까.

제법 많은 원숭이를 떨궈놓는 데 성공했을 즈음에 원숭이 쪽에서도 대응책을 들고 나왔다.

집의 바로 아래쪽 부근을 피하고 옆 방향으로 이동해서 올라온다.

전부 다 옆으로 이동하기 전에 최대한 많이 독을 떨어뜨렸다.

《숙련도가 일정 수치에 도달했습니다. 스킬 〈명중 LV 2〉가 〈명중 LV 3〉으로 성장했습니다.》

좋아, 좋아. 재미있을 정도로 원숭이들이 픽픽 떨어진다.

하지만 꽤 많은 수가 옆으로 이동했다.

이제 독 떨어뜨리기는 못 써먹을 지경이었다.

MP의 잔량이 살짝 불안했으니까 딱 좋은 타이밍이었을지도 모르겠네.

옆으로 이동한 원숭이의 진행 방향에다가 실을 뽑아냈다.

이 싸움은 이제 막 시작됐을 뿐이다.

원숭이가 벽을 기어 올라온다.

실부림을 구사해서 원숭이의 진행 방향 쪽 벽에다가 점착사를 차근차근 갖다 붙였다.

큰일인걸. 남은 MP가 불안불안하다. 독 합성으로 좀 많이 썼는지도 모르겠다.

어쨌든 여차하면 실부림 없이 붙일 수밖에…….

돌이 날아들기에 잽싸게 바위 뒤로 숨었다.

지상에 남은 원숭이들은 쉴 새 없이 돌을 던져대고 있었다.

맞아도 절대 치명상에 이르진 않겠지만 정말로 성가시기 짝이 없었다.

원숭이의 선두가 그동안 붙여놓은 점착사 지대로 돌입했다.

물론 원숭이들은 점착사에 들러붙은 채 움직임을 멈췄다.

이제 선두가 못 움직이게 됐으니까 후방도 틀어막힐 테고 한동안 시간을 벌어, 으엑?!

쟤네들, 자기편의 몸을 발판으로 밟으면서 계속 올라오잖아!

점착사 지대가 아직 더 있긴 하지만 이래선 예상보다 빨리 돌파당하겠어!

제길! 이제는 MP를 아끼고 말고 할 상황이 아니야.

원숭이가 특히 잔뜩 몰려 있는 한쪽에다가 투망을 던졌다.

투망에 붙들린 원숭이들은 그대로 방치.

아무리 발버둥질해봐야 점착사가 얽혀 들면서 더욱더 움직임을 봉쇄당할 뿐이다.

진로상에 꼼짝 못 하는 원숭이 덩어리가 있으면 장애물 역할을 해 줄 것이다.

실에 붙들린 원숭이는 모두 방치했다.

원숭이의 스테이터스로 짐작하건대 쟤네들이 내 거미줄에서 빠져나오는 건 불가능하다고 판단했기 때문이었다.

이번에는 참사를 쓰지 않는다.

확실한 방법으로 맞서야 할 때였다. 점착사를 흩뿌려서 모든 원숭이를 행동 불능으로 몰아넣도록 하자.

해치우는 건 그다음 천천히 하면 된다.

두 번째 투망을 날려 보냈다. 또 원숭이 몇 마리가 그 안에 붙들렸다.

세 번째를 쏘려고 하던 차에 투석이 나를 덮쳤다. 황급히 피했다.

제길, 비록 적이지만 원호 타이밍이 제법 훌륭하잖아.

게다가 원숭이 놈들은 내 투망을 경계해서인지 더욱더 좌우로 분산하여 엉겨 붙지 않도록 행동을 개시했다. 이래선 투망을 써도 한두 마리밖에 못 잡는다.

얘네는 지금까지 겪었던 마물하고는 달리 머리가 좋아!

머리가 좋으면 내가 사냥감으로선 수지가 안 맞는다는 것쯤은 깨달으라고!

이렇게 쪼끄만 거미를 해치워봤자 무슨 좋은 게 있다고!

하지만 원숭이 떼는 무슨 일이 있더라도 나를 해치우겠다는 기백을 가지고 닥쳐들었다.

그러지 마~. 내가 감당하기에는 너무 정열적이야~. 그 정열을 다른 데다가 쓰란 말이야~. 예를 들면 ○○○(자체 검열)라든가~.

시답잖은 농담을 하는 동안에도 실을 흩뿌렸다.

원숭이가 좌우로 흩어진 까닭에 여기저기 구석구석 싹 다 뿌려야 됐다.

실부림은 최대한 절약 모드로만 쓰도록 하자. 이런 상황에서 MP가 바닥나면 굉장히 위험하다.

내가 간이 홈에 틀어박히는 선택지를 고르지 않은 이유는 이곳이 지상 100미터이기 때문이었다.

내 실은 분명히 강력하지만 무적은 아니다. 불에는 약하고 지룡 상대로는 단박에 날아가 버렸다.

뛰어난 방어력을 자랑하지만 그것을 뛰어넘는 힘이 가해지면 돌파당한다.

원숭이에게 가능한 일이라고 생각되진 않는다.

지상이었으면 나는 틀림없이 농성을 선택했다. 하지만 이곳은 지상이 아니었다.

만약 원숭이가 간이 홈에 공격을 가하다가 몸이 붙들려버린다면?

당연히 원숭이의 체중만큼 부하가 걸린다.

그런 일이 몇 번이고 거듭되면서 간이 홈이 끝내 부하를 견디지 못하게 된다면…….

간이 홈에는 토대가 없었다. 그저 천장과 벽이 닿는 모서리에다가 점착력으로 붙여놓았을 뿐이었다.

나와 바위 판 정도의 무게라면 버텨낸다. 하지만 얼마나 많은 중량을 견딜 수 있을지는 모르는 일이었다.

확장시켜서 안정성을 확보하는 쪽도 고려했지만 그것보다는 원숭이의 접근을 막는 방향을 선택했다. 확장해봐야 결국은 견디는 무게의 최대치가 늘어나는 것이 전부라고 생각했기 때문이었다.

그래도 원숭이의 숫자를 생각하면 좋은 방법이었을 수도 있다.

처음 얼마 동안만…….

어째서냐고? 그건 원숭이의 숫자가 전혀 줄어들질 않아서다!

독을 맞혀 떨어뜨린 녀석이 용케 살아남아서 다시 올라오는 줄로만 생각했는데 벽의 바로 아래쪽에는 독사 및 추락사로 짐작되는 시체가 여럿 쌓여 있었다.

다행히도 부활했다거나 그런 건 아니었다.

이유는 단순했다. 맨 처음보다 원숭이의 숫자가 늘어났다는 것뿐.

이른바 증원이라는 거지. 하하, 걔네들 대체 어디에서 솟아나는 건지 자꾸자꾸 숫자가 늘어나는걸. 처음에는 분명히 쉰 마리 정도였는데 지금은 얼핏 봐도 두 배는 되잖아. 게다가 아직도 계속 늘어나고 있어. 끝이 보이지 않는 마라톤은 무서운 법이지.

어떡하지? 진짜로 어떡하지? MP는 물론이고 붉은색 스태미나도 불안해졌는데.

아까부터 쉬지 않고 거미줄을 뽑아냈으니까 말이지.

스태미나가 바닥나면 끝장이다. 실이 안 나올 테니까…….

그런 사태만은 어떤 수를 쓰든 피해야만 했다.

쿠모닝스타를 쥐었다.

목표는 이곳에서 가장 가까운 위치에 있는 원숭이.

냅다 던졌다. 맞았다.

좋아, 그대로 점착력을 믿고 억지로 끌어올렸다.

날뛰는 원숭이를 재빨리 실로 구속. 독니를 박아 넣었다.

그러던 중 날아온 돌을 세게 얻어맞았다.

아야! 그래도 HP는 5밖에 안 줄었어.

예상했던 대로 지상에서 여기까지는 거리가 제법 되는 까닭에 큰 위력을 발휘하지 못했다.

아프지만 통각 경감과 고통 무효의 힘으로 무시하고 하던 동작을 강행했다.

독니의 힘으로 원숭이의 숨통을 끊어버렸다.

곧바로 잡아먹는다!

이 작업은 속도가 생명이었다. 빨리 끝마치고 전선으로 복귀해야 한다.

아직 원숭이 놈들은 점착사에 걸려서 고전 중이었다. 상당수가 거미줄에 붙들린 채 행동 불능 상태로 빠져들었지만, 그 대신 벽에 달라붙은 원숭이의 몸뚱이가 길을 만들어내고 있었다. 차근차근 내 곁까지 접근해 온다.

스태미나를 회복시킬 기회도 기껏해야 한 번 더, 하지만 이번이 마지막이라고 생각하는 것이 좋겠다.

그러니까 재빨리, 그러면서도 남기지 않고 먹어치워서 전부 다 내 양식으로 삼는다!

우걱우걱! 다 먹었다!

어쩐지 원숭이들의 살기가 더 심해진 것 같지만 이제 와서 뭔 상관이야!

먹는 건 나라고! 네놈들한테는 절대로 안 잡아먹힌다!

다짜고짜로 실을 흩뿌렸다.

《숙련도가 일정 수치에 도달했습니다. 스킬 〈집중 LV 2〉가 〈집중 LV 3〉으로 성장했습니다.》

정신없이 집중한 덕인지 집중 스킬 레벨이 올라갔다.

지금은 아무래도 좋았다. 이쯤 되면 진짜로 여유가 없어진다.

아래쪽에는 원숭이들이 실로 뒤덮인 채 거듭거듭 포개져 있었다. 그런데도 원숭이의 숫자가 줄지 않고 오히려 점점 늘어났다.

행동 불능에 빠진 원숭이의 숫자도 늘어나고 있지만 그 이상으로 증원되는 머릿수가 많았다.

마치 부근에 있는 원숭이가 모조리 몰려드는 것 같았다.

MP는 겨우 2밖에 안 남았다.

MP가 완전히 0이 됐을 때 어떤 악영향을 끼칠지 모르기도 하고 더 이상은 MP를 쓸 수 없었다. 실부림을 완전히 봉인당하고 말았다.

하지만 지금으로선 별반 차이가 없었다.

왜냐하면 이미 원숭이의 선두가 엎어지면 코 닿을 데까지 들이닥쳤으니까.

실부림을 쓸 필요도 없는 거리까지 적이 접근한 것이다.

실을 뽑아냈다. 또 한 마리의 원숭이가 실에 뒤얽혔다.

그런데 녀석은 차마 믿기지 않는 행동을 취했다.

뛰어내렸다.

둔탁한 소리가 나면서 원숭이는 지면에 내동댕이쳐졌다. 이 높이에서는 아무리 마물이라도 무사할 순 없었다.

원숭이들은 자신의 죽음과, 접근 경로에서 움직임을 봉쇄당하고 동료의 방해가 되는 처지를 비교한 다음 죽음을 선택했다.

말도 안 된다.

평범한 사고방식으로는 떠올릴 수도 없는 이상 사태를 목격한 탓에 온몸이 오싹거렸다.

계속 요격을 하다 보면 언젠가 원숭이도 포기할 것이라고 은근히 기대했었다. 하지만 그런 기대감은 지금 이 순간 와장창 무너졌다. 원숭이는 나를 죽일 때까지 멈추지 않는다. 내가 원숭이를 모조리 죽이느냐, 혹은 원숭이가 나를 죽이느냐. 이 싸움은 둘 중 하나가 아니면 절대로 끝나지 않는다.

투석이 나를 덮쳤다. 하지만 나는 더 이상 피하지 않았다. 피할 겨를이 없었다.

돌이 몸에 맞았다. HP가 줄었다. 그래도 통각 경감과 고통 무효의 힘으로 무시했다.

줄어든 HP는 자동 회복에 맡긴다.

돌을 맞은 그 순간에도 계속해서 실을 흩뿌렸다.

그렇게라도 하지 않으면 이 난국을 벗어날 수 없다.

마음 한구석으로 나는 원숭이들을 얕보고 있었다. 지룡과 비교하면 아무것도 아니라는 식으로…….

확실히 그토록 강대한 존재와 비교하면 대부분의 상대는 아무것도 아니게 된다.

하지만 그런 이유로 얕보면 결코 안 됐었다.

나는 바보인가? 나 자신이 얼마나 약한지는 잊어버렸나? 약해빠진 나와 비교하면 주위의 전부가 강적이라고 해도 과언이 아니거늘. 어쩌자고 잔챙이를 상대하는 것처럼 기분을 낸 거야?

게다가 상대는 아득하게 격이 낮은 나를 상대로 죽음조차 마다하지 않고서 맹공을 감행하고 있다.

격이 높은 마물조차 목숨을 바쳐 덤벼들고 있는데 내가 얼렁뚱땅 도망칠 길 따위는 애초에 없었던 거다.

이렇게 된 이상 나도 각오를 다지고 마주 서야 한다.

또다시 투석이 내 몸에 맞았다.

일순간. 정말 일순간. 나는 충격으로 움츠러들었다.

그 틈에 마침내 원숭이 한 마리가 내 다리를 붙잡았다.

몸의 절반 이상을 실에 뒤얽힌 상태로, 단 하나 자유롭게 움직이는 오른팔을 뻗어서…….

삐걱삐걱, 그다지 듣고 싶지 않은 소리가 다리에서 울려 퍼졌다.

당장이라도 으스러질 것 같은 통증을 꾹 눌러 참으면서 다리를 붙잡은 손에 독니를 찔러 넣었다.

원숭이의 힘이 다하는 것과 거의 동시에 다리가 중간쯤부터 떨어져 나갔다.

아팠다. 무지무지 아팠다. 통각 경감을 거치고도 아팠다.

신체 결손, 이것도 HP 자동 회복으로 치료가 되는 걸까? 아니면 레벨 업으로 회복되면 좋을 텐데.

하지만 지금은 잃어버린 다리를 걱정할 때가 아니었다.

방금 전의 공방으로 상당한 시간을 빼앗겼다.

곧바로 다른 원숭이가 올라온다.

실을 뽑아냈다. 마음이 점점 조급해졌다. 남은 스태미나가 또 바닥을 보이려 하고 있었다.

실을 막아낸 원숭이가 곧장 허공으로 뛰어올랐다.

녀석의 말로를 지켜보지도 못한 채 또다시 실을 뽑아낸다.

《경험치가 일정 수치에 도달했습니다. 개체, 스몰 타라텍트가 LV 4에서 LV 5로 성장했습니다.》

《각종 기초 능력치가 상승했습니다.》

《스킬 숙련도 레벨 업 보너스를 습득했습니다.》

《숙련도가 일정 수치에 도달했습니다. 스킬 〈집중 LV 3〉이 〈집중 LV 4〉로 성장했습니다.》

《숙련도가 일정 수치에 도달했습니다. 스킬 〈명중 LV 3〉이 〈명중 LV 4〉로 성장했습니다.》

《숙련도가 일정 수치에 도달했습니다. 스킬 〈견고 LV 2〉가 〈견고 LV 3〉으로 성장했습니다.》

《스킬 포인트를 입수했습니다.》

그 목소리를 들은 순간 재빨리 간이 홈으로 철수했다.

굿 타이밍이었지만 배드 타이밍이기도 했다.

탈피였다.

부리나케 낡은 허물을 벗어 던졌다. 뜯어진 다리는 별 탈 없이 회복됐다. 낡은 껍질을 내버려 둔 채 당장 전선으로 복귀했다. 탈피에 쏟은 약간의 시간조차도 이런 상황에서는 목숨을 좌우한다.

예상대로 간이 홈에 원숭이가 매달려 있었다.

마침내 최종 방어선까지 원숭이의 마수가 들이닥쳤다.

거의 바닥났던 MP와 SP는 레벨 업으로 양쪽 모두 회복되었다.

하지만 그것만으로 어떻게 해볼 단계는 훨씬 전에 지나가 버렸다.

아니. 아직 방법은 있다.

간이 홈의 가장자리에서 다리를 뻗었다.

그 다리를 원숭이에게 붙잡혔지만 알 바 아니다!

나는 마구마구 흩뿌려댄 끝에 이제는 하나의 거대한 덩어리가 되어버린 실에 닿았다.

가진 힘을 모조리 쏟아부어서 실부림을 발동시킨다. 내 힘이 서서히 실 속으로 침투해 들어갔다.

스킬 레벨이 올라서 조종 가능한 실의 숫자도 상당히 늘어난 상태였다.

물론 이만한 덩어리 전부를 움직이는 건 무리겠지만 그래도 상관없었다.

양이 어마어마해서 그런지 방금 회복된 MP가 다시 무시무시한 기세로 줄어들었다. 그리고 붙잡힌 다리에서 또 이상한 소리가 울렸다.

그와 동시에 몸 전체도 간이 홈 바깥으로 끌려 나갔다.

바깥에서 원숭이의 팔이 뻗쳐 왔다.

간신히 머리를 붙잡히는 꼴은 면했다. 하지만 몸체를 붙잡히고 말았다.

원숭이는 내 몸체를 으스러뜨리려고 엄청난 힘을 가했다.

HP가 급속도로 줄어들면서 격통이 솟구쳤다.

《숙련도가 일정 수치에 도달했습니다. 스킬 〈생명력 LV 1〉을 획득했습니다.》

《숙련도가 일정 수치에 도달했습니다. 스킬 〈마력량 LV 1〉을 획득했습니다.》

하늘의 목소리(일단은)와 동시에 실의 준비가 완료됐다.

나는 남은 힘을 쥐어짜서 실을 움직였다. 내 의지를 좇아 실은 벽면으로부터 벗겨져서 떨어져 나갔다.

당연히 실에 달라붙어 있었던 원숭이들과 함께…….

굉음을 울리면서 또 하나의 벽처럼 보이는 실 덩어리와 원숭이 떼가 지상에 남아 있었던 원숭이 무리를 향해 쓰러졌다.

《경험치가 일정 수치에 도달했습니다. 개체, 스몰 타라텍트가 LV

5에서 LV 6으로 성장했습니다.》

《각종 기초 능력치가 상승했습니다.》

《스킬 숙련도 레벨 업 보너스를 습득했습니다.》

《숙련도가 일정 수치에 도달했습니다. 스킬 〈실부림 LV 6〉이 〈실부림 LV 7〉로 성장했습니다.》

《숙련도가 일정 수치에 도달했습니다. 스킬 〈과식 LV 3〉이 〈과식 LV 4〉로 성장했습니다.》

《스킬 포인트를 입수했습니다.》

《경험치가 일정 수치에 도달했습니다. 개체, 스몰 타라텍트가 LV 6에서 LV 7로 성장했습니다.》

《각종 기초 능력치가 상승했습니다.》

《스킬 숙련도 레벨 업 보너스를 습득했습니다.》

《숙련도가 일정 수치에 도달했습니다. 스킬 〈통각 경감 LV 5〉가 〈통각 경감 LV 6〉으로 성장했습니다.》

《숙련도가 일정 수치에 도달했습니다. 스킬 〈은밀 LV 5〉가 〈은밀 LV 6〉으로 성장했습니다.》

《숙련도가 일정 수치에 도달했습니다. 스킬 〈회피 LV 1〉이 〈회피 LV 2〉로 성장했습니다.》

《스킬 포인트를 입수했습니다.》

대량의 원숭이를 한 방에 몰살시키는 데 성공했다.

레벨 업의 탈피 덕분에 붙잡혀 있던 몸체와 다리가 원숭이의 손을 빠져나왔다.

원숭이의 손에는 낡은 껍질이 두 장 겹쳐서 쥐여 있었다.

실로 거대한 붕괴를 일으키면서 대부분의 원숭이를 지상으로 내리꽂았지만 간이 홈에 매달렸던 원숭이는 아직도 건재했다.

그렇지만 놈의 몸은 이미 간이 홈의 실로 뒤얽혀 있었다.

몸을 움직이지 못하도록 추가로 실을 둘러친 다음 독니로 확실하게 숨통을 끊었다.

마지막 한 마리를 마무리하고 나서야 후유, 한숨을 돌렸다.

아직 끝나진 않았지만 파도를 하나 타고 넘었다.

풀어지려고 하는 마음을 채찍질했다. 아직 끝나지 않았어. 아직 원숭이는 전멸하지 않았다고…….

전멸시킬 때까지 마음을 놓아선 안 된다.

곧바로 간이 홈에서 나와 아래쪽의 상황을 살폈다.

그야말로 끔찍한 광경이었다.

실로 뒤얽힌 탓에 꼼짝도 못 하고 지면으로 내동댕이쳐진 원숭이의 말로와 붕괴에 휩쓸려 찌부러진 원숭이들의 참상.

또한 저토록 처참한 광경 속에서도 살아남아 전의를 불태우고 있는 원숭이들.

나는 곧장 새로운 실을 쭉쭉 뽑아서 벽에 설치했다.

원숭이들은 아직 포기하지 않았다. 태세를 정비하는 대로 또 침공할 것이다.

그 전에 나도 준비를 마쳐야 했다.

원숭이들의 증원은 아직도 이어지고 있었다. 도대체 얼마나 더 오려는 거야……. 그만 올 때도 됐잖아.

그리고 증원으로 나타난 병력 가운데 있어선 안 되는 마물이 있었다.

〈버글러그래치 LV 3, 스테이터스 감정에 실패했습니다〉

〈버글러그래치 LV 4, 스테이터스 감정에 실패했습니다〉

〈버글러그래치 LV 6, 스테이터스 감정에 실패했습니다〉

악어를 떠올리게 하는 거대한 입. 그 입에서 톱날 모양의 흉악한 이빨이 수없이 엿보였다. 지금까지 상대한 원숭이보다 곱절은 더 되는 몸집. 어깨너비도 보통이 아니었다. 기형의 거대 원숭이가 무리에 섞여 있었다.

저건 내가 휑한 공간으로 진입하고 나서 처음으로 목격한 마물이다.

그러고 보니 원숭이의 종족명이 아노그래치였던가? 비슷한 이름을 보고 깨달았어야 했다. 저 거대 원숭이는 원숭이의 진화종이었다.

원숭이의 증원으로 와선 안 되는 마물이 오고 말았다.

느릿느릿 나타난 녀석들의 수는 세 마리.

레벨은 내가 봤던 중에선 낮은 편이지만 상위 마물인 이상 레벨이 낮다고 방심해선 안 된다.

애초에 원숭이만 해도 정면으로 싸우면 강적인데 진화종이 약할 리가 없었다.

겉모습을 봐도 상당히 흉악한 형색이니까 원숭이와는 비교도 안 되게 강하다고 가정해놓는 편이 좋겠다.

물론 지룡 클래스는 아니겠지만 그래도 원숭이 이상의 강적이 셋.

또 난이도가 올랐다.

망연자실해서 움직임을 멈춘 것도 한 순간뿐—.

살아남은 원숭이들이 행동을 개시하는 순간 내 의식은 뭔가에 홀린 듯 현실로 휙 끌려왔다.

원숭이들은 무너져 있는 실 무더기를 피해서 좌우로 커다랗게 우회한 다음 또다시 벽을 기어오르고 있었다.

움직임을 보건대 어지간히도 실을 경계하고 있음이 느껴졌다. 정말이지 만만치 않은 상대였다.

나는 거대 원숭이를 유심히 주시하면서 실을 쭉쭉 뿌렸다.

거대 원숭이는 아직 움직이지 않는다. 원숭이들과 적극적으로 연계할 의도는 없는 건가?

그러면 좋겠지만 낙관해선 안 된다. 움직임에 언제나 주의를 기울일 필요가 있었다.

원숭이들은 더 이상 돌을 던지지 않았다.

별반 효과도 없는 데다가 어쩌면 바닥을 덮은 실 무더기를 피한다고 거리가 멀어진 탓에 내가 있는 곳까지는 돌이 안 닿는지도 모르겠다.

투석은 그만두고 벽 타기에 전념하는 분위기였다. 그래주면 툭툭 날아드는 돌멩이가 은근히 거슬렸던 나로서는 고마운 일이다. HP도 깎여 나가고, 움직이는 데도 방해되고. 더할 나위 없이 반가웠다.

그때 거대 원숭이가 움직임을 보였다.

천천히 바위를 들어 올린다. 응? 바위?!

가볍게 들어 올렸다고? 저건 얼마 전 간이 홈에 붙인다고 바위 판을 잘라낸 바로 그 바위잖아?!

분명 땅속에 단단히 파묻혀 있었는데 어떻게 별것도 아니라는 듯이 번쩍 뽑아낸 거지?!

얇게 썰어낸 일부분만 해도 엄청나게 무거웠던 그 바위가 맞아?!

어, 그 바위를 어쩌려고? 잠깐만 기다려봐, 왜 팔을 뒤로 뻗치는 건데? 설마?!

황급히 간이 홈 밖으로 대피했다.

직후 바위가 포탄처럼 간이 홈으로 꽂혀 들었다.

자욱하게 피어오른 흙먼지가 가시고 난 자리에는 바위가 틀어박혀 있었고 간이 홈은 완전히 짓뭉개져버렸다.

거짓말이지?

정말 무식한 힘이네. 저런 걸 맞았다간 한 방에 저세상 확정이잖아.

다행스럽게도 거대 원숭이의 주변에는 더 이상 적당한 바위가 없었다. 저런 어처구니없는 포탄이 또 날아오진 않을 것이다.

하지만 최종 방어선이었던 간이 홈이 단숨에 파괴되었다.

이제부터 나는 간이 홈 없이 싸워야 한다.

그건 위험하다.

간이 홈의 방어력에 기댈 수 없다는 것도 문제이지만 발판이 사라진 것이 가장 치명적이었다.

지금까지 원숭이를 요격할 수 있었던 이유는 단단하게 고정된 발판 위에서 마음 놓고 공격에만 전념한 덕분이었다.

발판을 잃어버린 지금 상황에서는 조금만 잘못돼도 추락을 면할 수 없다.

천장에 실을 붙여놓았으니 땅바닥으로 곤두박질치는 일은 없겠지만 무방비한 상태가 되었다는 건 변함없었다.

실에 의지해야 될 만큼 급박한 상황에서 원숭이들이 잠자코 지켜보고 있지는 않을 테니까.

나는 재빨리 결단했다.

급조품이라도 상관없으니까 실로 발판을 만든다.

그동안은 다른 장소에 실을 설치하는 작업이 중단되겠지만 원숭이들이 들이닥치면 발판 만들기는 아예 엄두도 내지 못할 것이다.

지금이라도 만들어두지 않으면 나중에 분명 후회한다.

좋아! 일단은 내가 서서 활동할 만한 크기의 발판은 완성!

여기에서 원숭이들을 물리치는 거다. 이제 곧 두 번째 방어전이 시작된다.

원숭이들이 밀어닥쳤다. 나는 그리로 계속해서 실을 뿌렸다.

첫 번째 공방전의 반복으로 보였지만 바뀐 점은 있었다.

이제 원숭이들은 내 실의 특성을 잘 알고 있다.

붙들리면 빠져나올 수 없다는 것을…….

그 때문인지 선두로 올라오던 원숭이는 일부러 몸을 커다랗게 펼치면서 실이 뿌려진 구역으로 침입했다.

더 넓은 범위의 실을 자신의 몸에 붙이기 위해서. 뒤따라오는 원숭이가 조금이라도 쉽게 올라올 수 있도록.

그래서 벽에는 대자(大字)로 몸을 벌린 원숭이들이 몇 마리나 붙어 있었다.

게다가 또다시 실이 붕괴를 일으킬 위험에 대비해서 벽을 단단히 붙잡고 달라붙는 철저함까지 보였다.

그런 식으로 만들어낸 원숭이 길을 후방의 원숭이들이 디디고 올라왔다.

후방의 원숭이도 내 실에 뒤얽힌 순간 몸을 던졌다.

자신의 안위조차 돌아보지 않을 만큼 광기에 넋을 놓아버린 자살 전법.

그럼에도 불구하고 이토록 빈틈없는 공략법을 만들어 오니까 더더욱 기가 막힌다.

정말이지 만만치가 않았다.

하지만 어떤 대책을 마련하든 간에 희생을 전제로 성립되는 이상, 밀어붙이면 밀어붙일수록 원숭이의 숫자는 점점 줄어든다.

거대 원숭이가 나타난 이후로는 새로운 증원이 오지 않았다.

이대로 견디면 내게 다다르기도 전에 원숭이가 먼저 전멸한다.

거대 원숭이가 움직이지 않는다면…….

거대 원숭이한테는 줄곧 경계를 늦추지 않았다.

원숭이를 상대하면서 저쪽도 항상 경계하고 있어야 했다.

정신력이 몹시 깎여 나가는 작업이었다.

덕분에 집중 스킬의 레벨이 또 올라갔다.

그리고 마침내 거대 원숭이가 움직였다.

움직인 것은 가장 레벨이 낮은 녀석이었다.

빙그르르 몸을 돌리더니 뒤쪽으로 물러난다.

그대로 떠나가 준다면 좋겠지만 세상이 그렇게 만만하지는 않았다.

거대 원숭이가 이쪽으로 돌아서고는 일직선으로 달음박질쳤다.

설마?!

설마가 진짜로 일어날 것이라고 내 감이 경종을 울렸다. 곧바로 반격할 준비를 갖춘다.

내가 예측했던 설마는 들어맞았다. 거대 원숭이는 실 무더기를 도움닫기로 뛰어넘었다.

그러고는 경이로운 도약력으로 내가 있는 곳까지 단번에 달려들었다.

나는 간신히 준비를 마쳐놓은 투망을 이쪽으로 달려드는 거대 원숭이에게 집어 던졌다.

공중이라서 피할 방법이 없었던 거대 원숭이는 속절없이 투망을 뒤집어썼다.

그대로 내 바로 아래쪽 벽면에 격돌한다.

둔탁한 소리와 함께 거대 원숭이는 실에 뒤얽힌 채 벽에 달라붙어서 움직임을 멈췄다.

그런 상태에서도 즉시 정신을 차리고 실에서 탈출하기 위해 날뛰어댔다.

나는 추가로 실을 둘러치면서 독 합성으로 거미독을 만들고 거대 원숭이의 커다란 입을 겨냥해 떨어뜨렸다.

실과 독의 이중고로 몸부림치는 거대 원숭이.

거미독 한 발로는 죽지 않는다는 것에 살짝 초조함을 느끼면서도 그럼 어디 더 버텨보라고 다시 독을 합성했다.

독 물방울이 커다란 입속으로 남김없이 빨려 들어간다.

《경험치가 일정 수치에 도달했습니다. 개체, 스몰 타라텍트가 LV 7에서 LV 8로 성장했습니다.》

《각종 기초 능력치가 상승했습니다.》

《스킬 숙련도 레벨 업 보너스를 습득했습니다.》

《숙련도가 일정 수치에 도달했습니다. 스킬 〈시각 영역 확장 LV 1〉이 〈시각 영역 확장 LV 2〉로 성장했습니다.》

《숙련도가 일정 수치에 도달했습니다. 스킬 〈산 내성 LV 3〉이 〈산 내성 LV 4〉로 성장했습니다.》

《스킬 포인트를 입수했습니다.》

레벨이 올라감으로써 거대 원숭이가 힘이 다했음을 알 수 있었다.

서둘러 탈피한 껍질을 벗어 던졌다. 안심할 여유는 없었다.

침공해 올라오는 원숭이 쪽을 돌아봤다가 그쪽에서 또 한 마리의 거대 원숭이를 발견했다.

방금 전 펄쩍 뛰어올랐던 거대 원숭이한테 주의가 쏠린 틈을 노려서 일반 원숭이들과 같은 루트로 이곳까지 기어 올라온 듯했다.

빨라?!

방금 전만 해도 지상에 있었는데 벌써 저기까지 올라왔다.

거대 원숭이가 밟고 올라온 자리의 원숭이는 가차 없이 뭉개져버렸다.

어마어마한 다릿심과 아귀힘을 가지고 이만한 높이의 길을 순식간에 주파한 것이다.

나는 거대 원숭이를 향해 황급히 실을 날려 보냈다.

거대 원숭이는 수직의 벽면에 매달려 있는데도 불구하고 기민하게 피해냈다.

하지만 피한다고 움직인 자리에는 원숭이 길이 없었다.

대신 내 실이 벽면에 찰싹 달라붙어 있었다.

거대 원숭이가 벽에 들러붙는다.

곧바로 실을 잡아떼려고 발버둥 쳤지만 거대 원숭이의 강력한 힘으로 잡아당겨도 내 실은 쉽사리 끊어지지 않았다.

하지만 실보다 먼저 벽면의 암석이 삐걱삐걱 불온한 소리를 울렸다.

물론 내가 언제까지고 가만히 지켜볼 리는 없었다.

곧바로 실을 다시 뽑아서 온몸 구석구석에다가 둘러 감았다.

이러면 한동안은 버틴다.

바로 시선을 돌렸다.

두 마리째가 움직였다면 세 마리째도 분명 행동을 개시했을 것이다.

내 예상은 딱 들어맞았다.

나는 즉시 세 마리째를 발견할 수 있었다.

어느 틈에 바짝 접근해서 나를 포착하고 그 거대한 입을 지금 막 다물려고 하던 그놈을…….

흡?!

이미 추락하면 어떡하냐는 걱정을 할 때가 아니었다.

벌써 반사적으로 아무 생각 없이 움직이고 있었다.

나는 발판에서 허공으로 몸을 날렸다.

미처 피하지 못한 내 오른쪽 다리 전부와 몸체 일부가 부스러졌다. HP가 단번에 줄어든다.

무시무시한 통증이 솟구치면서 의식이 깜빡거렸다.

하지만 지금 정신을 잃으면 두 번 다시 눈을 뜨지 못한다.

공중에서 서둘러 실을 날렸다.

벽에 달라붙은 실이 추락을 막아주었다.

하지만 반동으로 벽에 내동댕이쳐지면서 일순간 의식이 아득해졌다.

이를 악문 채 날아가려고 하는 의식을 붙들어 맸다.

《숙련도가 일정 수치에 도달했습니다. 스킬 〈기절 내성 LV 1〉을 획득했습니다.》

새로운 스킬의 영향일까, 간신히 정신을 차렸다.

시선을 들어 원래 있었던 발판 근처를 쳐다봤다.

세 마리째의 거대 원숭이는 발판을 때려 부수다가 발판의 잔해로 남아 있던 실에 몸이 뒤얽혀 있었다.

당연하다.

내가 평범한 발판을 만들었을까?

그럴 리가. 여차하면 발판 자체가 함정으로 작동하도록 설계했다.

설마 한 방에 파괴당할 줄은 생각 못 했지만…….

나는 위로 이동했다.

다리를 절반 잃어버린 까닭에 실부림으로 끌어 올리면서 이동했다.

버둥거리고 있는 거대 원숭이보다 더 위쪽으로 올라갔다.

실부림을 발동해서 거대 원숭이의 몸을 구속한 다음 커다란 주둥이를 벌어진 상태로 고정시켰다.

거기에 독 합성으로 거미독을 합성해서 마시게 했다.

《경험치가 일정 수치에 도달했습니다. 개체, 스몰 타라텍트가 LV 8에서 LV 9로 성장했습니다.》

《각종 기초 능력치가 상승했습니다.》

《스킬 숙련도 레벨 업 보너스를 습득했습니다.》

《숙련도가 일정 수치에 도달했습니다. 스킬 〈HP 자동 회복 LV 2〉

가 〈HP 자동 회복 LV 3〉으로 성장했습니다.》

《숙련도가 일정 수치에 도달했습니다. 스킬 〈생명력 LV 1〉이 〈생명력 LV 2〉로 성장했습니다.》

《숙련도가 일정 수치에 도달했습니다. 스킬 〈순발력 LV 1〉이 〈순발력 LV 2〉로 성장했습니다.》

《숙련도가 일정 수치에 도달했습니다. 스킬 〈지구력 LV 1〉이 〈지구력 LV 2〉로 성장했습니다.》

《스킬 포인트를 입수했습니다.》

레벨 업에 의한 탈피가 이어진다.

후유, 죽는 줄 알았네. 이번에는 정말 위험했다.

만약 레벨 업을 하지 못했다면 정말로 죽었을지도 모른다.

하지만 여기까지였다.

두 마리째가 이제 슬슬 실을 잡아떼서 빠져나오려고 했기에 다시 실을 추가했다.

나머지 원숭이들도 힘들게 만들어놓은 길을 거대 원숭이가 밟아 부수고 올라온 탓에 생각보다 많이 올라오진 못했다.

아니, 이제는 연계도 흐트러졌고 대혼란 상태였다.

돌을 던지지도 않을뿐더러 숫자가 상당히 줄었다.

어라? 이런 상황이면 굳이 전멸시키지 않아도 도망칠 수 있지 않을까?

아니야, 여기까지 해놓고 도망친다는 건 우습지.

그러면 무엇을 위해서 마이 홈을 떠나왔는지 모르게 된다.

더는 도망치지 않겠다고 다짐했으면서 여기서 또 도망치겠다는 거야?

마지막 원숭이가 내 눈앞에서 실에 얽매였다.

손을 뻗었지만 내게는 아슬아슬하게 닿지 않았다.

그 손에도 실을 둘러 감아서 완전히 움직임을 봉했다.

주변을 둘러본다.

여기저기 실로 뒤얽힌 원숭이가 널려 있었다.

자유롭게 움직이는 원숭이는 없었다.

신중을 기하려고 지상 쪽도 보이는 범위를 쭉 둘러봤지만 원숭이의 지원군은 오지 않았다.

귀를 기울여봐도 발자국 소리 따위는 들리지 않는다.

나는 마침내 모든 원숭이를 행동 불능으로 몰아넣었다.

이겼다, 일순간 긴장이 풀리려고 했지만 아직은 안 된다.

행동 불능으로 묶어놓았을 뿐 완전히 끝장을 내지 않았다.

눈 아래로 보이는 것은 실에 묶여 있기는 하지만 헤아리기가 난감할 정도로 많은 원숭이들.

개중에는 한층 더 커다란 거대 원숭이의 모습도 보였다.

마지막 거대 원숭이는 아직도 실을 잡아 뜯겠다고 발버둥질을 멈추지 않고 있었다.

실제로 거대 원숭이의 힘은 실이 견디는 한계치를 뛰어넘는다.

쉽게 끊어지지는 않겠지만 내버려 두면 머지않아 빠져나올 것이다.

그래서 수시로 실을 추가해서 다시 묶어놓았다.

원숭이를 요격하면서 한편으로는 거대 원숭이를 줄곧 묶어놓는 것.

예상 이상으로 고됐다.

거대 원숭이 두 마리를 쓰러뜨린 시점에서 긴장을 풀지 않아 다행이었다.

거대 원숭이를 구속한다고 예상외의 힘을 쏟아낸 탓에 MP도 SP도 몹시 빠듯했다.

먼저 마무리를 하지 않고 거대 원숭이를 그대로 살려둔 이유는 단순하게 최후의 일격을 가할 여유가 없었기 때문이다.

원숭이가 쉬지 않고 덤벼드는 상황에서는 거대 원숭이의 숨통을 끊을 시간조차 없었다.

거대 원숭이가 구속돼 있는 지점이 마침 원숭이의 진군 루트였다는 이유도 있었다.

거대 원숭이를 마무리하려면 필연적으로 원숭이들을 향해서 스스로 접근하게 된다.

그런 자살 행위는 당연히 불가능했다.

가장 두려웠던 것은 꽁꽁 묶인 거대 원숭이를 풀어주겠다고 원숭이들이 힘을 모으면 어떡하냐는 우려였다.

거대 원숭이의 힘에 원숭이의 도움이 더해지면 구속 상태에서 빠져나올지도 모르니까 상당히 불안했었다.

하지만 원숭이는 그러지 않았다.

죽음조차 불사하면서 효율을 우선시하던 원숭이가 무슨 까닭인지 지금 상황에서 취할 수 있는 가장 효율적인 전법, 즉 거대 원숭이에게 협력하는 길을 선택하지 않았다.

다행스럽긴 하지만 원숭이의 행동 원리는 수수께끼다.

뭐, 애초에 왜 습격했는지도 모를 일이었지만…….

설마 나를 식량거리로 삼을 생각은 아니었을 텐데 굳이 공격한 이유를 잘 모르겠다.

가능성이 있다면 역시 요전에 덮쳐든 원숭이 한 마리를 해치운 일이겠지만 걔 하나 때문에 이렇게까지 한다고 보기는 좀 그렇지?

으음, 고민해도 통 모르겠는걸. 마물의 사고방식을 내가 어떻게 알겠어.

일단 거대 원숭이부터 끝장내야겠다.

물론 저런 위험 생물의 곁으로 다가가서 직접 깨물 배짱은 없었다.

그래서 다른 두 마리와 마찬가지로 독 합성을 사용하여 거미독을 만들어 입속에 집어넣었다.

두 발의 독을 먹였더니 거대 원숭이는 축 늘어지면서 움직임을 멈췄다.

최대의 불안 요소가 사라졌으니 남은 원숭이들도 독니로 한 마리씩 확실하게 숨통을 끊어나갔다.

독니도 SP를 아주 조금 소비하지만 지금까지 신경 쓴 적은 없었다.

소비량도 적은 편이고 SP가 바닥나는 상황과 맞닥뜨린 적도 아직은 없었고 말이야.

하지만 역시 원숭이의 숫자가 너무 많았다. 독니가 아무리 고효율이어도 가랑비에 옷이 젖는 법이다.

하는 수 없이 도중에 원숭이를 잡아먹고 스태미나를 회복시켰다.

꽁꽁 묶인 원숭이들은 어떻게든 저항하려는 건지 접근하는 나에게 으르렁 울부짖었다.

으르렁 소리에 두려움이 약간 섞여 있는 것 같았지만 내가 알 바는 아니었다.

너희들도 나를 죽일 작정으로 싸움을 걸었잖아. 그럼 자신도 죽을 수 있다는 각오는 했어야지.

죽기 직전까지 몰리고 나서 울고불고하지 말란 말이야.

그런고로 신경 쓰지 않고 독니를 박아 넣었다.

《조건을 충족시켰습니다. 칭호 〈무자비〉를 획득했습니다.》

《칭호 〈무자비〉의 효과로 스킬 〈외도 마법 LV 1〉과 〈외도 내성 LV 1〉을 획득했습니다.》

《〈외도 마법 LV 1〉이 〈외도 마법 LV 2〉에 통합되었습니다.》

뭔가 칭호를 받았다. 이번에도 살벌한 느낌이 났다.

외도 마법을 주는 칭호는 이걸로 두 번째구나.

유감의 뜻을 표명하고 싶다.

나는 딱히 외도가 아니거든요! 정말이거든요!

아무튼 새로운 스킬 확인은 나중으로 미루자.

한창 싸우면서도 뭔가 레벨이 쭉쭉 올라갔었고 새로운 스킬도 이것저것 획득했으니까 나중에 시간 있을 때 한꺼번에 확인하는 게 좋겠어.

《경험치가 일정 수치에 도달했습니다. 개체, 스몰 타라텍트가 LV 9에서 LV 10으로 성장했습니다.》

《각종 기초 능력치가 상승했습니다.》

《스킬 숙련도 레벨 업 보너스를 습득했습니다.》

《숙련도가 일정 수치에 도달했습니다. 스킬 〈독 합성 LV 2〉가

〈독 합성 LV 3〉으로 성장했습니다.》

《숙련도가 일정 수치에 도달했습니다. 스킬 〈투척 LV 2〉가 〈투척 LV 3〉으로 성장했습니다.》

《숙련도가 일정 수치에 도달했습니다. 스킬 〈마력량 LV 1〉이 〈마력량 LV 2〉로 성장했습니다.》

《스킬 포인트를 입수했습니다.》

《조건을 충족시켰습니다. 개체, 스몰 레서 타라텍트가 진화할 수 있습니다.》

원숭이를 기계처럼 해치우고 다니던 도중 레벨이 올라갔다.

그렇구나. 벌써 레벨 10이구나. 빨랏?!

확실히 싸우는 도중에도 쭉쭉 올라갔었지만 벌써 다음번 진화를 할 수 있는 거야?!

《진화 가능 후보가 복수 존재합니다. 다음 중에서 선택하십시오.》

· 타라텍트

· 스몰 포이즌 타라텍트

응?

이름에서 스몰을 떼어낸 타라텍트는 그야 예상 예상대로였지만 스몰 포이즌 타라텍트라고?

포이즌이 붙는다면 독에 특화된 건가?

어쨌든 이것도 나중으로 미뤄야겠다.

한시도 마음을 놓지 못할 이런 상황에서 진화는 어림도 없는걸.

빨리 원숭이부터 죄다 해치워야지.

《조건을 충족시켰습니다. 칭호 〈마물 살육자〉를 획득했습니다.》

《칭호 〈마물 살육자〉의 효과로 스킬 〈강대 LV 1〉과 〈강고 LV 1〉을 획득했습니다.》

《〈강화 LV 3〉이 〈강대 LV 1〉에 통합되었습니다.》

《〈견고 LV 3〉이 〈강고 LV 1〉에 통합되었습니다.》

응응? 또 칭호네?

왜 또 이렇게 살벌한 이름인 걸까?

마물 살해자의 상위 버전?

강화랑 견고가 다른 스킬에 통합됐다고?

나중에 잊지 말고 확인해야지.

그다음은 담담히 원숭이를 처리하는 작업을 반복했다.

독니, 독니. 가끔씩 식사를 하고 실로 보강도 하고…….

그리고 이곳에서 나를 제외한 생명이 전부 스러졌다.

이겼다.

이번에야말로 진짜 끝났다.

몸에서 힘이 쭉 빠져나간다. 하지만 피로 이상으로 불끈불끈 솟구치는 감정이 있었다.

살아남았도다! 이얏호!

꼴좋다! 나는 살았어! 살아 있다고!

지룡의 브레스 한 방에 벌벌 떨다가 도망쳤던 때 내 마음속에는 공포가 새겨졌다.

하지만 그와 동시에 아주 조금이지만 분노를 느꼈다.

상층에서 마이 홈 바깥으로 쫓겨나면서 했던 다짐.

긍지를 지키며 살아가겠노라고…….

나는 그 다짐을 이제껏 줄곧 깨뜨리면서 살아왔다.

궁지도 뭣도 없이 그저 살아남기 위해서 계속 도망쳤다.

틀린 판단은 아니었다고 생각한다. 도망치지 않았다면 지금쯤 살아 있지도 못했다.

하지만 틀리진 않을지언정 궁지를 버리고 계속 도망쳤다는 것은 사실이다.

도망치고 도망치고 도망쳤다. 무섭고 무섭고 무서워서. 분하고 분하고 분한데도…….

그랬던 내가 지금은 도망치지 않고 이 싸움에서 끝까지 살아남았다.

도망칠 길이 없었기 때문이기도 했다.

하지만 도망치지 않고 승리했다.

하층으로 오고 나서 첫 번째로 거둔 진실된 승리였다.

기쁘다.

지금이라면 뭐가 나타나도 이길 수 있다는 자신감마저 솟구친다.

하하하!

용사든 마왕이든 덤빌 테면 덤벼보라고!

앗, 그래도 지룡은 사양할래.

한 번 더 나는 기쁨을 음미했다. 그리고 당당하게 외쳤다.

나는 살아 있다고!

13. 종막

“그러면 고이에프 씨, 안내는 맡기겠습니다.”

“아무렴요. 저야말로 잘 부탁드립니다. 용사 율리우스 님.”

내가 인사말을 건네자 미궁 안내인으로 활동하는 고이에프 씨가 공손하게 답인사했다.

미궁 안내인은 이름 그대로 너무나도 광대한 엘로 대미궁을 안내하는 자를 가리키는 말이었다.

고이에프 씨는 그중에서도 베테랑인 미궁 안내인.

용사인 나를 안내하기 위해서 이번에는 실력 좋기로 유명한 고이에프 씨가 지명되었다.

“그건 그렇고 용사님의 이번 미궁 진입은 마물 토벌 건 때문이셨죠?”

“맞습니다. 듣자 하니 특수한 타라텍트가 발생했다더군요. 그래서 토벌 차 나왔습니다.”

모험가가 목격한 거미형 마물 타라텍트의 특이 개체.

그것을 토벌하기 위해서 용사인 내가 소환되었다.

“자, 그럼 가볼까요.”

동료 고이에프 씨에게 출발을 고하고 나는 광대한 엘로 대미궁의 입구로 한 걸음을 내디뎠다.

■작가 후기

처음으로 뵙는 분도 그렇지 않은 분도 안녕하십니까, 바바 오키나입니다.

이번에 『소설가가 되자』라는 사이트에 연재하고 있는 《거미입니다만, 문제라도?》를 서적으로 출판하게 되었습니다.

아니, 그게 말이죠. 책으로 낸다고? 출판사 제정신인가? 요런 생각이…….

주인공이 거미거든요?

비주얼만 봐도 지뢰잖아요?

그리고 이 책을 구입한 독자 여러분, 제정신이세요?

이 책을 읽은 당신은 분명 제정신이 아닐 겁니다.

그게 아니라면 그 무엇보다 거미를 좋아한다는 특수한 취향의 소유자가 분명합니다.

그런 당신에게 하고 싶은 말이 있습니다.

감사합니다!

지면이 얼마 남지 않은 관계로 진지하게 감사 인사를 전해야겠군요.

우선 이런 지뢰를 주워다 주신 카도카와 출판사 담당 편집자 K씨, 바쁘신 가운데 일러스트를 맡아주신 키류 츠카사 님, 이 책을 응원해주신 여러분, 모두 감사드립니다.

계속 읽어주셨으면 하는 기대도 담겨 있기에 「감사했습니다」라는 말씀은 드리지 않겠습니다.

오키나의 모험은 이제 막 시작되었다!

거미입니다만, 문제라도? 1

1판 1쇄 발행 2016년 10월 10일
1판 13쇄 발행 2023년 5월 8일

지은이_ Okina Baba
일러스트_ Tsukasa Kiryu
옮긴이_ 김성래

발행인_ 신현호
편집장_ 김승신
편집진행_ 권세라 · 최혁수 · 김경민 · 최정민
편집디자인_ 양우연
관리 · 영업_ 김민원

펴낸곳_ (주)디앤씨미디어
등록_ 2002년 4월 25일 제20-260호
주소_ 서울시 구로구 디지털로 26길 111 JnK디지털타워 503호
전화_ 02-333-2513(대표)
팩시밀리_ 02-333-2514
이메일_ lnovellove@naver.com
ㄴ노벨 공식 카페_ http://cafe.naver.com/lnovel11

ISBN 979-11-278-2431-0 04830
ISBN 979-11-278-2430-3 (세트)

값 9,800원